魔法書生

마법서생

장담 퓨전 新무협 판타지 소설

마법 서생 2

장담 퓨전 신무협 소설

초판 1쇄 찍은 날 § 2006년 12월 6일
초판 1쇄 펴낸 날 § 2006년 12월 15일

지은이 § 장담
펴낸이 § 서경석

편집장 § 문혜영
편집책임 § 서지현
편집 § 심재영

펴낸곳 § 도서출판 청어람
등록번호 § 제1081-1-89호
등록일자 § 1999. 5. 31
어람번호 § 제2-1077호

주소 § 경기도 부천시 원미구 심곡1동 350-1 남성B/D 3F (우) 420-011
전화 § 032-656-4452 팩스 § 032-656-4453
http://www.chungeoram.com
E-mail § eoram99@chollian.net

ⓒ 장담, 2006

ISBN 89-251-0439-3 04810
ISBN 89-251-0437-7 (세트)

魔法書生

마법서생

2

Fusion Fantastic Story

장담 퓨전 新무협 판타지 소설 자금성[紫禁城]

청어람

목차

두 번째 서(序)   7

제1장 태산의 인연   9

제2장 최악의 기문병기   89

제3장 북경의 겨울바람   123

제4장 철심도독 공손각을 만나다   171

제5장 동창태감 왕효   239

제6장 수천호령사   297

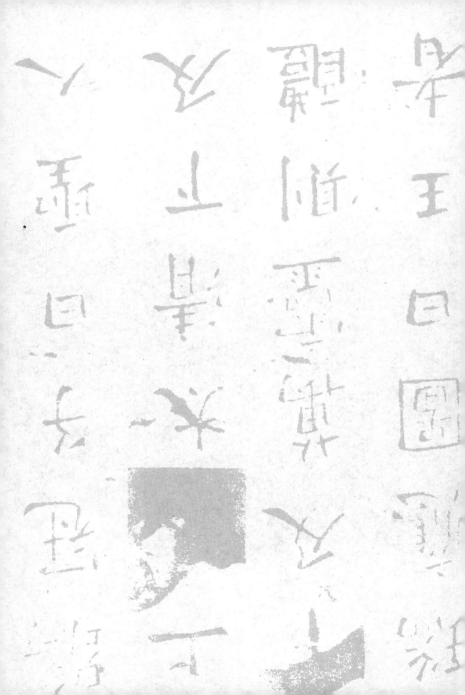

열닷새. 보름달이 떴다.

크크크, 벌써 십 년인가?

악마의 입김처럼 스며든 기운이 나에게 속삭인다.

—나가! 이제 나가! 너에게는 힘이 있잖아!

악령들이 오늘따라 유난히 극성이다.

어제 놈이 찾아왔었다. 놈의 눈에 살기가 어려 있었다.

때가 가까워 왔다는 듯 차가운 살소가 입가에도 걸쳐 있었다.

하긴 죽일 때가 되긴 했다. 그동안 참느라 쌓인 화가 만장 하늘에 닿아 있을 테니까.

그래서인 듯하다. 악령들이 날뛰는 이유.

크크큭큭…….

이제 나갈 때가 된 것인가?

오기로, 호기심으로, 그러다 절박한 심정으로 시작한 일이 이제 걷잡을 수 없게 되어버렸다.

나에게 이토록 거대한 힘이 생길 줄이야!

그래도 후회는 않는다.

아니, 후회하기에는 너무 늦어버렸다.

나의 반은, 이미 내가 아니다.

나가면 어디로 가지? 내가 갈 곳은 어디지?

…….

…….

그래! 그곳! 이 모든 것의 출발점!

악령들이여, 그곳으로 가자!

악령들이 환호한다.

놈들도 내 생각이 마음에 드는가 보다.

그래, 좋다! 가는 데까지 가보자!

第 一 章
태산의 인연

1

초연향과 진용이 탄 마차는 다섯 무사의 호위를 받으며 하루에 이백여 리를 달렸다. 그리 빠르지 않게 달렸음에도 태산을 가는 길은 순조롭기만 했다.

마부석에 마부와 함께 앉아 있는 유량이 등을 기댄 채 졸리는 눈을 억지로 잡아떼야 할 정도였다.

진용은 시간이 날 때마다 마차의 창문에 내걸린 주렴을 걸어 젖히고서 달그락거리는 마차의 바퀴 소리를 들으며 주위의 경치를 구경했다.

숨을 크게 들이켜면 육지의 진한 황토 내음이 콧속을 파고든다.

살랑이는 바람에 날리는 근처 야산의 푸른 내음이 상쾌하기만 하다.

진용은 그것이 좋았다, 십여 년 동안 맡지 못했던 땅 내음이. 천궁도의 비릿한 바닷바람에 찌든 바위 내음과는 천양지차다.

진한 땅 내음을 음미하며 진용은 눈을 반쯤 감았다.

여기까지 오면서 초연향은 자신이 원한 만큼은 아니지만 그럭저럭 자신들이 알고 있는 것은 모두 알려주었다.

"삼왕이 태자와의 권력 싸움에서 밀려 쫓겨났다고 해요. 그 바람에 삼왕을 따르던 자들 역시 숨만 붙어 있다 뿐이지 모든 실권을 잃었구요."

"환관들은……?"

"일반 관직에 있던 자들 중 그 죄가 경미한 자는 태자가 모두 끌어안았지만 환관들은 모두 고문을 받고 참수되었어요. 비록 몇 명이 살아남아 도망쳤다는 말이 들리긴 했지만요."

"살아 도망친 자들이 있다고요?"

"그래요. 하지만 저로선 어느 정도가 살았는지 정확히 알지 못해요."

"으음, 혹시 한림원의 학사들에 대한 정보도 알고 있는 게 있나요?"

"그것까지는……. 아마 총단에서라면 알 수 있을지도 몰라요."

"황궁 뇌옥에 수감된 자들에 대한 것도 알 수 있을까요?"

"중요 인물이거나 그동안 이런저런 소문이 났던 사람이라면 알 수도 있을 거예요."

그 이후로도 이런저런 이야기를 나누었다. 하지만 결국 종상현에 대한 것은 알아내지 못했다.

그나마 아버지에게 오명을 뒤집어씌운 삼왕과 그를 따르던 환관이 실각했다는 소식은 반가운 소식이었다. 적어도 북경에 들어가 직접 조사해야 할 경우 가장 큰 위험 요소는 던 셈이 아닌가 말이다.

우선은 그 정도만으로 만족하기로 했다. 나머지야 구룡상방의 총단에 가서 알아보면 될 테니까. 아니면 시간이 걸리고 조금 위험하더라도 직접 알아보든지.

'그자, 육두강이라 했었지?'

진용은 오래전에 마주쳤던 금의위 무사의 이름을 떠올리며 고개를 들어 하늘을 올려다봤다.

그토록 쪽빛으로 푸르던 하늘은 어디로 가고, 사흘째 되는 오늘은 아침부터 구름이 끼기 시작했다. 그러더니 정오가 넘어 미시 중반에 이른 지금은 비라도 올 것마냥 하늘이 뿌옇게 흐려져 있다.

"비가 오려나?"

진용이 무심코 입을 열자, 유량도 하늘을 올려다보고는 염려스런 목소리로 입을 열었다.

"아무래도 그럴 것 같군."

한데 그때, 초연향이 당연하다는 듯이 말했다.

"한 시진 안으로 비를 피할 곳을 찾아야겠어요."

웅? 한 시진? 비가 한 시진 후에 온다는 말인가?

진용이 초연향을 바라볼 때 밖에서 마차와 나란히 달리던 장운호가 즉시 말을 받았다, 의문을 달 필요가 없다는 듯.

"이곳에서 멀지 않은 곳에 정림사(定林寺)라는 절이 있습니다. 그곳으로 모실까요?"

"그래요. 아무래도 쉽게 그칠 비가 아닌 것 같으니 오늘은 그곳에서 쉬고 내일 출발해요."

일행들은 즉시 방향을 틀어 정림사를 향했다. 정림사까지는 사십여 리. 산길을 타면 족히 한 시진 이상 가야 할 길이다.

정림사를 향하는 중에 세르탄이 툴툴거렸다.

'자기가 무슨 신이라도 되나, 비가 언제 온다고 하게? 뭐? 금방 그칠 비가 아니라고?'

'신이 아니라도 천기를 오래 연구한 사람은 알 수 있다고 했어.'

'쳇! 그거야 선을 공부하거나 하늘의 이치를 깨달은 인간 같지 않은 자들 말이지.'

'초 소저는 신안을 지녔다잖아. 그럼 알 수도 있지.'

'흥! 저 여자 말대로 한 시진 안에 비가 온다면 내가 장을 지진다.'

'손도 없으면서 헛소리는. 그러지 말고 다른 걸로 내기하는 게…….'

은근한 진용의 말에 느닷없이 세르탄이 빽! 소리쳤다.

'안 돼! 내기는 안 할 거야!'

어쭈? 눈치 챘네?

'그럼 할 수 없지. 실피나에게 물어봐야겠군.'

'그 멍청한 정령이 뭘 알아?'

'그래도 바람의 정령이니 비가 오는 것 정도는 알 것 아 냐?'

진용의 생각이 맞는지 세르탄이 입을 다물었다.

회심의 미소가 진용의 입에 떠오른다. 실피나가 비록 게으르고 성격이 요상해서 그렇지, 능력이 제법 괜찮다는 것을 안 것이 이틀 전이다.

그제 밤에 몰래 실피나를 불러봤었다. 역시나 부스스한 모습으로 나타난 실피나.

—주인아, 왜 부른 거야? 잠도 못 자게.

진용은 실피나에게 장난처럼 한 가지 명령을 내렸다.

"만날 퍼자면서 잠은. 그러지 말고 실피나, 시원하게 바람

좀 일으켜 봐."

―얼마나 세게?

"뭐, 몸이 날려가지 않을 정도로 세게."

―아웅! 알았어.

입을 쩍 벌리고 하품을 한 번 한 실피나가 커다랗게 옷자락을 저었다.

―바람아 불어라! 언니의 뜻이다!

순간!

후우우…… 휘이이잉! 콰아아!!

우두둑, 와지끈!

엄청난 회오리바람이 일더니 나무들이 부러지고, 뽑히고, 난리가 나버렸다. 진용조차 황급히 천근추를 펼쳐 발을 무릎까지 땅에 박고 버틴 덕에 무사할 수 있었다.

"머, 멈춰!"

진용의 외침에 가까스로 바람이 멈췄다. 그러자 실피나가 말했다.

―주인아, 됐어? 이제 시원해? 그럼 실피나는 가서 잔다?

"어? 어. 어서 가서 자."

그때 세르탄이 떨리는 소리로 말했었다.

'저, 저, 저거, 중급 정령 맞아?

때로는 사람도 그런 사람이 있다. 힘만 센 골칫덩이 말이다. 아무래도 실피나가 그런 정령인 것 같았다.

어쨌든 그렇게 한바탕 거센 바람이 야산의 산둥성이를 폐허로 만든 직후, 사람들은 느닷없는 돌풍에 놀라 정신없이 허둥대느라 잠도 제대로 자지 못했었다.

진용은 이틀 전의 일을 생각하며 고소를 머금고 슬며시 실피나를 불러봤다.
"실피나."
스스롱…… 실피나가 나타났다. 그녀는 다른 사람의 눈에는 보이지 않는다. 그것도 그 난리가 났던 이틀 전에야 알았다, 세르탄이 말해줘서.

"사람들이 안 봤는지 모르겠군."
"정령은 계약자의 눈에만 보여. 다른 사람은 볼 수 없지."

왜 이제야 알려줬냐고 세르탄은 진용에게 한참을 시달려야 했다.
그런데 오늘은 웬일인지 부스스한 모습이 아니다. 화사하고도 아름다운 모습이다.
아름다운 모습의 실피나가 파란 눈을 진용에게 들이대며 옥구슬 굴러가는 목소리로 대답했다,
─주인아, 불렀어?
여전히 변하지 않은 말투로.

"음, 오늘 비가 올 것 같은데, 언제나 올 것 같아?"

잠시 바람을 따라 출렁이던 실피나가 인상을 잔뜩 찌푸리며 말했다.

—조금 있으면 오겠어. 제법 많이 올 것 같아. 아이, 실피나는 비가 싫은데. 나 들어가도 돼?

목적했던 일은 끝났다.

"그래, 들어가 쉬……."

실피나는 말이 끝나기도 전에 들어가 버렸다. 나오라면 또 나올 테지만 보나마나 짜증내는 소리가 먼저 튀어나올 것이 분명했다.

진용은 실피나의 짜증을 보고 싶은 마음이 눈.곱.만큼도 없었다.

'봤지? 실피나도 비가 올 거라잖아.'

'……치이.'

이날은 왠지 외톨이가 된 것만 같은 세르탄이었다.

자기보다 실피나를 더 믿다니…….

다그닥, 다그닥. 드르르르…….

한 대의 마차와 다섯 마리의 말은 그리 빠르지 않은 속도로 한 시진이 채 되기 전에 정림사로 통하는 산길을 만날 수 있었다.

산길은 삼 장에 달할 정도로 넓어 두 대의 마차가 동시에 지나가도 걱정없을 정도로 잘 닦여 있었다.

한데 괴이하다.

이토록 넓은 길에 아무도 지나다니는 이가 없다니, 정림사는 산동에서 몇 안 되는 대사찰이거늘.

유량이 이상함을 느꼈는지 무사들에게 주의를 주었다.

"사주경계를 철저히 하게. 아무래도 이상하네."

그러나 상황은 백여 장을 올라가도록 마찬가지였다.

주위에서 흐르는 공기가 점점 무거워진다. 단순히 흐린 날씨 때문이 아니다. 날씨 때문이라면 자연이 이리 숨을 죽일 이유가 없다.

가슴이 답답해지는지 유량이 인상을 찌푸리고서 마차 안을 향해 입을 열었다. 그의 목소리가 무겁게 느껴진다.

"초 낭자, 고 공자, 아무래도 상황이 심상치 않네."

유량의 말에 눈을 반쯤 감고 있던 진용이 나직이 입을 열었다.

"십 리 전부터 사람들이 따라왔습니다."

얼굴이 굳어진 유량의 눈에 의아함이 가득하다.

"백 장 정도의 거리를 두고 매우 조심스럽게 따라왔습니다."

눈이 휘둥그레진 초연향이 의아한 표정으로 진용에게 물었다.

"그런데 왜 여태 아무런 말도 하지 않았어요?"

"적인지 아닌지 판단이 서지 않은 점도 있지만, 적이라 해도 일일이 쫓아다니며 상대할 수는 없는 일 아니겠습니까?"

"그래도 미리 알려주기라도 했으면……."

"그럼 저들 역시 우리가 알고 있다는 것을 눈치 채게 되겠지요."

한마디로 경계를 하게 되면 저들이 눈치 챈다는 말. 그럼 그 차이는 뭐란 말인가? 어차피 공격을 받는 것은 마찬가진데.

"어차피 피해갈 수 없다면, 한 번에 끝내는 것이 나을 거라 생각했거든요."

말투는 담담한데 왠지 모르게 오싹하니 등줄기로 잔떨림이 일었다.

초연향은 부르르 몸을 떨고 진용을 다시 바라보았다. 조금 전까지 풍기던 서생 같던 분위기는 씻은 듯 사라지고, 너무 무심하다 못해 차갑게까지 느껴졌다.

초연향의 눈을 외면한 채 진용은 창밖으로 시선을 돌렸다.

바람이 낮게 깔려 불어왔다. 짙은 비 냄새가 섞인 바람이었다. 하늘을 시커먼 구름이 뒤덮은 것을 보니, 금방이라도 장대비가 쏟아져 세상의 더러움을 쓸어버릴 것만 같았다.

나직이, 하늘을 올려다보던 진용이 입을 열었다.

"불나방들이 나올 때가 된 것 같군요."

진용 일행이 탄 마차가 미처 이십여 장도 채 나아가지 못했을 때였다. 한순간 굉량한 외침이 숲을 뒤흔들었다.

"걸음을 멈춰라!"

동시에 세 명의 중년인을 필두로 이십여 명의 무사가 전면의 길이 꺾어지는 숲 속에서 쏟아져 나왔다.

"웬 놈들이냐?"

유량이 소리치며 몸을 일으키자 말에 타고 있던 다섯 명의 무사도 일제히 각자의 무기를 빼 들고 마차를 에워쌌다.

그러나 숲에서 나온 자들은 조금도 머뭇거리지 않고 마차를 향해 다가왔다.

마부석에 서서 긴장한 표정으로 그들을 바라보던 유량은 선두에 서서 다가오는 세 명의 중년인을 보고 놀라 소리쳤다.

"당신들은 영풍삼위?"

영풍삼위. 산동 남쪽 양림에 자리 잡은 영풍보(英風堡)의 고수들. 비록 말석(末席)이지만 산동십세(山東十勢) 중 하나라는 영풍보에서도 능히 고수라 불릴 수 있는 자들로 셋은 친형제들이었다.

"당신들이 감히 구룡상방을 건드리겠단 말인가?"

강호의 세력이 상생관계인 상단을 건드리는 일은 흔한 일이 아니다. 더구나 해룡선단이 속한 구룡상방은 영풍보 따위가 건드릴 곳이 아니다. 그럼에도 건드릴 때는 그만한 이유가 있을 터.

유량은 해룡선단이 아닌, 구룡상방의 이름을 빌어 영풍삼위를 위협하면서도 긴장을 늦추지 않았다.

그러자 세 명의 중년인 중 가운데 서 있던 빼빼 마른 중년인, 영풍삼위 중 첫째인 동호청이 미간을 씰룩였다.

"굳이 여러 말 할 필요가 있을까, 유량?"

유량이 차갑게 말을 받았다.

"흥! 영풍보가 천화상단과 연을 맺더니 간덩이가 부었나 보군."

"글쎄, 그게 일이 좀 묘하게 되어서 말이야."

언뜻 비웃음이 그의 입가에 떠오른다.

"보주님의 명도 있으니, 초 소저만 내주면 나머지는 곱게 보내주겠다."

"초 낭자를? 왜 그대들이 초 낭자를 노린단 말이냐?"

"이유는 알 필요 없고……."

그때였다. 마차 안에서 나직한 목소리가 흘러나왔다.

"여자를 노리는 무리라면 도적 중에서도 아주 질 나쁜 탐화도적들이군."

졸지에 탐화도적이 되어버린 동호청이 노호성을 터뜨렸다.

"웬 놈이 감히 숨어서 헛소리를 하는 것이냐?"

삐걱!

진용은 대답 대신 마차 문을 열고 밖으로 나왔다.

느닷없이 마차 안에서 서생이 걸어나오자 영풍삼위의 미

간이 와락 일그러졌다. 하지만 진용은 그들의 표정에 아랑곳없이 옷자락만 매만졌다.

"이거 조금 불편하군."

"네놈은 누구냐? 누군데 감히 우리를 도적이라 하는 것이냐?"

무시당했다 생각했는지 영풍삼위의 둘째 동호강이 화난 목소리로 물었다. 그제야 진용은 천천히 고개를 들어 그를 바라보았다.

"도적질을 하러 온 사람에게 도적이라 하지, 그럼 뭐라 합니까?"

"서생 따위가 감히!"

화가 머리꼭대기까지 솟은 동호강이 단걸음에 진용을 향해 다가갔다. 남은 거리는 순식간에 다섯 걸음 남짓.

"버르장머리를 고쳐 주마!"

동호강이 소리치며 대뜸 진용의 목덜미를 향해 손을 뻗었다.

그때까지도 영풍보의 사람들은 아무도 깨닫지 못하고 있었다, 해룡선단의 사람들 중 어느 한 사람 서생을 도와주려 하는 자가 없다는 것을.

찰나 간에 동호강의 손이 석 자 앞에까지 다가왔다.

진용은 그제야 왼손을 들어 동호강의 손을 마주 잡아갔다.

비릿한 조소가 동호강의 입가에 어렸다.

겁도 없이 자신의 손을 마주 잡다니, 어리석은 놈!

'내가 바로 대웅조 동호강이다, 이놈!'

동호강의 손가락 사이에 자신의 손가락을 끼워가는 진용의 입가에도 싸늘한 냉소가 맺혔다.

자신이 서생의 복장을 한 이유는 한 가지. 능력을 숨기고 원활한 호위를 하기 위해서가 아니던가. 그런데 태산에 당도하기도 전에 사건이 터졌다.

결국 초연향의 계획은 시작 전부터 어긋나 버린 셈. 그렇다고 바라보고만 있을 수도 없는 상황이었으니 어쩌랴.

'좋아! 어차피 시작한 것. 빠른 시간 안에 최대한 충격을 준다!'

두 사람의 손가락이 얽혀드는 것은 순간이었다.

우두둑!

얽혀든 손가락 사이에서 괴이한 소음이 울림과 동시!

눈을 부릅뜬 동호강의 입에서 처절한 비명이 터져 나왔다.

"끄으으으아!"

오른손의 손가락이 으스러진 채 제멋대로 비틀려 있다.

등골을 타고 오르는 극렬한 통증!

동호강은 내공을 쏟아내며 발악하듯 소리쳤다.

"노, 놓아!"

구슬 같은 땀방울이 처절한 비명 소리를 따라 흘러내린다.

새파랗게 질린 입술을 피가 나도록 깨물며 서생의 머리를 부숴 버리기 위해 왼손을 쳐들었다. 그러나 무엇 때문인지 움직일 수가 없다.

으스러진 손을 통해 쏟아낸 기운이 상대에게 다 빨려 들어가는 것만 같다.

'이, 이게 무슨…… 끄으으으……'

뜻밖의 상황! 사위가 조용해졌다.

"이놈! 손을 놓아라!"

보다 못한 동호청이 일갈을 내지르며 자신의 삼환도를 뽑아 들었다.

말도 안 되는 일이 눈앞에서 벌어졌다.

정식으로 무공을 겨룬 것도 아니다. 단지 손을 마주 잡았을 뿐.

자신 역시 저 서생의 손이 당연히 부러져 나갈 것이라 생각하고 느긋했었다. 분명 그래야 했다, 자신의 생각대로라면.

그러나 결과는 완전히 반대로 나타났다. 동생의 손이 바싹 마른 보릿대처럼 부서져 버린 것이다.

분노가 앞을 가렸다.

보주가 당부한 말도 머릿속에서 사라져 버렸다.

최대한 피를 보지 말고 초연향을 데려오라고?

이제 그러기에는 늦었다. 동생이 당하지 않았는가 말이다.

"모두 쳐라! 초가 계집만 사로잡고 모두 죽여도 좋다!"

동호청이 소리치며 날아오자 진용의 고개가 돌아갔다. 동

시에 오른손이 들리고, 입에서는 내공이 실린 나직한 음성이
흘러나왔다.

왠지 모르게 살기마저 느껴지는 목소리다.

"힘있는 도적들에게 인정을 베풀면 가까운 사람이 다치는
법. 덤비면 모두 죽이겠소."

고저가 없는 음성. 등줄기를 찌르르 울리는 오싹한 기분!

동호청을 따라 신형을 날리려던 영풍보의 무사들 대부분
이 몸을 떨며 걸음을 멈추었다.

그나마 내공이 깊은 영풍삼위의 셋째 동호진과 대여섯 명
의 무사들만이 이를 악물고 유량과 장운호 등을 향해 달려들
뿐이다.

대신 멈춰 선 사람들은 평생 다시 볼 수 없는 광경에 눈을
부릅떠야만 했다.

그 일은 나지막한 일갈이 진용의 입에서 흘러나오며 시작
되었다.

"하늘의 불꽃이 내 손에 맺히니, 화염주, 출(出)!"

진용의 입에서 마법의 시동어가 나오는 순간,

화르륵!

시뻘건 불꽃이 진용의 손가락 끝에 맺히더니, 불꽃은 구슬
이 되어 동호청을 향해 쏘아져 갔다.

"허억!"

대경한 동호청이 손에 들린 삼환도를 전력으로 내려쳤다,

일격에 반으로 쪼개 버릴 듯.

하지만 상황은 그의 뜻대로 되지 않았다.

쩌적! 쾅!

삼환도와 정면으로 부딪친 불구슬이 굉음을 일으키며 터진 순간, 터져 버린 불구슬이 일 장 전면을 삼켜 버렸다.

화아악!

"뭐, 뭐야?!"

놀랄 틈도 없었다.

뒤로 물러서기에는 폭발한 불꽃이 덮치는 속도가 너무도 빨랐다.

눈 깜박할 사이 불꽃은 동호청의 온몸을 덮어버렸다.

"으허억!"

털어도 꺼지지 않는다. 오히려 불길이 사방으로 튀어 오른다.

악마의 불꽃! 마법의 불꽃이다.

"불을 꺼! 흙이라도 뿌려!"

넋 놓고 바라만 보고 있던 사람이 달려들어 정신없이 흙을 뿌려댔다. 그제야 불꽃이 조금씩 사그라진다.

살이 타 들어가는 고통에 더욱 높아지는 비명 소리.

"으아아아!"

유량과 검을 맞대고 있는 동호진을 제외한 모두가 질린 표정으로 겨우 불꽃이 꺼져 가는 동호청을 바라보았다.

매캐한 연기가 코를 찌른다.

꿈틀거리며 땅을 긁는 그의 손가락에서 시커멓게 그슬린 껍질이 벗겨진다.

부르르 어깨를 떠는 사람들. 누군가가 떨리는 입을 열어 소리쳤다.

"아, 악마의 술법이다. 악마의 술법이야!"

"아니야! 극양의 마공이다! 저건 마공이야!"

마공이든 술법이든, 단 한 수에 영풍삼위 중 둘째의 손이 으스러지고, 불꽃 한 방에 첫째 동호청이 새카맣게 타버렸다.

공포가 새벽 안개처럼 무사들의 가슴속으로 퍼져 나간다.

덤벼야 하나 말아야 하나.

무인의 자존심으로는 당연히 덤벼야 한다. 그러나 자신들도 사람이다. 상대는 자신들보다 월등히 강한 두 사람을 한순간에 제압한 자. 더구나 사람을 새카맣게 태워 버리는 마공 술법을 지닌 자다.

모두가 망설일 때다.

와중에 몇 사람이 이를 악물고 진용을 향해 달려들었다.

"동 대협을 구해! 모두 덤벼!"

그 순간, 진용의 신형이 허공으로 스며들었다.

동시에 바람이 되어 달려드는 무사들 사이를 누빈다.

그 모습은 양 떼 속의 호랑이나 다름없었다.

손에 잡히는 대로 꺾어지고, 발에 걸리는 대로 부서진다.

땅! 퍽! 우지끈!

검도 부러지고, 팔다리도 부러진다.

거의 일시에 터져 나오는 처절한 비명!

"으악!"

"케엑! 내 팔!"

진용은 신수백타로 순식간에 일곱 명의 팔다리를 꺾어버렸다.

바람이 스친 곳에는 비명과 시뻘건 피와 부서진 잔해만이 남았을 뿐이었다.

공포에 질린 채 꿈틀거리며 조금이라도 진용에게서 멀어지려는 사람들.

무심한 눈으로 그들을 바라보던 진용의 입에서 사람들의 혼조차 얼려 버릴 것 같은 차가운 목소리가 흘러나왔다.

자신도 의식하지 못하는 사이, 건곤흡정진혼결이 실린 채.

"스물세 명인가요? 물론… 지금이라도 포기하겠다면 저 역시 당신들을 죽일 생각은 없습니다만……."

스물셋 정도는 자신 혼자서도 얼마든지 죽일 수 있다는 말.

거짓이 아니다. 영풍삼위 중 두 명이 단 한 수에 당하고, 일곱 무사는 제대로 검도 겨눠보지 못하고 팔다리가 부러졌다. 게다가 서생의 입에서 흘러나오는 살기 어린 음성. 간이 오그라드는 판이다.

진용이 말하며 한 걸음을 나아가자 영풍보의 무사들도 주춤거리며 두어 걸음을 물러섰다, 공포에 질린 표정으로.

그들의 마음은 한결같았다. 덤비면 죽는다!

여전히 손이 으스러진 채 진용의 앞에 꿇어앉아 있던 동호강도 창백한 안색이 시커멓게 죽어버렸다.

소름이 돋을 일이었다. 평범한 서생으로 보이는 자의 입에서 저런 말이 아무렇지도 않게 흘러나오다니.

동호강이 부들거리며 혼신을 다해 입을 열었다.

"끄으으……. 그럼… 살려주겠다는……."

"물론. 나는 살인을 즐겨 하는 사람이 아닙니다. 물러서겠다는 사람까지 다 죽일 이유가 없단 말이지요. 단, 왜 초 소저를 데려가려 했는지 정도는 말씀을 해주셔야 합니다."

"그, 그건……."

"시간이 없어요. 저분은 화상을 깊게 입으셔서 빨리 의원에게 데려가지 않으면 죽을지도 모릅니다."

"그, 그……. 좋… 소. 말하겠… 소."

그 말에 진용은 한 걸음 물러섰다. 하지만 그뿐이다.

한 걸음 물러서서 오연히 동호강을 바라보는 진용. 그의 눈빛에 비틀거리며 물러서는 동호강의 표정이 귀신이라도 본 듯하다.

내공을 끌어올려 마음을 진정시키려 하지만 무엇 때문인지 내공이 모아지지 않는다. 손이 부서졌기 때문이 아니다, 결코.

'분명 내공이 빨려 나갔었다. 선천진기가……. 크으윽!'

"이제 말을 해보세요. 왜 초 소저를 납치하려 했죠?"

동호강이 공포에 질린 눈을 들어 진용을 올려다봤다.

"천화상단의…… 부탁이 있었소."

그 말에 마차 안에 있던 초연향이 떨리는 음성으로 물었다.

"탁 공자가 부탁했나요?"

동호강의 눈빛이 크게 흔들렸다.

"그렇… 소. 그분이 부탁했소. 초 소저를 모셔오라고……."

"강제로 말인가요?"

"그, 그건……. 우리는 단지 꼭 모셔와야 한다기에……."

"후우, 그랬군요."

한숨을 길게 흘린 초연향은 쓰디쓴 표정으로 입을 닫고 더이상 말을 하지 않았다.

그 모습을 보는 진용의 눈에 이채가 어렸다. 뭔가 자신이 알지 못하는 일이 끼어 있는 것 같다. 초연향은 그에 대해 짐작하고 있는 듯하지만 더 이상 입을 열고 싶은 마음은 없는 듯했다.

'탁 공자라…….'

진용은 애써 외면하고 고개를 옆으로 돌렸다. 그곳에선 유량이 약간의 여유를 가지고 동호진을 몰아붙이고 있었다.

떠더덩!

한순간, 두 사람의 검이 거세게 부딪쳤다 떨어졌다.

"그만 하지."

두 걸음 물러선 유량이 검을 하단으로 내리고 동호진을 바라보았다. 동호진도 일그러진 표정으로 유량을 직시했다.

"아직 지지 않았다!"

"죽고 싶나? 죽고 싶다면 죽여주지. 하나 지금은 아니야."

싸우자 하면 싸우지 못할 것은 없다, 영품삼위 중 둘을 한순간에 불능으로 만들어 버린 진용이 있으니까. 어쩌면 모두 죽이는 것도 그리 어렵지 않을 거라는 생각마저 든다.

그러나 그리되면 싸움은 이곳에서 끝나는 게 아니다. 영풍보는 해룡선단이 단독으로 상대하기에는 벅찬 상대. 자칫 오늘 일로 인해 영풍보와 해룡선단의 싸움이 전면전으로 치달을 경우, 해왕방과 세력 다툼을 벌이고 있는 해룡선단으로선 양쪽에서 적을 맞이해야 할 상황이 올지 모른다.

그러니 끝내야 할 때 끝내는 게 상책이란 생각이 든 것이다. 저들 역시 떳떳한 이유로 이곳에 온 것이 아닌 것 같으니까.

"전면전으로 치닫는 것은 그대의 보주도 원하지 않을 거라 생각하는데?"

유량의 말에 동호진의 표정이 괴이하게 변했다. 이미 상황은 절체절명. 거기다 유량의 뜻을 모를 그도 아니다.

"제기랄, 목숨을 구걸받다니……. 좋아, 놓아준다면 물러가겠다!"

유량은 묵묵히 고개를 끄덕이고 주위를 둘러보았다.

어이없는 상황. 단 한 사람에 의해 영풍보의 이십여 무사가 얼어붙어 움직이지를 못하고 있다. 물론 영풍삼위 중 두 사람이 단숨에 제압당하고 그들을 구하려던 무사들이 일순간에 팔다리가 부러졌으니 그럴 만도 했다.

그러나 유량은 지금의 상황이 그런 단순한 이유 때문에 만들어진 것이 아님을 잘 알고 있었다.

무사의 혼조차 얼어붙게 만든 미지의 기운.

'이걸 믿어야 하는지… 대체 고 공자가 익힌 무공이 무엇이기에……'

유량이 둘러보는 사이, 무엇 때문인지 진용은 이마를 잔뜩 찌푸린 채 자신의 손을 내려다보았다.

'그리 좋은 기분은 아니야. 건곤흡정진혼결을 함부로 써선 안 되겠어.'

그래도 후회는 없었다. 어차피 벌어진 일.

진용은 고개를 들어 동호진을 바라보았다. 그리고 고저가 없는 무심한 목소리로 말했다.

"곧 비가 올 것 같군요. 의원이 있는 곳까지 가려면 서둘러야 할 것입니다."

그 말에 동호진은 재빨리 동호강의 곁으로 다가가 손을 살펴보고는 고개를 저으며 동호청을 안아 들었다. 그는 두려움과 한이 범벅된 눈으로 진용을 바라보았다.

"오늘의 은원은 잊지 않겠소."

동호진은 이를 갈며 아직도 제정신을 못 차리고 있는 동호강을 바라보았다.

"형님, 갑시다. 큰형님을 빨리 의원에게 데려가야겠습니다."

동호강도 진용을 떨리는 눈으로 흘려 보고 몸을 일으켰다.

"크윽, 그래."

영풍보의 무사들은 팔다리가 부러진 채 쓰러져 신음을 흘리고 있는 동료들을 들쳐 업었다. 그들의 표정은 멀쩡한 자나, 팔다리가 부러진 자나 모두가 한결같이 공포에 질려 있었다.

잠시 후 몰려들 때보다 더 빠르게 영풍보의 무사들이 썰물처럼 물러갔다.

그리고 진용도 마차 안으로 들어갔다.

남은 것은 여전히 마차 한 대와 다섯 필의 말에 타고 있는 창백한 얼굴의 해룡선단 무사들뿐.

무사들은 마차를 힐끔거리며 부르르 어깨를 떨었다. 그럼에도 그들의 마음은 한결같았다.

어려운 임무라 했다. 목숨을 걸어야 할지 모른다 했다.

그런데 이제 빛이 보인다. 우리는 살 수 있다!

"다친 사람은?"

"약간의 경상을 입긴 했지만 크게 다친 사람은 없습니다."

다행히 중상자는 나오지 않았다. 안도의 한숨을 내쉰 유량은 마차를 향해 말했다.

"덕분에 무사할 수 있었네, 고 공자."

진용은 눈을 감고 있다가 유량의 목소리가 들리자 고소를 머금었다.

팔다리를 부러뜨린 것은 그다지 마음에 걸리지 않는다. 그거야 시간이 지나면 나을 테고, 무인들치고 그 정도 상처 당해보지 않은 사람은 그리 많지 않을 테니까.

문제는 마법으로 사람을 태워 버렸다는 것.

그렇게까지 하지 않아도 충분했는데 자신도 모르게 살심이 치솟았었다, 살심을 누르기 위해 따로 내공을 끌어올려야 했을 정도로.

'건곤흡정진혼결 때문인 것 같아.'

동호강의 손을 잡은 순간, 상대가 내공을 밀어 넣자 자신도 모르게 건곤흡정진혼결을 운용했었다. 순간 으스러진 손을 통해 상대의 내공이 빨려 들어왔다.

그리고…… 살심이 일었다.

대경한 진용은 재빨리 운용을 멈추어야만 했다. 그리고 때마침 동호청이 공격해 오자, 진용은 빨아드린 내공을 이용해 파이어볼, 일명 화염주를 펼쳐 빨아들인 내공을 소진해 버렸다.

덕분에 살심이 조금 누그러져 손을 멈출 수 있었지만, 아마 그들이 멈추지 않고 덤볐다면 정말로 모두를 죽였을 것이다.

지금 생각해도 아찔한 순간이었다. 하마터면 스무 명이 넘는 사람들을 모두 죽일 뻔하지 않았는가. 그저 자신의 살심을 만족시키기 위해서.

아무래도 건곤흡정진혼결에 자신이 아직 파악하지 못한 뭔가가 있는 것만 같다.

세상에! 그토록 지독한 살심이라니…….

'건곤흡정진혼결에 대해 더 깊게 연구해 봐야겠어.'

진용이 눈을 감고 고민에 잠겨 있자 초연향이 나직한 목소리로 입을 열었다. 그녀도 동호청이 불에 타는 것을 보았다. 놀라서 입을 틀어막아야 했을 정도다.

그러나 어쩔 수 없다는 것, 더 심한 경우가 닥칠지도 모른다는 것 또한 알고 있었다.

"힘드시겠지만 너무 고민하지 마세요. 앞으로 더한 경우를 감당해야 할지도 모르니까요. 강호란 그런 곳이라 들었거든요."

강호란 그런 곳이라고?

"피가 무서운 것은 아닙니다. 다만 제 자신이 무서울 뿐이죠."

그때 밖에서 유량의 목소리가 들려왔다.

"고 공자가 그리하지 않았다면 더 많은 사람들이 죽거나 다쳤을 거네. 때론 한 번의 단호함이 수많은 사람의 목숨을 구하기도 하지."

틀린 말이 아니다. 진용도 모르는 바가 아니다.

앞으로 해야 할 일에 비교하면 이 정도의 일은 아무것도 아닐지 모른다. 벌건 피가 땅을 적시고 많은 사람이 죽어갈 것이다. 그때마다 감정에 젖어 있을 것인가?

답은 간단했다.

'그럴 수는 없다!'

진용의 눈빛이 저녁 하늘의 어둠처럼 그 끝을 알 수 없게 깊이 가라앉았다.

"단호함이라……. 아무래도 그래야겠죠."

나직이 대꾸한 진용은 초연향을 돌아보았다.

"그건 그렇고, 애초의 계획은 물 건너간 것 같군요."

"그러게요. 고 공자의 무위를 숨기려 서생복까지 입혔는데……."

"뭐 어쩌겠습니까? 이제 와서 옷을 바꿔 입는다는 것도 그렇고, 계속 서생 흉내나 내는 수밖에요."

마차가 출발하려는데 한두 방울씩 비가 떨어지기 시작했다.

그리고 마차가 정림사에 도착할 즈음 먹장구름이 시퍼런 벼락의 칼날에 찢겨지며 폭포수 같은 물줄기가 쏟아져 내렸다.

진용의 가슴에 엉겨붙은 고뇌의 찌꺼기를 씻어내려는 듯이.

2

쏴아아아!

정림사에 도착하자마자 폭우가 쏟아지기 시작했다. 초연향의 말대로 쉽게 그칠 비가 아닌 듯했다.

회색빛으로 변해가는 산사의 풍경. 답답한 자신의 마음만큼이나 어두워진다.

쏟아지는 폭우를 바라보던 진용은 찻잔을 들다 말고 지나가듯이 초연향에게 물었다.

"탁 공자란 자가 누굽니까?"

"그는 천화상단의 주인인 탁중보의 둘째 아들로 이름이 탁인효예요."

남경에 본단을 둔 천화상단은 구룡상방과 함께 천하에서 가장 큰 세 개의 상인 집단 중 하나였다. 그런 곳의 둘째 공자라면 한마디로 남부러울 것이 없는 자다.

"그자가 왜 초 소저를 납치하려는 거죠?"

초연향이 입술을 지그시 깨물고 말했다.

"십 개월 전 천화상단에서 매파가 왔었어요."

"매파?"

"작년, 조부님의 육십 회 생신 때 본단을 찾았던 탁 공자를 제가 안내한 적이 있어요. 교주 일대를 구경하고 싶다고 해서. 한데 그때 그가 절 눈여겨봤나 봐요. 그가…… 저를 데려 가고 싶다고 하더군요."

탁인효 정도라면 사실 누구라도 거부할 수 없는 혼처라 할 수 있다, 그런 일에 대해 잘 모르는 진용조차 인정해야 할 정도로.

진용은 묻고 싶었다. 당신은 가고 싶었소?

"하지만 아버지가 단호히 거부하셨어요. 그런데도 그는 포기하지 않고 계속 사람을 보내오고 있어요. 그래도 이렇게까지 할 사람은 아니라 생각했는데……."

왜 거부했을까? 해룡상단이 구룡상방에 속해 있어서? 권력을 가진 자들은 서로 간의 혈연으로 서로를 묶는다 들었는데, 그도 아닌가?

진용은 찻물을 한 모금 목울대로 넘기고는 허공 너머로 초연향의 눈을 바라보았다.

"그는 사람을 좋아할 자격이 없는 사람이군요."

초연향은 아픔이 가득한 눈을 옆으로 돌렸다. 산사 지붕의 골을 타고 빗물이 폭포수처럼 쏟아지고 있었다. 하지만 그 빗물로도 그녀의 아픔은 씻겨지지가 않았다.

'문제는… 그렇게 단순한 일이 아니라는 거예요. 차라리 그리되면 이리 가슴이 아프지는 않았을 거예요.'

그녀는 자신이 왜 이런 이야기를 하고 있는지 스스로도 알 수 없었다. 다만 분명한 것은 이야기를 털어놓으니 털어놓은 만큼 마음의 짐이 조금은 가벼워진 것 같았다.

　다음날 아침이 되어서야 비가 멈췄다.
　진용과 초연향을 태운 마차는 날이 밝자마자 정림사를 출발했다.
　그리고 이틀, 다행히 태산의 입구인 태안에 도착할 때까지 영풍보의 공격은 더 이상 없었다.
　긴장한 마음을 늦추지 않은 채 주위를 경계하던 유량은 내심 안도의 한숨을 내쉬고 보다 편안해진 얼굴로 마차를 향해 물었다.
　"태안에 다 온 듯합니다. 초 낭자, 바로 태산에 오르실 겁니까?"
　초연향이 약간 지친 목소리로 입을 열었다.
　"아니에요. 오늘은 여기서 쉬고 내일 아침 일찍 올라가도록 해요."
　"알겠소이다."

　　　　　　　＊　　　＊　　　＊

　"초연향이 왔다. 지금 태안에 있다는군."
　"오호! 그래요? 그럼 탁 오라버니는 어디에 있는가요?"
　"인효도 태안 근처에 왔다는 연락을 받았다."

여인의 눈매가 싸늘하게 굳어졌다.

"그럼 오라버니도 태안으로 가셔야겠군요."

"물론 가야지. 그건 그렇고, 향 매가 얼마나 예뻐졌는지 궁금하군."

"흥! 오라버니나 탁 오라버니의 마음속에는 언제나 초연향뿐이군요."

여인의 싸늘한 말에 백의를 멋들어지게 차려입은 청년이 어색한 웃음을 터뜨렸다.

"하! 하! 하! 그럴 리가 있겠느냐? 내가 초연향의 마음을 차지해야 너의 일이 잘 풀릴 테니 그러는 것뿐이다."

"잘하셔야 할 거예요. 본가에서도 기대를 걸고 있는 일이니까요. 그리고… 이번 일로 오라버니를 어떻게 대할 것인지 결정할 것이니 실망시키지 마세요."

백의청년의 이마에 한 방울의 땀이 맺혔다.

"걱정 말거라. 내 어떻게 하든 인효의 마음속에서 초연향에 대한 것을 지워 버릴 것이다. 아니면 초연향의 머릿속에서 인효의 그림자를 지워 버리던가."

"꼭 그러길 바라겠어요. 오라버니를 위해서라도……."

순간 백의청년의 얼굴에 왠지 모를 자조의 쓴웃음이 스쳐 지나갔다.

'글쎄, 나보다는 너를 위해서겠지. 나야 잘되면 좋고 잘못돼도 손해 볼 건 없으니까. 그저 아무것도 모르고 있을 향 매

에게 미안할 뿐…….'

3

"오랜만이오."

진용은 식사를 마치고 찻잔을 들려다 옆에서 들려오는 목
소리에 고개를 돌렸다.

울림이 깊고 낭랑한 음성. 자신감이 넘치다 못해 오만하게
까지 느껴진다. 누구지?

언뜻 초연향의 눈빛이 잘게 떨리는 것처럼 느껴졌다. 게다
가 짙은 그늘이 진 표정. 아는 사람인가?

그때 초연향이 천천히 일어서서 목소리의 주인을 바라보
고는 조용한 목소리로 말했다. 눈빛에 일던 떨림은 가라앉아
있었다.

"오랜만이에요, 탁 공자. 일 년 만인가요?"

"그렇소. 일 년이오. 그 일 년간 내 마음은 새까맣게 타버
렸소."

진용은 초연향의 말에서 그가 바로 탁인효라는 것을 알 수
있었다.

'저자가 직접 오다니, 성질 한번 급하군.'

스물대여섯의 나이로 보인다. 훤칠한 키에 딱 벌어진 어깨,
잘생겼다는 말이 절로 나올 정도의 얼굴에 틀어박힌 횃불처

럼 타오르는 두 눈. 헌헌미장부라는 말에 어울리는 모습이었
다. 초정명이 무엇 때문에 혼사를 거절했는지 의아한 마음이
일 정도다.

하지만 진용은 그에게서 다른 것을 보았다.

'제법 강한 무공을 소유한 자다. 일개 상단의 소주인이 저
런 내력을 지니고 있다니, 놀라운 일이군. 영풍삼위보다 훨씬
강할 것 같은데?'

그때 그가 말했다.

"영풍보와의 일은 정말 미안하오. 그들이 내 뜻을 곡해하
는 바람에 일이 이상하게 진행되었던 것 같소. 정중히 모셔오
라 했는데, 너무 의욕이 지나쳐서 그만……."

탁인효가 먼저 그 이야기를 꺼내자 초연향은 어색한 표정
으로 고개를 끄덕였다. 그녀는 신안의 소유자. 그렇기에 그녀
는 그의 말이 진심이라는 것을 알아봤다.

차라리 거짓이라면 말하기가 더 편할 텐데…….

"사람이 죽을 뻔했어요."

"다행히 한 사람도 죽지 않았으니 그들에게도 입을 다물라
했소. 절대 그 일에 대해 따지지도 말고 입을 열지도 말라고
말이오. 그리고 해룡선단에 사죄의 뜻을 전하라 했소."

그래서 영풍보가 더 이상 손을 쓰지 않았던 건가?

진용은 그의 말에서 그의 성격을 짐작할 수 있었다.

'꽤나 독선적인 자군.'

진용의 눈길을 의식했는지 탁인효가 진용을 돌아보았다.

"귀하가 바로 그 서생인가 보군."

서생 차림을 한 자는 혼자뿐이니 영품삼위나 무사들에게 말을 들었다면 못 알아본다는 것이 이상한 일이다.

진용이 무심한 눈으로 탁인효를 쳐다보았다.

"좋아하는 사람을 힘으로 차지하려는 자치고 끝이 좋은 사람은 보지 못했지요."

탁인효의 눈썹이 꿈틀거렸다.

"마공을 익힌 자 역시 마찬가지외다."

진용의 무심한 얼굴에 차가운 웃음이 맺혔다.

"보지도 않고서 그런 결정을 내리다니, 너무 성급한 판단이라 생각지 않습니까?"

두 사람의 눈빛이 허공에서 마주쳤다.

'귀하게 키운 것이 독선조차 키운 것인가?'

'도대체 이자는 뭔가? 아무리 봐도 일개 서생으로밖에 보이지 않거늘. 이자가 정녕 한순간에 영풍삼위 중 둘을 회복불능으로 만들었단 말인가? 나라 해도 쉬운 일이 아닌데…….'

때마침 유량이 두 사람 사이에 끼어들었다.

"탁 공자, 별일없다면 우리는 가서 쉬고 싶소만. 오던 길에 심한 일을 당했더니 너무 피곤해서 말이오."

탁인효의 굵은 검미가 꿈틀거렸다. 그러나 쉬고 싶다는 사람을 쉬지 말라 할 수도 없는 일.

"향 매, 피곤할 테니 가서 쉬시구려. 내일 아침 다시 찾아오겠소."

초연향이 고개를 가로저었다.

"내일 오시지 않으셔도 돼요. 저희는 아침 일찍 바로 태산에 오를 것이니까요."

"어쨌든…… 내일 보겠소."

탁인효가 굳은 표정으로 막 돌아서려 할 때다. 객잔 입구의 주렴이 걷히며 누군가의 목소리가 커다랗게 들려왔다.

"여! 이게 누구신가? 탁 형이 아니오?"

태산에서 내려온 구룡상방의 셋째, 하군상의 목소리였다.

잠시 후 별실의 커다란 탁자를 중심으로 다섯 명이 둘러앉았다.

진용과 초연향, 유량, 탁인효, 그리고 탁인효에 조금도 뒤지지 않는 귀공자풍의 하군상까지.

초연향은 들어가 쉬고 싶었지만 그럴 수가 없었다. 찾아온 자는 구룡상단을 지배하고 있는 하씨세가의 네 남매 중 셋째. 초연향에겐 그의 뜻을 거부할 힘이 없었던 것이다.

"하하하하! 이렇게 향 매를 보게 되다니, 내 태산에서 내려오길 잘했구려."

호탕하게 웃으며 초연향을 느끼한 눈으로 바라보는 하군상을 향해 탁인효가 이마를 찌푸린 채 입을 열었다.

"령 매를 혼자 놔두고 이렇게 산을 내려와도 괜찮겠소?"

"그 아이가 뭐 어린아이요? 게다가 십영(+影)이 그 아이 곁을 한시도 떠나지 않고 지키고 있는데 무슨 걱정이오?"

하군상의 말에 진용이 나직이 말문을 열었다.

"십영이라는 사람들이 그렇게 강한 사람들입니까?"

하군상은 자신의 말에 꼬리를 다는 진용을 찌푸린 눈으로 바라보았다.

초연향이 대동하고 왔다는 서생이었다. 만일 초연향이 그에 대해 말하지 않았다면 자신은 저자를 진짜 서생으로 보았을 것이다.

'흠, 저 별 볼일 없어 보이는 서생이 호위무사라고? 웃기는군. 해룡선단에 사람이 그리도 없나?'

아직 영풍보와의 일을 모르는 그로선 그리 생각할 수밖에 없었다.

그가 자신있게 대답했다.

"물론 강하지. 하나하나가 일류 중에 일류들이니까."

"이상하군요."

"뭐가 말인가?"

"하 낭자의 안전이 걱정되어서 호위무사를 청했다 들었는데, 하 공자의 말대로라면 굳이 호위무사가 더 필요없을 것 같은데요."

하군상의 눈매가 칼날처럼 굳어졌다.

"물론 그렇게 생각할 수도 있지. 하지만 사람 일은 아무도 모르는 것이 아니겠는가?"

"하긴, 앞으로 벌어질 일은 아무도 모르겠지요. 지키는 사람이 아무리 많아도 당할 상황이 되면 당할 수밖에 없을 텐데……."

"흥! 걱정 말게. 십영을 뚫고 내 동생을 어찌할 수 있는 자는 강호에서 몇 되지 않으니까. 자네들을 청한 것은 만일의 경우를 생각해서일 뿐이야."

"걱정은 안 합니다만, 해룡선단이 해왕방과의 싸움으로 힘이 많이 약해져 있는데 도와주지는 못할망정 사람을 내달라고 하니 그게 좀……."

진용의 느긋한 대꾸에 하군상의 눈에서 싸늘한 불꽃이 쏟아졌다.

"꽤나 건방진 호위무사군."

진용이 고개를 가로저었다, 무슨 소리냐는 듯.

"호위할 대상과 주변 상황을 미리 알아놓는 것은 호위무사가 당연히 할 일. 안 그렇습니까, 초 소저?"

초연향은 진용이 자신을 쳐다보며 묻자 웃지도 못하고 어색한 표정으로 하군상을 바라보았다.

"고 공자의 말에 너무 신경 쓰지 마세요. 저분도 단지 하 언니를 제대로 호위하기 위해 하나라도 더 알고 싶어 저러는 거니까요."

하군상은 한 번 더 진용을 노려보고는 고개를 끄덕였다.

"음…… 하긴 내가 호위무사와 말싸움할 이유가 뭐가 있겠소. 더구나 향 매가 말리니 내 참겠소이다."

속에서 부글거리는 화를 억지로 삭인 하군상이 탁인효를 바라보았다.

"탁 형은 무슨 일로 여까지 오셨소? 요즘 영호 소저와 깨 쏟아지게 잘 지내신다고 하던데."

진용의 비비 꼬는 말대꾸에 한껏 기분이 좋아져 있던 탁인 효가 와락 이마를 찌푸렸다.

"그게 무슨 말이오? 내가 언제 영호 소저와……."

"하하하하! 남자끼리 뭘 그러시오. 아! 그러고 보니 향 매 가 있으니 말하기가 어려우신가 보구려. 내 실수를 했소이 다."

"하 형! 대체 지금 무슨 말을 하는……."

탁인효가 인상을 굳힌 채 차갑게 말하자 하군상이 재빨리 탁인효의 말을 잘랐다.

"허! 얼마 전 천화상단에서 들어온 소식이었는데……. 이 거 내가 잘못 들었나 보구려. 난 또 영호 소저와 탁 형의 혼사 를 다음 달에 올린다 하기에 사실인 줄로만 알았소. 저번에 두 분이 같이 여행을 하던 중에 정이 들었다는 말도 있고 해 서 말이오."

탕!

탁인효가 탁자를 내려쳤다.

"말씀이 지나치구려! 영호 낭자는 단순히 여행을 하던 중에 만났을 뿐이오. 비록 그 이후에 영호세가와 본가 간에 혼담이 오가기는 했지만 그건 나의 뜻이 아니외다."

하군상이 눈을 빛내며 말했다.

"그러니까 그런 일이 있기는 있었군요."

탁인효의 눈에서 불꽃이 일었다.

"하 형, 지금 시비를 걸겠다는 거요?"

"그럴 리가? 그리 생각하셨다면 죄송하외다. 나는 단지 탁형의 혼사를 축하해 주려 했을 뿐이외다."

손까지 휘저으며 변명하는 하군상의 얼굴을 짓이기고 싶은 탁인효였다.

왜 하필 이런 자리에서 영호교와의 혼사에 대한 이야기를 한단 말인가, 초연향이 동석해 있는 자리거늘. 그렇지 않아도 그 일로 인해 부친과 설전을 벌이고 나온 판인데.

하지만 이곳은 산동, 구룡상방의 영역. 탁인효는 화를 억누르고 이를 갈며 말했다.

"다시는 그 이야기를 꺼내지 않았으면 좋겠소."

"하하! 그러지요. 좌우간 미안하게 되었소이다. 나는 다만 이 년 전 공손 소저와의 혼담이 오갈 때던가요? 탁 형이 다른 여자를 쫓아다니는 바람에 그 혼사가 깨졌다는 말을 듣고 이번에는 꼭 이루어졌으면 하는 마음이었는데……."

그때였다. 미처 하군상의 말이 끝나기도 전 탁인효가 벌떡 일어섰다.

"하군상! 닥치지 못해!"

"허, 거참, 성질은. 그러니 공손 소저와의 혼사도 깨지고 또 영호 소저와도……."

"하.군.상!"

와장창!

벌떡 일어선 탁인효는 찻물이 초연향을 덮치는 것에 아랑곳하지 않고 하군상을 향해 주먹을 뻗었다.

하지만 하군상도 순순히 당할 생각은 없었다.

"어쭈? 말로 안 되니 주먹인가? 좋아! 오랜만에 한 번 해보자 이거지?!"

진용은 재빨리 초연향을 데리고 밖으로 빠져나갔다. 안에서 둘이 싸우다 어디가 부러지든 말든. 심하면 죽을지도 모르지만 말리고 싶은 생각은 조금도 없었다.

눈곱만큼도.

4

다음날 날이 밝자 유량과 다섯 명의 무사는 태안에 머무르게 하고, 진용과 초연향만이 탁인효와 함께 하군상을 따라 태산을 올랐다.

태산을 오르는 길은 그리 험하지 않았다. 그럼에도 오르는 사람들은 지루하기 그지없었다.

끝도 보이지 않는 계단. 도대체 몇 개나 되는지 궁금할 정도다.

하지만 진용은 뭐가 그리도 흥겨운지 시를 읊어대며 계단을 오르고 있었다.

태산은 어떠한가.
제나라와 노나라에 걸쳐 그 푸르름이 끝이 없어라.
천지간에 빼어난 것 모두 모았고,
산의 밝음과 어둠을 밤과 새벽으로 갈라놓았구나.
층층이 펼쳐진 운해, 가슴 후련히 씻어 내리고,
눈 크게 뜨고 돌아가는 새를 바라본다.
내 반드시 산 정상에 올라
뭇 산의 작음을 한 번에 내려다보리라.

표정이 평상시에 비해 밝아 보이는 진용을 보고 초연향이 물었다.

"고 공자, 뭐 좋은 일이라도 있나요? 웬 두보의 망악(望嶽)이에요?"

"예? 아, 별거 아닙니다. 그냥 말로만 듣던 태산에 오르니 기분이 좋아서요."

물론 그 이유만은 아니다.

뒤에서 따라오고 있는 두 사람.

가진 것 많다고 한껏 위세를 부리던 사람들이 하루아침에
지나가는 사람들의 눈길을 받고 있다. 물론 좋은 눈길은 아니
다. 여기저기 시퍼렇게 멍든 얼굴을 보고 흠모의 눈길을 던질
사람은 없으니까.

헌헌미장부였다가 지금은 찌그러진 호박이 되어버린 탁인
효의 얼굴도 그렇지만, 준 것 없이 얄밉게 굴던 하군상의 시
퍼런 눈두덩은 보고 또 봐도 재미있기만 하다.

꼭 너구리를 닮은 눈두덩이다. 저렇게 골라 패려도 힘들 텐
데, 용케도 탁인효는 하군상의 두 눈 가장자리를 시퍼렇게 만
들어 버렸다.

볼 때마다 웃음이 나왔다. 그렇다고 대놓고 웃을 수도 없는
일. 하는 수 없었다, 웃음을 참기 위해서 시라도 읊는 수밖에.

그나마 서로가 참고 심하게 손을 안 써서 다행이었다. 만일
내공을 끌어올리고 싸웠다면 누가 말리기도 전에 둘 중 하나
는 죽었을지도 모른다.

'그 상태에서도 자신들을 다스릴 줄 알다니, 제법이란 말
이야.'

상대에게 맞으면 누구나 자신을 다스리기가 어려울 수밖
에 없다. 그런데도 두 사람은 마치 약속이라도 한 듯 내공을
쓰지 않았다. 아마도 최후의 상황만은 벗어나려는 생각이었

을 것이다.

그것이 진용으로 하여금 두 사람을 새로운 눈으로 보게 만들었다.

'강호의 후기지수라는 자들도 최소한 저 정도는 된다고 봐야겠군.'

일천문을 지나 계단을 오른 지 얼마나 되었을까, 저 멀리 태산의 정상 천주봉이 보이기 시작했다.

곳곳에 새겨진 명필들의 글귀들이 진용의 눈을 사로잡는다.

대체 얼마나 많은 사람들이 이곳에 글을 남겼을까. 게다가 하나같이 명필 아닌 것이 없다.

진용이 석벽에서 눈을 돌릴 줄 모른 채 계단을 오를 때였다. 초연향이 조금은 지친 목소리로 뒤를 향해 물었다.

"언니는 어디 있나요?"

초연향의 물음에 하군상이 대답했다.

"주령은 벽하사에 있소."

벽하사라면 산꼭대기에 있는 신전을 말함이다. 여신 벽하원군을 모시는 곳. 아직 까마득하다.

일행은 한숨을 쉴 시간도 없이 다시 발걸음을 옮겼다.

중천문을 지나 남천문에 이르자 계단이 끝났다. 마지막 계단을 오른 초연향이 거친 숨을 몰아쉬며 말했다.

"칠천 개가 넘는군요. 정말 굉장한 계단이에요."

맙소사! 그걸 다 세었단 말인가?

"저곳인가 보군요."

초연향의 말에 진용은 질린 표정을 지우고 앞을 바라보았
다. 그곳에는 거대한 신전의 건축물이 붉은빛을 발하며 오만
하게 버티고 서 있었다.

벽하사(碧霞祀)였다.

5

"오느라 수고했어, 향 동생."

화사한 하주령의 말에 초연향은 고개를 숙였다.

"저보다는 이곳에서 백일제를 올린 언니가 수고했죠."

"나야 당연히 할 일이니까. 그런데……."

막 들어오는 사람들을 바라보던 그녀의 눈이 크게 뜨였다.

하군상이야 어차피 그녀의 관심 밖이었다. 그녀의 눈은 오
직 한 사람만을 향해 있었다.

"탁 오라버니!"

탁인효가 이마를 문지르며 떨떠름한 표정으로 답했다.

"오랜만이오, 령 매."

"어떻게 된 거예요? 그 얼굴……."

"하하하! 하 형하고 오랜만에 한 수 겨뤄봤소."

그 말에 하주령은 싸늘한 눈으로 하군상을 일견하고는 다시 부드러운 눈으로 탁인효를 바라보았다.

순식간에 이루어진 얼굴 변화에 그녀를 주시하고 있던 진용은 내심 혀를 내둘렀다.

'속마음을 짐작키 힘든 여인이구나. 저 여인이 구룡상방의 지낭이라는 하주령이란 말이지?'

초연향도 아름다운 얼굴이지만 그저 평범한 아름다움이다, 신비할 정도로 맑은 눈을 제외한다면.

그에 비해 하주령의 얼굴은 서시가 울고 갈 정도로 아름다운 얼굴이다, 보는 것만으로도 숨이 탁 막힐 정도로.

하지만 진용에게는 그녀의 아름다움이 눈에 들어오지 않았다. 싸늘하면서도 왠지 모르게 거부감이 드는 눈빛 때문이었다.

"오라버니가 저를 만나려고 여기까지 오시다니, 소매는 정말 감격했어요."

"하! 하! 그게……. 그래, 어쨌든 반갑소."

"좌우간 여기까지 오셨으니 편히 쉬세요."

"흠, 오늘 떠난다는 말을 들었는데…….."

"본래 그럴 생각이었는데 아직 백일제 마무리가 안 되어서 내일 아침에 떠날 생각이에요."

하주령은 탁인효에게 바짝 붙어 서서 환한 미소를 지었다. 마치 온 세상이 자신의 것이 되기라도 한 것인 양.

하지만 그것도 잠시, 그녀는 하군상을 싸늘한 눈빛으로 돌아보았다. 말투만은 부드럽게 치장한 채.

"오라버니는 잠시 방에 가 계세요. 제가 곧 갈 테니까요. 향 동생도 일단 오라버니를 따라가. 내 할 말이 있으니까."

"예, 언니."

"그래, 먼저 가 있으마. 갑시다, 향 매."

있는 듯 없는 듯 조용히 서 있던 진용은 초연향이 돌아서자 그녀의 뒤를 따라 방을 나섰다.

붉은 벽을 따라 서너 번 꺾어지자 객방이 나왔다.

진용은 한 걸음 뒤처져서 두 사람을 따라갔다.

가는 동안에도 하군상은 초연향에게 끊임없이 말을 붙였다. 그가 너구리 같은 얼굴로 끊임없이 말을 하는데도 초연향은 빙긋이 웃고만 있었다. 그런데도 하군상은 조금도 기분이 나쁘지 않다는 태도로 마주 웃으며 계속 말을 걸었다.

'참으로 속을 알 수 없는 자군. 어찌 보면 순수하게도 보이고, 어찌 보면 속에 많은 것을 담고 있는 자 같기도 하고……'

한데 진용이 속으로 그런 생각을 하며 두 사람을 따라 방으로 들어가려 할 때다.

저만치 구석에 쪼그리고 앉아서 바닥에 뭔가를 긁적이고 있는 봉두난발의 중년인이 우연히 진용의 눈에 들어왔다.

'누굴까? 도복을 입은 걸 보면 도인 같은데……..'

그냥 지나칠 수도 있는 일이다. 그런데도 자꾸 관심이 가진다.

다름이 아니다. 벽하사에 저런 허름한 도인이 있다는 자체가 이상한 일이 아닌가. 벽하원군께 제를 올리는 곳에 지저분하게 봉두난발의 도인이라니.

잠시 발걸음을 멈추고 봉두난발의 도인을 바라보던 진용은 고개를 저으며 몸을 돌렸다.

'쓸데없는 생각은……. 저자가 벽하사의 사람이면 어떻고 아니면 어떻다고……..'

그때였다. 뭔가 알 수 없는 느낌이 싸늘하게 뇌리를 찌른다.

흠칫! 진용은 자신도 모르게 옮기려던 걸음을 멈추었다.

'뭐지?'

그 느낌을 세르탄도 받았나 보다.

'시르, 뭐야? 무슨 일이지?'

'나도 몰라. 다만……. 아!'

진용은 재빨리 고개를 돌려 구석을 바라보았다.

그런데…… 없다!

'엇? 분명 조금 전만 해도 있었는데? 어디 갔지?'

미끄러지듯 도인이 있던 자리로 신형을 날린 진용은 모든 신경을 개방하고 주위를 살펴보았다, 행여 자신이 잘못 본 것이 아닌가 해서.

그러나 굳이 눈에 힘을 줄 필요도 없었다. 그곳에는 도인이 있던 흔적이 고스란히 남아 있었던 것이다.

분명 자신이 잘못 본 게 아니다. 도인은 있었다. 자신의 이목을 속이고 사라졌을 뿐.

'강호에는 숨어 있는 기인이 모래알처럼 많다더니…….'

묘한 전율이 짜르르 흐른다.

'참 재미있는 일이야. 안 그래, 세르탄?'

세르탄이 질린 목소리로 말했다.

'인간들은 진짜 알 수가 없어. 아직 한참 멀었긴 하지만 시르의 능력도 그리 떨어지지 않는데……. 그런데 뭘 그린 거야?'

진용은 봉두난발의 도인이 긁적이던 흔적을 세밀히 살펴보았다.

기묘하게 얽힌 선이 어지럽게 널려 있다. 글을 써놓은 것 같기도 하고 그림을 그린 것 같기도 하다.

문득 진용의 얼굴에 환한 웃음이 떠올랐다.

"하하! 이거 진짜로 궁금해지는데?"

방으로 들어가자 초연향에게 바짝 붙어 있던 하군상이 진용을 쩨려봤다. 자신의 일을 방해당했다는 눈빛이다.

그러든 말든 진용은 두 사람이 있는 탁자 쪽으로 걸어갔다.

눈이 마주치자 초연향이 고개를 숙이고, 두어 걸음을 더 다가가자 탁자 아래로 초연향의 손이 보였다.

떨리고 있었다, 하군상에게 한 손이 잡힌 채.

진용의 눈빛이 싸늘히 굳어졌다.

"군자는 그 행실에 소홀함이 없어야 한다 했는데, 하 공자는 스스로를 군자라 생각하시는지?"

하군상의 기다란 눈썹이 꿈틀 굽어졌다.

"그대가 상관할 일이 아니다. 호위무사면 호위무사답게 굴어! 썩 밖으로 나가지 못할까!"

언뜻 진용의 입가에 가느다란 웃음이 걸렸다.

"글쎄… 호위무사답게라……. 그럼 그대도 구룡상방주의 자식답게 행동을 해야 하지 않겠나?"

"뭐야? 건방진 놈이 감히 누구 앞이라고!"

진용의 반말에 벌떡 일어선 하군상은 초연향을 향해 휙 고개를 돌렸다.

"향 매! 내 저놈의 버릇을 고쳐 놔야만 하겠소. 이해하시구려!"

"하 공자……."

"미안하오! 이번에는 향 매가 내 뜻에 따라줘야겠소."

화를 누그러뜨리기에는 늦은 상황. 초연향은 진용을 바라보았다. 그러나 진용은 초연향의 눈빛을 못 본 척, 하군상만을 바라보며 입을 열었다.

"너무 걱정 마십시오. 뒤탈은 없을 겁니다."

"흥! 그래, 뒤탈이 없이 확실히 뭉개주마!"

휘이익!

말이 끝나기 무섭게 하군상은 신형을 날리며 일 장 앞에 있는 진용을 항해 주먹을 휘둘렀다.

그는 자신이 있었다.

어릴 때부터 자신보다 훨씬 뛰어난 큰형과 둘째 형이 있는 이상 상단의 우두머리가 되기는 틀렸다 생각했기에 무공 쪽에 힘을 쏟았다. 그러다 열 살 무렵, 자신이 친아들이 아닌 양자라는 것을 알고부터는 더욱더 미친 듯이 무공을 익혔다. 서러움을 잊기 위해서. 그것만이 삶의 목표라도 되는 것처럼. 성격이 살짝 비뚤어진 것도 그때부터였다.

그러던 중 자신의 의지를 높이 산 사부를 만나 의발까지 이어받았다. 그게 십 년이 넘었다. 그리고 이 년 전 사부가 죽기 전에 말했다.

"이제 네 실력이라면 강호에서도 일류고수 소리는 들을 수 있을 것이다."

그런 자신의 앞에서 호위무사 같지도 않은 서생 따위가 깝죽대다니. 단번에 묵사발을 내버리리라!

"이놈! 누워라!"

휘이잉!

하지만 상황은 그의 뜻대로 흘러가지 않았다.

자신의 의지를 실은 주먹이 서생의 턱을 날려 버리려 할 때다. 서생의 몸이 휘청이는가 싶더니 주먹이 허공을 갈랐다.

"어쭈? 피해?"

초연향의 앞에서 멋들어지게 진용을 눕히려던 하군상은 자신의 주먹이 허공을 가르자 노성을 내지르며 쌍권을 연이어 뻗었다.

십여 줄기의 권영이 그물처럼 서생의 몸을 덮어간다. 그러나 서생이 춤을 추듯 몸을 흔들자 주먹은 허공만 가르며 지나갈 뿐이다.

그 모습에 하군상의 얼굴이 와락 일그러졌다.

"이 미꾸라지 같은 놈이!"

결국 그는 내력을 좀 더 끌어올린 채 권을 내쳤다. 어지간하면 벽하사의 건물에 충격을 줄까 봐 참으려 했는데, 더 이상은 참을 수가 없었다.

한데 그때였다. 자신의 권영을 뚫고 커다란 손이 어른거리는 것이 보였다. 동시!

퍽!

가슴이 답답해지는 충격.

"어어억. 이익!"

뭐가 어떻게 된지도 모르고 주르륵 물러선 하군상은 물러서는 자신을 따라 코앞에 닥친 진용을 향해 다시 쌍권을 휘둘렀다. 내력이 실려서인지 휘둘러지는 쌍권에서 바람 소리가 일었다.

귀전포행!

귀신조차 때려잡는다는, 남에게 알려지지 않은 자신만의 절초.

이번에는 틀림없이 놈의 코를 뭉개 버릴 수 있으리라!

"이놈! 죽여 버……."

그러나……

퍼벅!

다시 두 번에 걸친 타격음.

데굴데굴 두어 바퀴를 구른 하군상은 벌떡 일어섰다.

젠장! 이번에는 눈두덩이다. 그렇지 않아도 시퍼렇게 물든 눈두덩에 극심한 고통이 몰려온다.

"비, 비겁하게……."

진용은 신수백타로 하군상의 권을 비집은 다음 눈두덩에 가볍게 일권을 적중시키고는 조용히 서서 하군상이 일어나기만을 기다렸다.

'역시 생각대로 제법인데?'

탁인효와의 권각 다툼을 보고 강할 거라 예상했었다. 그런데 아니나 다를까, 능히 곽천중에 비해 떨어지지 않는 실력이다.

"그 정도로는 나를 혼낼 수 없어."

"이, 이놈!!"

하군상은 극심한 분노를 참지 못하고 모든 내공을 끌어올렸다.

하필이면 초연향의 앞에서 이런 꼴이라니!

장포가 바람도 없는데 휘날린다.

은은히 흐르는 공기가 하군상을 정점으로 휘돌고 있다.

그때다.

"그렇게 죽.고. 싶.나?"

진용의 입이 열리고, 싸늘한 한마디가 기의 회오리를 부수며 하군상의 귀를 파고들었다.

단순한 목소리가 아니다. 진기가 응집된 기의 화살!

세르탄에게서 배운 절대음의 능력 중 천공음(天空音)이었다!

"크으읍!"

난데없는 충격에 하군상은 쓰러질 듯 비틀거리며 귀를 틀어막았다. 부릅뜬 두 눈은 이미 시뻘겋게 충혈되어 있었다.

그는 흔들리는 초점을 잡으려 고개를 흔들었다.

"이, 이게 무슨……."

진용은 대답 대신 한 걸음 앞으로 나아가며 손을 들었다.

손가락 끝에서 시퍼런 번개가 번뜩인다. 뇌전의 능력!

"죽고 싶다면 죽여주지!"

일순간, 혼을 뒤흔드는 일갈!

진용의 손끝에 뭉쳐 있던 뇌전이 하군상을 향해 폭사되었다.

눈 깜짝할 새도 없이 귀밑을 스쳐 지나가는 뇌전!

하군상의 온몸이 굳어버렸다.

쩌저적! 쩡! 푸스스스……

찰나! 탁자 위의 찻잔이 가루로 변해 흩날렸다.

하군상은 그제야 덜덜 떨리는 입을 억지로 열었다.

"겨, 격공…… 타, 탄지강?!"

경악으로 푸들거리는 하군상을 향해 진용이 다시 일보를 내딛었다. 동시에 들린 커다란 손. 하군상의 초점이 흐려진 눈에 커다란 손바닥이 보인다 싶은 순간!

퍽!

복부가 터져 나가는 것 같은 충격에 하군상의 입이 쩍 벌어졌다.

전율이 발끝에서 머리꼭대기까지 치달린다.

하지만 그는 오기로 꼬꾸라질 것 같은 몸을 억지로 세웠다.

"내, 내가…… 우웩!"

퍼벅!

덕분에 그는 두어 대를 더 얻어맞았다. 그나마 다행이라면 진용이 그의 얼굴만은 더 이상 때리지 않았다는 것이다.

진용이야 표나게 치지 않으려 그리한 것이지만, 하군상은 쓰러지는 와중에도 얼굴을 더 맞지 않은 것이 다행이라는 표정이었다.

털썩!

마침내 하군상이 쓰러지자 진용은 초연향을 바라보았다.

"괜찮습니까? 걱정 마세요, 다 끝났으니까."

그제야 두 사람의 기세에 짓눌려 입도 뻥끗 못한 채 한쪽 구석에 물러나 있던 초연향이 비칠거리며 다가왔다.

그녀는 아연한 표정으로 진용과 하군상을 번갈아봤다. 그리고는 어색한 표정으로 말했다.

"하 공자는 그냥 장난으로 그랬을 뿐인데. 손금 봐준다고……. 일이 커지는 것은 아닌지……."

"…예? 손금요?"

하군상이 눈을 뜬 것은 이각이 흘러서였다.

진용이 내력을 불어넣어 도와줬기에 가능한 일이었다.

그는 눈을 뜨자마자 벌떡 몸을 일으켰다. 그러다 진용이 보이자 학질 걸린 사람마냥 전신을 푸들거렸다. 새파랗게 질린 채.

진용이 어색함을 감추려고 굳은 표정으로 입을 열었다.

"그러게 왜……."

하군상은 정신없이 고개를 내저었다.

"아, 아, 아니…… 오. 사실 향 매에게는 그냥 장난으로……."

조금 전에 초연향도 그랬었다. 그냥 장난을 친 것이라고. 손금 봐준다면서.

그러다 진용이 들어서서 뭐라고 하자 오기가 생겨 그런 거라고.

'그래도 그렇지, 지가 뭔데 초 소저의 손을 잡아? 그리고 손금을 봤는지 뭐 했는지 내가 어떻게 알아?'

어쨌든 진용도 조금은 미안한 감정을 실어 말했다.

"그럼 우리 둘 다 이곳에서 있었던 일은 모두 잊기로 하죠. 어떻습니까?"

하군상이 이번에는 빠르게 고개를 끄덕였다.

"뭐 자랑할 게 있다고…… 당연히……."

자신도 쪽팔리는 일. 묻어버린다면 당연히 환영이었다.

"험, 다행이군요, 그리 생각하신다니. 그건 그렇고, 한 가지 부탁할 것이 있습니다만……."

부탁? 실컷 패놓고 뭔 부탁? 뭐 이런 인간이 다 있어?

속마음은 그래도 표정만큼은 억지로라도 웃음을 지었다. 그러자 눈두덩의 시퍼런 멍에 주름이 잡혔다, 꼭 너구리가 웃는 것처럼.

"뭔데… 말씀… 하시죠."

자신이 덧칠한 눈두덩을 보고 진용은 웃음이 나오려는 것을 간신히 참고 말했다.

"사실 제가 호위무사를 하고 있는 것은 그에 대한 대가를 받기로 했기 때문입니다."

"대가?"

일하고 대가 받는 거야 당연한 것이 아닌가?

하군상이 의아해하자 진용은 고개를 저으며 말했다.

"생각하고 계신 것과 조금 다른 대가지요. 다름이 아니라 약간의 정보를 얻기로 했습니다."

"정보요? 무슨 정보를……?"

"뭐, 사소하다면 사소한 것이죠. 구룡상방의 정보력이 대단하다는 말을 많이 들었는데, 차라리 하 형에게 부탁하는 것이 나을 것 같군요. 어떻습니까? 좀 알아봐 주실 수 있겠습니까?"

이를 악문 하군상이 고개를 저었다. 그는 진용의 말에 덫이 깔려 있다고 생각한 것이다.

사소하다고? 절대 그렇지 않을 것이다. 저렇게 사람 패놓고 부탁한다는 인간이 사소한 일을 가지고 정보 운운하지는 않을 테니까.

"그, 그건…… 내 마음대로 할 수가……."

하군상이 머뭇거리자 진용의 눈빛 깊은 곳에서 이채가 번뜩였다.

생각보다 줏대가 없는 자는 아니다.

또한 조금 약삭빠르게 보이기는 하지만, 눈빛에 악기가 보이지는 않는다. 내공도 정종의 심법을 익혔는지 제법 튼실하면서도 깨끗했고.

'생각보다 나쁜 사람은 아닌 것 같은데? 악동일지는 몰라도 악인은 아니라고 해야 되나?'

첫인상만 아니었다면 그렇게 심하게 다루지는 않았을 텐데……

어쨌든 모든 것은 초 소저에게 장난을 친 하군상의 잘못이었다, 최소한 진용이 생각하기에는.

진용은 입가에 미소를 띠고 조용히 입을 열었다.

"구룡상방이 황궁의 정보에 정통하다고 들었습니다. 제가 원하는 것은 바로 황궁에서 벌어진 자그마한 일에 대한 것이지요. 그 정도는 알려준다 해도 결코 구룡상방에는 해가 되지 않을 것입니다. 해가 된다 생각되는 정보는 안 알려줘도 무방하고 말입니다. 설마 초 소저가 구룡상방에 해가 될 정보를 알려주겠다고 했겠습니까?"

자신보다 훨씬 똑똑한 초연향이 그런 대가를 약속했다면 그럴 만한 이유가 있었을 것이다. 더구나 해가 되는 정보라 판단되면 알려주지 않아도 된다지 않는가?

일단 하군상은 고개를 끄덕였다.

"한 번 알아보도록 하지요. 하지만…… 제 힘으로도 안 되는 것은 어쩔 수 없습니다."

"너무 걱정 마십시오. 저도 안 되는 것을 억지로 얻으려 하는 사람은 아니니까요. 그리고 저 알고 보면 순한 사람입니다. 그냥 친구처럼 편하게 대하십시오.”

순하다고? 거짓말! 순하다는 사람이 사람을 그렇게 개 잡듯 패냐?!

“왜요, 싫습니까?”

하군상은 진용이 부드럽게 말할수록 등줄기로 소름이 돋았다.

마치 두들겨 맞은 자리에서 악마의 이빨이라도 솟아난 것마냥.

결국 그는 자신도 모르게 하얘진 얼굴로 고개를 끄덕였다.

“뭐, 싫지는 않은데… 고수를 친구로 두는 것도 괜찮을 것 같고…….”

6

하군상을 두들겨 팬 일도 그렇고, 초연향의 얼굴 보기도 미안하고, 공연히 싱숭생숭해진 진용은 바람도 쐴 겸 밖으로 나왔다.

때마침 담을 돌아 나오는 허리가 굽은 백발의 노도인이 보였다.

순간 진용은 머리를 스치는 생각에 노도인에게 다가갔다.

“도장님, 한 가지 물어볼 것이 있습니다. 물어도 되겠습니까?”

노도인이 고개를 돌리고 진용을 바라보았다.

"뭘 물어보신다는 겐가, 공자."

그제야 진용은 노도인의 머리가 한쪽만 백발인 것을 알 수 있었다. 조금 기이해 보이는 모습이었지만 진용은 조금도 표를 내지 않고 조용히 고개를 숙였다.

"조금 전에 보니 봉두난발에 허름한 도인께서 저쪽 구석에 계시던데, 혹시 그분이 이곳에 기거하는 분이신지요?"

"그 미친놈?"

노도인은 대뜸 그를 미친놈이라 불렀다. 진용의 고개가 살짝 들렸다.

"미쳐요?"

"그놈은 이십 년 전부터 뭔가에 미쳐서 제를 올리는 것도 잊고 싸돌아다니는 놈이라네. 그놈에 대해선 신경 끄게나."

하지만 진용은 그가 미쳤든, 미치지 않았든 그에게 신경을 쓸 이유가 있었다.

"혹시 어디를 가면 그를 만날 수 있겠습니까?"

"거참, 그 미친놈을 뭐 하러 만나려 그러나? 뭐, 어쨌든 정그 미친놈을 만나겠다면, 내 그놈이 자주 가는 곳을 알려주겠네."

7

황금빛으로 물든 둥근 달과 유유히 흐르는 은하수가 태산의 밤하늘을 수놓은 야심한 밤.

뎅! 뎅!

산 아래 산사에서 울려오는 종소리가 계곡 사이사이를 메아리치며 자정을 알리자, 반고의 머리, 태산조차 깊게 잠들었다.

그러나 잠든 태산의 숨결 사이로 누군가가 야심을 틈타 움직이고 있었다.

그는 한 걸음에 벽하사의 담을 타 넘더니, 바람을 타고 흐르듯 순식간에 벽하사에서 멀어져 갔다.

그리고 잠시 후, 벽하사를 빠져나간 그는 교교한 황금빛 월광이 쏟아지는 태산의 정상 옥황봉에 자신의 모습을 드러냈다.

진용이었다.

월광 아래 우뚝 선 진용은 진정한 마음에서 우러나는 탄성을 토해냈다.

"멋지군! 태산이 높다 하되 어쩌구저쩌구 하더니 그 이유가 있었어."

사방을 둘러봐도 태산보다 높은 산이 없었다. 그러니 더욱 높게만 보인다. 게다가 장엄하다. 마치 달도 별도 태산을 중심으로 흐르는 것만 같다.

진용이 잠든 거인처럼 누워 있는 태산을 묵묵히 바라보며 감흥에 젖은 지 일각이 지났을 즈음, 뜬금없는 말이 진용의 입에서 흘러나왔다.

"이제 그만 나오시죠."

누구에게 하는 말일까. 이 야밤에 누가 정상에 있다고.

그러나 오래지 않아 목이 쉰 듯 그르렁거리는 목소리가 십 장 정도 떨어진 바위 뒤에서 들려왔다.

"너는 누구냐?"

부스스 바위 뒤에서 걸어오는 자. 그는 낮에 벽하사에서 봤던 봉두난발의 중년 도인이었다.

"제가 누구인지는 그리 중요하지 않을 것 같은데요?"

"그럼 뭐가 중요하단 말이냐?"

진용은 봉두난발의 중년 도인을 바라보며 천천히 입을 열었다.

"낮에 벽하사에 계신 노도인께 물어보았지요. 허름한 도복을 입은 분이 계시던데 그분이 누군지 아느냐고 말입니다. 그러자 그분이 말씀하시더군요. '그 미친놈은 이십 년째 뭔가에 미쳐 있는 놈이네. 신경 쓰지 말게'라고요."

대놓고 미친놈이라고 하면 기분 좋을 사람이 없다, 진짜 미친 사람이라 해도. 그런데도 봉두난발의 도인은 눈을 빛내며 씩 웃었다.

"그 노도인이 혹시 머리카락이 반쪽만 하얀 분이 아니시던가?"

"맞습니다. 바로 그분입니다."

"클클클……. 그럼 그분 말대로 자넨 나에게 신경 쓸 것이 없네."

"저도 그러고 싶었지요. 한데……."

진용은 미친 듯이 클클거리다 뒤돌아서려는 그에게 조용히 한마디를 내뱉었다.

"차신(借身)!"

단순한 한마디에 돌아서려던 중년 도인의 몸이 굳어졌다.

그러자 진용이 다시 말을 이었다.

"그 글자 옆에 원문으로 보이는 고대의 귀갑문자가 반쯤 지워져 있더군요. 저도 고대 문자에 관심이 많아서 신경을 쓰지 않을 수가 없었죠. 게다가 뒷부분이 지워져 있으니…… 그냥 지나치기에는 제 호기심이 그냥 놔두지를 않는군요."

중년 도인의 몸이 가늘게 떨렸다.

그의 눈에선 어느새 새파란 빛이 일렁이고 있었다.

그가 새파랗게 빛나는 눈으로 진용을 직시하며 물었다.

"자네는 누군가? 자네처럼 어린 서생이 어찌 귀갑문자를……?"

"제 나이에 고대 문자를 알면 안 될 이유라도 있나요?"

"음, 좋아. 그럼 다른 것을 묻겠네. 자네는…… 분명 하나가 아니야. 내가 잘못 알지 않았다면. 대체 자네는 누구지? 자네의 내면에 뭐가 들어 있는 거지?"

이번에는 진용의 몸이 굳어졌다.

단순한 질문이 아니다.

하나가 아니라고? 속에 뭐가 있냐고?

그럼 설마 세르탄의 존재를 눈치 채기라도 했단 말인가?

혹시 차신이라 적은 뜻이 그럼?

"무슨…… 뜻이죠?"

"자네가 더 잘 텐데? 그대에게선 묘한 기운이 느껴진다. 그
것도 사람의 기운이 아닌 그 무엇이……."

말을 하는 도중 중년 도인의 몸에서 은은하면서도 기이한
기운이 흘러나왔다. 여차하면 손이라도 쓰겠다는 듯.

진용은 깊게 가라앉은 눈으로 중년 도인을 바라보았다.

이자는 세르탄의 존재를 알아챘다, 정확히 무엇인지는 모
르는 상태지만. 대체 어떻게 알았을까?

"죄송하지만 그에 대해선 정확히 대답해 드리기가 그렇군
요. 다만 한 가지, 도장께서 말씀하신 그 무엇이라는 것이 누
구에게도 해를 끼치지는 못한다는 것 정도는 말씀드릴 수 있
을 것 같군요."

"해를 끼치지 못한다고?"

"그래요. 그것이 저를 어찌하지 못하는 것처럼."

중년 도인은 여전히 새파란 눈으로 진용을 직시하더니 서
서히 눈빛을 거두었다.

"세상에는 불가사의한 일이 많이 벌어지지. 세상 사람들은

대부분 믿지 않지만. 으음……. 그래, 자네에게 일어난 일도 그런 일이라 생각하면 되겠지. 나는 불가사의를 좀 믿는 편이 거든."

"그리 생각해 주신다니 다행이군요. 그런데 어떻게 알았죠, 저에게 또 다른 영혼이 깃들어 있다는 걸?"

중년 도인은 처음처럼 무심하게 가라앉은 눈으로 진용을 올려다봤다.

한참이 지난 후.

"내가 지난 이십 년간 뭐에 미쳐 있었는지 아나?"

당연히 그 이유를 모르는 진용은 중년 도인의 대답을 기다렸다.

중년 도인은 진용을 다시 한참 동안 바라보았다.

갈등이 서린 눈빛.

자신의 이십 년 비밀을 굳이 드러낼 필요가 있을까?

하지만 언제까지고 붙잡고 있을 수도 없는 일. 지금이 아니면 또 언제 기회가 있을 건가. 고대 문자를 아는 자만도 만나기가 쉽지 않은 게 세상이거늘. 더구나 저자는…….

그는 결심한 듯 천천히 몸을 돌렸다.

"따라오게."

달빛이 아무리 밝아도 밤은 밤이었다. 그늘진 곳의 어둠은 더욱더 칠흑이었다. 게다가 태산의 산능선은 대낮이라 해도 함부로 오를 수 없을 정도로 가파르기 그지없었다.

그럼에도 중년 도인의 움직임은 한시도 멈춤이 없었다, 마치 진용을 시험하기라도 하려는 듯.

그렇게 굴곡진 바위를 일각이 넘도록 타 넘었다. 진용은 아무런 말도 하지 않고 그의 뒤를 따라갔다.

무엇 때문에 따라오라 하는지는 모른다. 그러나 분명 이유가 있을 것이다, 그만한 이유가. 그 누구도 알아보지 못한, 설령 말한다 해도 믿지 못할 머릿속의 세르탄을 알아본 사람이 아닌가 말이다.

두 사람의 간격이 조금 벌어지자 진용은 조용히 실피나를 불러냈다.

"실피나."

—불렀어?

"응. 내 발 좀 받쳐 줘."

—발만?

"응! 발을 받치기만 해."

진용은 발을 강조했다, 몸을 날려달라고 했다가는 무슨 일이 벌어질지 모르니까.

그때부터 계곡의 험난함은 진용의 걸음을 막지 못했다.

쏴아아아!

야공을 울리는 폭포 소리가 점점 커지더니, 귀청을 뒤흔들

때쯤에서야 중년 도인의 신형이 멈추었다.

그는 검은 물줄기가 떨어지는 폭포의 삼십여 장 위, 절벽을 깎아낸 듯 평평한 암반 위에서 진용이 내려오기만을 기다리며 숨을 골랐다.

한데 그가 숨을 두어 번 몰아쉬었을 때다. 나직한 음성이 폭포 소리와 섞여 바로 뒤에서 들려왔다.

"멋진 곳이군요. 사람이 접근하기 힘들어서 그렇지, 태산에서 가장 멋진 곳 중에 하나일 듯싶군요."

중년 도인은 놀란 눈으로 뒤를 돌아보았다. 그곳에는 숨결 하나 흐트러지지 않은 진용이 고요히 서 있었다.

"내 생각보다 더하군."

진정한 경탄이 담긴 목소리였다. 그로선 그럴 수밖에 없었다.

서생의 모습에 가려진 진용의 무공이 겉모습과 달리 상당하다는 것은 이미 낮에 느낀 터였다. 그러나 아무리 그렇다 해도, 전력을 다하다시피 경공을 펼친 자신을 한 걸음도 뒤처지지 않고 따라왔다는 것은, 자신의 예상을 훨씬 뛰어넘는 경지라는 것이었다.

다른 것은 몰라도 그는 두 가지 능력만큼은 천하를 뒤져도 자신의 상대를 찾기가 힘들 거라 생각했다. 그중 하나가 바로 경신공부였다.

그런데 그는 이제 자신이 없어졌다. 눈앞의 젊은이도 이러

할진대 세상 밖에는 얼마나 많은 기인이 있을지 어찌 안단 말인가.

놀란 눈을 봉두난발 사이로 크게 뜨고 있는 중년 도인에게 진용이 말했다.

"바람을 잘 타시더군요. 덕분에 많은 것을 배웠습니다."

배워? 뭘?

중년 도인이 여전히 놀란 눈으로 자신을 바라보자, 진용은 기이한 미소를 지으며 손을 들어 앞을 가리켰다.

"저건가요, 저에게 보여주고자 했던 것이?"

중년 도인은 진용이 가리킨 것이 무엇인지 알고 있었다. 그렇기에 놀람은 더욱 커지기만 했다.

계곡 안은 칠흑 같은 어둠에 묻혀 있다. 게다가 진용이 가리킨 곳의 절벽은 달빛에 의한 그늘로 더욱 어두워 보였다. 그런데 진용은 그곳에 뭐가 있다는 것을 알고 있는 듯하지 않은가.

"보이는가?"

"누가 새겼는지는 몰라도 정말 대단하군요. 총 칠십이 자 같은데요?"

칠십이 자. 보인다는 말이다.

중년 도인은 절레절레 고개를 저었다.

오늘 하루에만도 몇 번쨌지…….

"자넨 정말 이해하기 힘든 사람이군."

진용은 빙그레 웃음을 지으며 중년 도인을 바라보았다.

"그런데 왜 저걸 저에게 보여주시는 겁니까?"

정말 궁금했다. 자신이 아는 대로라면 중년 도인이 안고 있는 비밀은 결코 작은 것이 아니었다. 아니, 작은 것이 아니라 누구라도 감추고 싶은 비밀이었다. 목숨을 걸고서라도. 물론 저 앞에 있는 것이 무엇인지 아는 사람에 한해서. 그런데 왜?

그때 중년 도인의 입에서 잔잔한 목소리가 흘러나와 바람 소리와 어우러졌다.

"무려 이십 년이네, 저것에 미쳐서 지낸 세월이. 그런데도 내가 알아낸 것은 극히 일부분일 뿐이지. 그나마도 이제는 진전이 없네. 한계에 부딪친 거지."

중년 도인은 진용을 돌아다보았다.

"자네에 대한 비밀을 조금이나마 엿볼 수 있었던 것도 저것 덕분이네."

다시 건너편으로 고개를 돌린 중년 도인이 아무것도 아니라는 듯 말을 이었다.

"차신이혼(借身離魂), 지워진 글자를 합하면 그리되지. 스승님 몰래 벽하사에 있는 책을 모조리 뒤져서 지난 이십 년간에 걸쳐 알아낸 열여덟 자의 비밀 중 하나야."

"차신이혼……."

진용이 되뇌이자 중년 도인은 눈을 빛내며 은근한 어조로 말했다.

"함께 풀어보지 않겠나?"

"굳이 저를 택할 이유가 있습니까? 천하에는 뛰어난 학자들이 수없이 많을 텐데요."

중년 도인이 피식 묘한 웃음을 배어 물었다.

"학자는 많을지 몰라도, 내 장담하건대 자네 같은 사람은 없네. 생각해 보게. 단번에 고대 문자로 된 '차신'이라는 글자를 알아본 데다, 차신이혼이라는 말 그대로 또 다른 혼을 지닌 사람이 천하에 얼마나 있을 것 같은가? 그야말로 인연이 아닌가?"

그 말은 맞는 말이었다.

고대 문자를 아는 사람이 천하에 몇이나 될 것인가. 게다가 천하의 학자들 중 누가 진용처럼 머릿속에 또 다른 영혼을 지니고 있을 건가.

중년 도인의 채근에 진용도 마음이 동했다.

"오래전에 배운 거라 아는 것이 많지는 않습니다. 아마 저 글을 해석하려면 시간이 좀 걸릴 것 같군요. 더 많은 공부를 해야 할 테니까요."

"시간이야 얼마든지 있네. 가능성이 문제지."

하긴 이십 년을 노력하고도 기껏 열여덟 자밖에 해석하지 못했으니 시간이 문제가 아닐 것이다. 그도 죽을 때까지 글자만 해석하고 싶은 마음은 없을 테니까.

그때 문득 진용의 뇌리에 세상에서 저 글자를 천하의 누구보다도 쉽게 해석할 수 있는 사람이 떠올랐다.

"아! 아버지라면 이 자리에 앉아서 당장 해석할 수 있을 텐데……."

중년 도인의 눈이 휘둥그레졌다.

"뭐라? 저 글자를 앉은자리에서 바로 해석할 수 있는 사람이 있다고?"

진용은 쓰디쓴 표정으로 고개를 끄덕였다.

"하지만 올 수가 없는 분이죠. 갇혀 있으니……."

"가세!"

"예?"

"갇혀 있으면 구하면 되지 않겠나? 어딘가? 갇혀 있다는 곳이? 내 이래 봬도 실력은 제법 괜찮다네."

경공만 봐도 괜찮은 실력이라는 것쯤은 진용도 안다. 하지만 그것만으로는 할 수 없는 일이 있다.

자신보다도 더 서두르는 중년 도인을 보며 진용은 어색한 표정으로 말했다.

"황궁 뇌옥입니다. 십 년이 넘었죠."

"황……궁 뇌옥? 십 년이 넘었다고?"

"예, 살아 계셔야 할 텐데……."

중년 도인은 눈만 껌벅이며 진용을 바라보았다.

일반 관청도 아니고 황궁 뇌옥이라니. 그것도 십 년 전에 갇혀서 죽었는지 살았는지조차 모른다는 듯한 말투다.

그래도 포기할 수는 없었다, 자신의 이십 년 젊음을 보상받기 위해서라도.

"구할 마음은 있겠지?"

"당연하죠. 지금 그 일로 북경으로 가는 중입니다."

"좋아! 그럼 나도 같이 가겠네."

콰과과과과!!

굉음을 울리며 쏟아지는 폭포수 아래, 태초 이래 누구의 몸도 허락하지 않았을 법한 곳에 두 남자가 벌거벗은 채 몸을 담그고 있었다. 뭐라 중얼거리면서.

"꼭… 씻어야 하나?"

"같이 가시겠다면서요?"

"그거야 그렇지만……."

"일행 중에 여자가 있다는 것을 잘 아시잖습니까. 아마 제가 도장님을 이대로 데리고 가면 한바탕 소란이 일 텐데, 그럴 수는 없죠."

박박, 둥근 자갈로 몸을 문지르던 중년 도인이 자신의 몸을 둘러보았다.

"뭐, 오랜만에 씻으니 기분이 좋긴 한데, 귀찮아서……."

둥둥 떠다니는 찌꺼기들이 출렁이는 물결을 따라 진용이 있는 곳으로 다가간다. 큰 것은 조금 과장해서 손바닥만 하다.

진용은 슬며시 기운을 흘려 찌꺼기들을 밀어내고는 고개를 내둘렀다.

"태산의 산신령이 뭐라 하겠습니다. 어휴……."

"왜?"

몰라요?! 눈앞에 보이는 것이 없어요?

차마 대놓고 말은 못하고 진용은 고개를 들어 뿌연 새벽 안개가 피어오르는 폭포 위를 쳐다보았다. 그때다.

"어? 왜 안 보이지?"

분명 보여야 했다. 비록 가까운 거리는 아니지만 그렇다고 보이지 않을 정도도 아니다.

벌떡 몸을 일으킨 진용은 물을 박차고 옆에 솟은 일 장 높이의 바위 위로 올라섰다.

그래도 보이지가 않는다. 그때 들려오는 목소리.

"크군."

"예?"

"험, 아무것도 아니네. 아! 글자가 왜 안 보이는지 모르지?"

"그럼 도장님은 아신단 말씀입니까?"

"물론이네. 나도 처음에는 한참을 헤맸었지. 그러다 알게 된 것이네만, 그 글자는 해가 뜨면 보이지 않아. 그리고 석양이 떨어지기 시작할 때쯤부터 보이기 시작하지. 그렇다고 아무 데서나 보이는 건 아니네. 우리가 서 있었던 곳에서만 보이거든."

"예? 어떻게 그런……?"

"그래서 그토록 오랜 세월이 지나면서 아무도 발견하지 못했던 것이네."

진용은 다시 한 번 절벽 위를 올려다봤다.

폭포에서 피어난 안개가 꿈틀거리며 절벽을 기어오르고 있었다, 모든 비밀을 감추려는 듯.

참으로 신비한 일이었다.

8

"정광이라 하네. 이제는 도인이라 하기도 뭐하지만 아직 도명을 벗어버리지는 못했다네."

벽하사로 돌아가는 길에 계속 도장이라고 부르기 뭐해서 물었더니 중년 도인이 한 말이었다.

"고진용이라 합니다."

진용은 자신의 이름을 말하며 속으로 웃음이 나왔다.

정광의 행색은 하루 만에 천양지차로 변해 있었다. 껍질을 한 꺼풀 벗고 머리를 묶자 생각보다 잘생긴 얼굴이 드러났다. 수염이 텁수룩한 데다 부리부리한 눈은 일반 사람이 보면 움찔거릴 정도로 강인해 보였지만, 그렇다고 무섭게 보이는 인상은 아니었다.

오히려 조금 장난기가 좀 있어 보인다고나 할까?

"나도 젊을 적에는 좀 나갔지. 벽하사에 찾아온 젊은 처자들이 나만 바라보았으니까."

피식, 웃음이 절로 나왔다.

"비웃는 건가, 못 믿겠다는 건가?"

"아, 아닙니다. 믿어야죠, 도사님 말씀이신데……. 일단 들어가시죠."

대충 얼버무리며 이런저런 이야기를 하다 보니 저만치 벽하사가 보이기 시작했다.

지겨울 정도로 많은 계단을 다시 올라 벽하사에 들어가자 오가던 사람들이 모두 두 사람을 바라보았다. 그중 한 도인이 정광을 뚫어지게 바라보더니 결국에는 눈을 크게 뜨고 안으로 뛰어들어 갔다.

"저놈이! 사형에게 인사도 안 하고 도망을 가다니!"

진용이 말했다.

"어제까지의 모습을 생각해 보시면 답이 나올 것 같습니다만."

"웅? 그런… 가? 험, 어쨌든 나는 스승님 좀 뵙고 오겠네."

잠시 후.

"아이고! 스승님, 참으시…… 아이고!"

"네놈이 무슨 낯짝으로……. 뭐가 어째? 이제 때가 되었어? 그래, 때가 되었다. 내 네놈 때문에 속 썩은 것을 생각하면 이제 네놈을 패 죽일 때가 되긴 했지, 아암!"

"그렇다고 이십 년 만에 제정신 차린 제자를……. 아이고! 때린 데 또 때리시지는 마시고……. 어흑! 거, 거긴……!"

"얼래? 어차피 쓸모도 없는 것, 사부가 좀 쳤다고 도망가? 이리 안 와?!"

정광이 들어간 방 안에서 곡소리가 태산을 뒤흔들며 울려 퍼졌다.

그 바람에 벽하사에 기거하던 사람들이 모두 튀어나와 무슨 일인지 구경하며 수군거린다. 그중에는 초연향도 있었다.

그녀는 밖으로 나오다가 진용이 어색한 표정으로 손을 흔들자 급히 진용에게 다가왔다.

"무슨 일이에요?"

"별거 아닙니다. 사랑의 매를 좀 맞고 있는 것뿐이지요."

"사랑의 매요?"

"예, 이십 년간 쌓인 거라 좀 걸릴 것 같습니다. 그런데 어제 하 낭자를 만나고 나서 안색이 별로 안 좋으시던데, 무슨 일 있었습니까?"

"아니에요, 그냥… 하 언니가 북경에 같이 가야 한다고 하는데, 교주에 계신 아버지가 걱정되어서 조금 우울했을 뿐이에요."

"걱정은 초 대협이 더 하지나 않으실지 모르겠습니다."

"그럴까요?"

왠지 모르게 초연향의 얼굴이 어두워진다. 진용은 초연향의 어두워진 얼굴을 바라보다 너스레를 떨며 말을 돌렸다.

"그건 그렇고, 언제 출발한다고 합니까? 한시라도 빨리 갔
으면 좋겠군요."

"아, 예. 아침 식사 끝나면 바로 출발한다고……. 참, 어디
다녀오셨나요? 찾으니 안 보이시던데."

"몸 좀 씻고 왔습니다."

"……?"

초연향이 의아한 표정으로 진용을 올려다볼 때다.

우당탕탕!

방문이 부서질 듯 열리더니 정광이 뛰쳐나왔다.

"다녀올 테니 어디 아프지나 마시라구요!"

얼마나 빨리 도망갔는지 정광의 인사말은 조금 과장해서
십 리 밖에서 들려오고 있었다.

그런 정광을 향해 노도인이 빽 소리쳤다.

"이놈아! 북경에 가면 니 사숙을 찾아가 봐! 높은 자리에
있으니 밥은 먹여줄 거다!"

第二章
최악의 기문병기

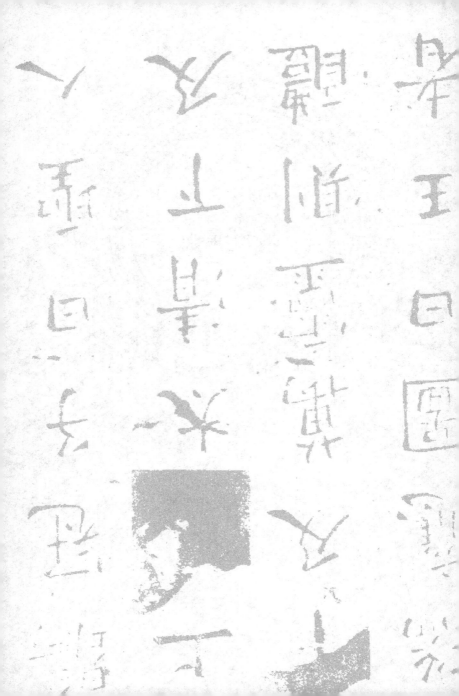

1

　태안에 내려오자 유량이 출발 준비를 하고 기다리고 있었
다.

　준비라고 해봐야 간단한 식사 거리와 물을 챙겨놓은 것이
전부였지만, 일행이 바로 출발하는 데는 아무런 문제가 없었
다.

　정작 문제는 사람 때문에 일어났다.

　"나도 가겠소."

　탁인효가 따라가겠다고 나선 것이다.

　하군상이 실눈으로 그를 흘겨보며 말했다.

　"그럼 영호 낭자와의 혼담은 완전 물 건너간 거요?"

반응은 하주령에게서 먼저 터져 나왔다.

"오라버니!"

"아, 아, 뭐 다른 뜻이 있는 건 아니니 너무 그러지 마라."

설레설레 손을 내젓는 하군상을 보고 하주령은 의아한 눈빛을 지었다.

'오라버니가 왜 저러지? 어제까지만 해도 내 말이라면 꼼짝도 못했는데.'

전날만 같아도, '미안하다, 내 다시는 그러지 않으마' 했을 사람이 이제는 안색도 변하지 않는다. 기이한 일이 아닌가 말이다.

그녀가 어찌 알까. 하군상의 조막만 하던 간덩이가 하룻밤 사이에 수박통만 하게 커졌다는 것을. 그리고 그 원인이 별볼일 없어 보이는 진용 때문이란 것을 그녀는 더더욱 생각할 수 없었다.

보통 때였다면 하나에서 열까지 따져 보고 그 원인을 알아냈을 그녀였다. 그러나 오늘만큼은 아니었다. 탁인효가 자신과 같이 간다는 것에 모든 것이 봄날의 햇살처럼만 느껴진 것이다.

"탁 공자는 북경까지 같이 가실 거예요. 제 부탁으로 호위에 참가하신 거니 이제부턴 일행처럼 대해주세요."

일류고수가 한 사람 더 늘었다는 것이 잘못된 일일 리는 없었다. 모두가 그녀의 말을 잘 알아들었다는 것마냥 고개를 끄덕였다. 몇 사람만은 건성으로 끄덕였지만.

그러던가, 말던가.

"괜찮으십니까?"

"뭐가?"

마차는 두 대로 늘었다. 한 대는 하주령과 초연향이 같이 타고, 해룡선단에서 타고 온 다른 한 대는 진용과 정광이 함께 탔다. 서생과 도인이라는 명분으로.

정광은 느긋이 벽에 등을 기대고 있다가 진용이 묻자 부리부리한 눈을 가늘게 뜨고 물었다.

"도장님의 스승님께 맞은 자리 말입니다."

순간 정광의 얼굴이 구겨진 종잇조각처럼 와락 일그러졌다.

"그놈의 영감탱이, 하필 거길 때려!"

"쓸 데도 없다면서요?"

"그, 그건…… 험, 세상일을 어떻게 아나? 쓸 일이 있을지……. 안 그래?"

"글쎄요. 확실한 건 하나 있죠. 맞는 것보단 안 맞는 게 낫다는 것. 안 그래요?"

"그야……."

"왜 맞으셨어요? 충분히 피할 수 있었을 텐데."

언뜻 정광의 눈가로 바람이 흘러가는 것처럼 느껴졌다.

"그게 말이지… 그게 나을 것 같았거든. 그 양반 속을 풀어주는 데는……."

"하긴… 터뜨리지 않은 게 천만다행이지요."

"헉! 그런……."

눈을 크게 뜬 정광과 웃음기 가득한 눈을 한 진용은 서로를 마주 보며 슬며시 웃음을 지었다.

"허허허, 속이 좀 풀리셨어야 하는데……."

정광의 말에 진용은 여전히 웃음을 지우지 않은 채 스쳐 지나가는 창밖의 풍경을 향해 고개를 돌렸다. 그의 눈 속에 피었던 웃음꽃은 어느새 뿌연 안개에 가려져 있었다.

'그렇게 뭐라 할 분이 있다는 것만도 부러운 일이지요.'

2

북경으로 가는 길은 너무 순조로워 지루하다는 생각이 들 정도였다.

누군가 하주령 일행을 노리고 있다는 말 자체가 허황된 이야기 같기만 했다.

하지만 제남에 들러 하루를 쉬고 다시 출발한 지 사흘째 되던 날, 하북으로 넘어가는 덕주를 삼십여 리 앞둔 곳에서 그들을 만났다. 그리고 그 이야기가 완전히 엉터리만은 아니라는 것을 알게 되었다.

그들은 관도 옆 나무 그늘 여기저기에 흩어져 아무렇게나 휴식을 취하고 있었다. 족히 삼십 명은 되어 보인다. 하나같이 무기를 소지하고 있는 자들.

처음에는 그저 어느 문파의 무사들이 그늘에서 잠시 쉬고 있다고 생각했다. 산동에서 저렇게 드러내 놓고 구룡상방을 공격할 자들이 있을 거라고는 생각조차 하지 않았으니까.

그러나 서로 간의 거리가 가까워져 선두에서 말을 몰던 유량이 손을 들어 모두를 멈추게 하면서부터 어쩌면 저들이 기다리는 것은 자신들일지 모른다는 생각이 들었다.

그들은 단순히 쉬고 있는 것이 아니라 관도 자체를 막고 있었던 것이다.

"아무래도 우리를 기다리고 있던 자들인 것 같습니다, 하낭자."

유량의 말에 입을 연 사람은 하주령이 탄 마차를 빙 둘러 감싼 채 말을 타고 가던 열 명 중 한 사람이었다. 그는 십영 중의 첫째로 감오형이라는 자였다.

"정명산장의 사람들이군. 저들이 왜 관도를 막고 있는 거지?"

정명산장은 산동 북부의 전통있는 무가로 구룡상방과의 관계가 그리 나쁘지 않은 곳이었다. 감오형은 유량을 바라보며 걱정 말라는 투로 입을 열었다.

"적은 아닌 것 같소. 정명산장은 본 상방과 관계가 나쁜 곳이 아니외다."

뚜벅뚜벅, 그가 말을 몰고 천천히 앞으로 움직이자, 그의
좌우에서 십영 중 두 명이 빠르게 앞으로 나섰다.

"대형, 저희가 무슨 일인지 알아보겠습니다."

"음."

감오형이 미미하게 고개를 끄덕임과 동시, 두 사람은 빠르
게 말을 몰아 삼십여 장 떨어져 있는 정명산장의 사람들에게
다가갔다, 조금도 머뭇거림이 없이.

두 사람이 말을 몰아 다가오자 명(明) 자가 새겨진 무사건
을 질끈 동여맨 장한 하나가 조용히 입을 열었다.

"두 놈만 옵니다."

그자의 옆에 앉아 있던 얼굴에 기다란 상처가 가로 새겨진
중년인이 실눈 사이로 하얀 눈빛을 번뜩였다.

"제법이군. 정명산장의 표식을 보고도 주의를 기울이다
니."

"어떻게 할까요?"

"놈들의 숫자는 열여섯, 설령 마차에 두어 놈 더 있다 해도
스물이 안 될 것이야. 빨리 끝내고 술로 피 냄새나 씻어내야
겠어."

그 말에 장한의 입가에도 가느다란 살기가 떠올랐다.

마차의 휘장 사이로 두 사람이 빠르게 멀어지는 광경을 무심한 눈으로 바라보던 진용은 이맛살을 찌푸렸다.

미미한 기운이지만 건곤흡정진혼결이 반응하고 있다.

"음……?"

마차 벽에 등을 기댄 채 반쯤 누운 자세로 있던 정광이 진용의 표정이 변하자 조용히 물었다.

"왜? 뭐 이상한 게 있는가?"

"위험합니다. 살기가 일고 있어요."

"살기?"

"저들이 만약 우리의 적이라면, 저 두 사람은 불꽃에 뛰어드는 불나방 꼴이 될 겁니다."

비록 작은 목소리였지만 유량이나 감오형 같은 고수가 듣지 못할 정도는 아니었다.

감오형이 미간을 찌푸리며 진용이 타고 있는 마차를 바라보았다. 그러자 유량이 감오형에게 말했다. 그는 진용의 능력을 알고 있는 몇 안 되는 사람 중의 하나.

"조심해서 나쁠 것은 없으니 일단 돌아오라 하시지요."

유량마저 그렇게 말하자 감오형은 잠시 머뭇거렸다. 그사이 이미 두 사람은 정명산장의 무사들 앞에 다다라 있었다.

그때였다. 감오형이 무얼 봤는지 갑자기 소리쳤다.

"돌아와!"

정명산장의 무사들이 움직이고 있었다.

처음에는 천천히, 그러다 십영 중 두 사람이 오 장 앞까지 접근하자 그들의 움직임이 빨라지기 시작한 것이다.

"뭐야? 네놈들이 감히!"

십영 중 셋째 기대영이 노호성을 터뜨렸다. 그러나 이미 때는 늦었다.

일어선 삼십여 명의 무사가 일시에 덮쳐들자 기대영의 말이 놀라 앞발을 치켜들었다. 기대영은 말을 진정시키기 위해 급히 고삐를 움켜쥐었다.

그사이 거리는 이 장으로 좁혀들었다.

코앞에 닥친 대여섯 명의 무사를 보고 기대영은 이를 악다물고 황급히 검을 빼어 들었다.

여섯째 경호승도 급히 말 머리를 돌리기 위해 고삐를 틀다가 안 되겠는지 말등을 차고 신형을 뽑아 올렸다.

중심이 흔들린 기대영의 좌우에서 다섯 자루의 도검이 일시에 떨어져 내린다.

허공에 뜬 경호승을 향해 땅을 박찬 무사들의 손에서 시퍼런 청광이 번쩍인다.

순식간이었다.

뭐가 어떻게 된 것인지 판단조차 못할 짧은 시간이었다.

그사이에 십영 중 두 사람의 몸에서 선혈이 솟구쳤다.

그리고 노성을 터뜨린 감오형이 말 위에서 신형을 날림과 동시 기대영과 경호승의 몸이 두 조각, 세 조각으로 분리되어

땅으로 떨어져 내렸다.

"이, 이놈들!"

분노한 감오형은 달려나가고 싶어도 달려나갈 수가 없었다.

그의 최우선 목적은 하주령의 호위다. 두 명의 형제가 눈앞에서 죽어갔어도 그 목적은 변할 수 없었다. 오히려 하주령의 보호에 더욱 힘을 쏟아야 할 때인 것이다.

감오형은 분루를 삼키며 소리쳤다.

"모두 마차를 보호하라!"

마차를 떠날 수 없는 상황에서 말은 그리 효용성이 없다. 게다가 상대들은 상당한 무공을 익힌 자들이다. 말은 혼란의 이용물이 될 뿐.

십영의 나머지 일곱 명은 재빨리 말에서 신형을 날려 마차 주위에 내려서고는 말을 한쪽으로 쫓아 시야를 확보했다.

숨을 한 번 몰아쉴 사이, 기대영과 경호승을 벤 적들은 이미 십 장 앞까지 다가와 있었다.

그들은 거리가 십 장 내외로 줄어들자 둥글게 퍼지며 공격을 시작했다, 아무도 빠져나가지 못하게 하겠다는 뜻.

상황이 심상치 않음을 알고 탁인효도 마차 밖으로 나와 허리에 찬 검을 빼어 들고 적을 맞이했다. 잔뜩 긴장한 그는 반드시 누군가를 지킬 사명이라도 있는 사람처럼 혼신으로 검을 휘둘렀다.

"누구도 마차 안의 사람을 해치지 못한다!"

하지만 하주령의 마부석에 앉아 있던 하군상만은 싸우지도, 그렇다고 겁나 숨지도 않았다. 오히려 그는 그 숨 가쁜 시간에도 진용의 마차를 바라보며 양측의 힘을 저울질하기에 바빴다.

'여기에 절정의 고수가 있다는 것을 네놈들이 알아? 모르는 이상 네놈들은 뜻을 이룰 수 없을걸? 흐흐흐…….'

은근히 기분이 좋았다. 진용과 친구하기로 한 결정이 처음으로 마음에 들었다. 조금 얻어맞은 것쯤이야 지금에 와서는 아무것도 아닌 것처럼 생각이 되었다.

'싸우다 보면 얻어맞을 수도 있지, 뭐. 어쨌든 내 친구가 있는 이상 네놈들은 다 죽었어! 이 멍청한 놈들아!'

그러나 그는 더 이상 즐거운 상상을 이어갈 수가 없었다.

"오라버니! 뭐 해요! 탁 오라버니를 도와줘야죠!"

하주령의 재촉만 없었다면 그는 웃음이라도 터뜨리고 싶은 마음이었다. 그러나 당장은 눈앞의 시퍼런 도검을 처리하고 봐야 했다.

'젠장! 나야 어떻게 되든 네 사랑만은 지켜야겠다는 거냐? 에라이!'

"덤벼봐, 이놈들! 똥인지 된장인지도 모르는 놈들아!"

한편 유량은 엉거주춤 서 있는 해룡선단의 무사들을 향해 외쳤다.

"뭐 하는가?! 앞을 막아!"

장운호를 비롯한 다섯 명의 해룡선단 무사는 다급히 마차 앞을 가로막았다.

적들은 하나하나가 자신들보다 못하지 않은 자들. 게다가 숫자도 두 배에 이른다. 여차하면 객지에서 목을 내놓아야 할지 모를 상황. 그럼에도 두려워하는 사람은 없었다.

모르는 사람들이 보면 용감하다고 손가락을 치켜세워 줄 정도다.

그들은 앞으로 나서면서 마차를 한 번씩 쳐다보았다, 정확히는 휘장을 걷고 무심한 표정으로 돌아가는 상황을 지켜보고 있는 진용을. 절박한 눈빛으로.

당신만 믿습니다!

뒤에 진용이 있다는 것은 그들에게 목숨이 여벌로 하나 더 있다는 거와 마찬가지였다.

최소한 그들은 그렇게 생각했다.

그렇기에 달려드는 무사들에 마주해 가는 그들의 전신에선 평소 때보다 두 배는 더 강한 힘이 쏟아져 나왔다, 달려들던 자들이 의외의 상황에 주춤거릴 정도로.

"힘내서 막아라! 우리 뒤에는 고 공자가 있다!"

유량도 이를 지그시 깨물고 그들을 독려했다.

그들의 마음을 아는 것은 자신뿐. 왠지 모르게 유량의 몸에서도 평소보다 훨씬 강한 기운이 솟구쳤다. 그는 그 느낌이 생경하면서도 즐거웠다.

"좋아! 한번 해보자!"

그때, 감오형의 놀란 목소리가 터져 나왔다.

"네놈들은 정명산장의 무사들이 아니구나? 웬 놈들이냐?!"

대답은 밀물처럼 몰려드는 무사들의 뒤쪽에서 들려왔다.

"클클클! 들켰나? 눈치 하나는 제법이구나."

그는 청의를 입고 이마에 정명산장의 무사임을 표시하는 명(明) 자가 새겨진 무사건을 차고 있는 자로, 얼굴에 입이 귀밑까지 찢어진 흉터가 흉측하게 남아 있어 인상이 한층 더 날카롭게 보였다.

폭이 좁은 협도를 손에 들고 팔자걸음으로 다가오는 그를 보고 감오형의 얼굴이 경악으로 일그러졌다.

"당신은…… 설광도 도추문?!"

설광도 도추문. 그는 하북에서 인정받는 도의 고수다. 도(刀)의 명가인 팽가를 빼고, 하북에서 도의 고수 열 명을 뽑으면 항상 그 안에 드는 자가 바로 도추문이었다.

문제는 그가 정도의 고수가 아닌 마도, 그것도 팽가, 금양신문과 함께 하북무림을 삼분하고 있는 백마성의 고수라는 것이다.

도추문이 살기 어린 웃음을 입가에 흘리며 감오형을 바라보았다.

"조용히 계집만 처리하고 떠나려 했는데, 스스로 지옥에 들겠다니 어쩔 수 없이 지옥으로 보내줘야겠군."

정명산장에 죄를 떠넘기려던 계획이 틀어졌다. 자신의 정체가 드러난 이상 모두 죽이겠다는 소리.

그러나 그의 뜻대로 죽어주지 않을 사람이 이곳에는 최소한 두 명이 있었다. 그는 그것을 몰랐다.

"미친놈이군."

느닷없이 마차 위에서 한 소리가 흘러나왔다.

정광이었다. 어느새 나왔는지 그가 진용과 함께 마차 위에 앉아 있었다.

난데없는 말에 감오형에게 다가가던 도추문이 고개를 돌렸다.

'미친…… 놈? 나에게 한 말인가?'

분명 그런 듯했다. 눈이 마주침과 동시에 나온 말이었으니까.

도추문의 눈이 역팔자로 솟구쳤다. 하지만 그는 화낼 기회조차 없었다.

도추문에게 한 소리 내지른 정광이 도추문의 눈에서 진한 살기가 쏟아지든 말든, 옆에서 무심한 눈빛으로 상황을 지켜보고 있는 진용을 향해 고개를 돌려 버린 것이다.

"어떻게 생각하나?"

진용이 도추문을 바라보았다. 도추문과 진용의 눈이 마주쳤다.

"확실히 미친 것 같은데요?"

"그렇지?"

"예, 미치지 않고서야 웃다가 입이 귀밑까지 찢어질 일이 없잖습니까."

진용이 빙긋 웃었다, 도추문을 직시하며.

그 말을 들은 도추문은 태어나 제일 큰 소리로 악에 받친 외침을 토해냈다.

"이! 찢어 죽일 놈들이! 감히!"

하지만 그는 소리를 지르기 전에 상대에 대한 것을 먼저 파악했어야 했다. 자신이 누군지 알고도 너무 태연한 자들이 아닌가.

그리고 가슴속에서 스멀거리는 뭔지 모를 불안감에 대비를 했어야 했다. 그렇게 하지 않은 대가는 결코 작지 않았다.

피잉!

쏟아지듯 도추문의 협도가 도집을 빠져나왔다.

도추문은 그 탄력을 이용해 신형을 날렸다, 단번에 자신을 미친놈 취급한 두 놈을 베어버리리라 작정하고서.

한데 자신과 도가 하나가 되어 삼 장의 간격을 좁혔을 때다.

'헛! 한 놈밖에 없다!'

눈에 한 사람이 보이지 않는다, 분명 눈을 뗀 적이 없거늘.

그때 들리는 소리.

"미친놈에게 약은 한 가지밖에 없지!"

허공이다! 자신의 머리 위!

'대체 언제……?'

생각을 함과 동시 도추문은 도를 든 오른손을 틀었다.

쐐액!

하얀 도광이 방향을 바꾸며 허공을 길게 베어간다.

미처 도영이 따라가지 못할 정도의 빠르기. '과연 설광도다!' 라는 말이 절로 나올 변화다. 상대가 정광만 아니었다면 누구든 감탄할 만한 임기응변이었다.

떠더덩!

둔탁한 타격음이 허공에서 십여 번 울려 퍼졌다.

순간, 도추문은 자신의 도세가 모두 틀어 막혔음을 느끼고 재빨리 몸을 틀었다.

그리고 부딪친 힘을 이용해 땅에 발을 디디고서 빙글 돌며 전력을 다해 도를 휘둘렀다. 자신의 뒤로 다가오는 바람을 느낀 때문이었다.

십삼도가 일시에 펼쳐지자 새하얀 도기가 줄기줄기 뻗어 백색 그물을 만들었다. 그의 도법이 완숙의 경지에 가까워졌다는 증거였다.

도추문은 자신이 펼쳐 낸 설광마도를 보며 차가운 웃음을 지었다.

이번에는 틀림없이 놈의 가슴을 도려낼 수 있으리라!

그러나,

따다다당!

또다시 울린 타격음과 함께 도추문은 주르륵 세 걸음을 물러서야만 했다.

그런데 이번에는 그것이 끝이 아니었다.

시커먼 그림자가 얼굴을 덮어온다.

도추문은 시커먼 그림자를 피하기 위해 이를 악물고 도를 휘둘렀다.

떵!

한 번은 막아냈다. 그 충격에 손이 저릿하다.

언뜻 보이기로 조금 넓적한 모양의 병기이거늘, 대체 뭘까?

아차! 방심할 틈이 없다. 또다시 날아온다!

도추문은 번개처럼 도를 사선으로 올려쳐 얼굴을 덮어오는 정광의 병기를 쳐냈다.

팅! 픽!

이번엔 스쳤다. 그 대가로 도추문은 어깨를 얻어맞아야만 했다.

"크으읍!"

어깨가 부서지는 충격! 그 충격이 발가락 끝까지 밀려 내려간다.

어지간한 고통에는 눈썹 한 올 움직이지 않는 도추문의 입에서 신음 소리가 절로 나왔다. 아무래도 어깨뼈가 부서진 것 같다.

하지만 언제 또 공격해 올지 모르는 상황. 도추문은 뼈가 부서진 고통을 참고서 혼신을 다해 신형을 뒤로 날렸다.

다행히 정광의 공격은 멈춰 있었다.

그제야 정신을 추스른 도추문은 앞을 주시했다.

그때였다. 그제야 도추문은 자신의 어깨를 부숴 버린 정광의 무기를 볼 수 있었다. 그리고 그걸 보는 순간, 도추문의 얼굴은 시궁창에 처박힌 채 썩어버린 호박처럼 처참하게 구겨져 버렸다.

정광의 무기는 다른 게 아니었다.

신발, 그것도 고린내 풀풀 풍기는 신발이었다!

쇠로 된 쇠.신.발!

"미친놈에겐 이게 딱이지."

정광의 말에 도추문은 기혈이 역류하는 기분이었다.

'말코도사의 냄새 나는 신발에 얻어맞다니! 이런 개 같은 경우가 있나!'

때마침 말코도사를 믿었기 때문인지, 자신을 놀렸던 서생 놈이 터벅터벅 걸어오는 것이 보인다. 주위에서 벌어지는 싸움에는 아랑곳하지 않고.

도추문의 눈이 빛을 발했다.

'저놈이라도……'

진용은 마차에서 내려 정광과 도추문이 대치해 있는 곳으로 걸어갔다. 도추문이 기이한 눈으로 자신을 쳐다본다. 꿩 대신 닭이라는 눈빛이다.

진용도 마주 웃음을 지어줬다.

'킬킬! 저놈이 아직 정신을 차리지 못한 것 같은데?'

세르탄도 도추문의 생각을 알아챈 듯 킬킬거린다.

'꼭… 누구같이 말이지. 안 그래, 세르탄?'

'누구?'

진용은 더 이상 대답을 하지 않고 도추문을 응시했다.

그가 도에 내력을 집중하고 슬며시 자신을 향해 도첨을 돌리는 것이 보였다.

하얀 도기가 도신을 타고 흘러 도첨에 뭉치고 있다.

'대단한데? 도기를 자유자재로 다루다니.'

속으로 가벼운 감탄을 하며 진용은 정광에게로 눈을 돌렸다.

"도장님, 빨리 끝내고…….."

순간!

"죽어라!"

도추문이 기회를 잡았다는 듯 진용을 향해 도를 뻗었다.

정광은 놀라 움찔했지만 그뿐이었다. 그는 진용의 눈을 본 것이다. 분명히 도추문의 도가 자신을 향해 날아오는 것을 알 텐데도 한 점 흔들림 없는 진용의 눈을.

그리고 결과는 결코 그를 실망시키지 않았다.

도추문의 협도를 역류하는 물고기처럼 거슬러 올라간 진용의 손이 협도의 도신을 밀어낸다. 너무도 자연스런 모습에 둘이 약속이라도 한 듯하다.

한순간, 비틀리며 방향이 틀어진 도세의 가운데를 파고든 진용의 손이 도추문의 손목을 움켜쥐었다.

덥석!

"헉!"

이미 한쪽 어깨가 부서져 균형이 무너진 도추문의 도세에는 너무 많은 허점이 있었다. 신수백타를 익힌 진용에게 그러한 허점이 있는 도법은 아무런 위협이 되지 못했다. 도기는 부수적인 것일 뿐.

진용은 손목이 부서지는 듯한 충격에 입을 딱 벌린 도추문을 향해 말했다.

"이제 아시겠습니까, 저분이 당신에게 왜 미친놈이라고 하셨는지?"

도추문은 처절한 고통 속에서도 마지막 희망을 걸고 입을 열었다.

"나, 나는 백마성의 무사……. 나를 건들면……."

그때다.

우두둑! 진용이 손에 힘을 주자 도추문의 팔목이 으스러져 버렸다.

"끄아악!"

차라리 가만히 있었으면 부러질지언정 부서지지는 않았을 것을.

세력의 이름으로 남을 누르는 것을 진용이 얼마나 싫어하는지 알았다면 그는 절대 그런 말을 하지 않았을 것이다.

진용은 도추문의 손을 털어버리고 뒤돌아섰다. 더 이상 그에게는 볼일이 없었다.

"도장님, 싸움을 마무리 지어야죠?"

"흠, 그럴까?"

"그런데 그 신발, 계속 들고 싸우실 겁니까?"

정광이 무슨 소리냐는 듯 말했다.

"당연하지! 이게 내 무긴데!"

그 말이 끝남과 동시, 정광은 마차 주위에서 해룡선단의 무사들을 몰아치던 적들 사이로 뛰어들었다. 그리고 쇠 신발이 허공을 가르며 휘둘러졌다.

땅!

"켁!"

동에 번쩍, 서에 번쩍 유령처럼 날아다닌다. 신출귀몰!

정광이 쇠 신발을 휘두를 때마다 괴이한 비명 소리가 터져 나왔다.

순식간이었다. 네 명이 이마와 뒤통수에 쇠 신발에 맞고 쓰러졌다.

　그사이 고개를 절레절레 흔든 진용은 초연향이 탄 마차의 앞으로 다가섰다.

　단걸음에 이 장의 거리가 좁혀졌다. 그가 다가가자 서너 명의 무사가 이를 악물고 달려든다.

　진용은 흔들리는 갈대 사이를 누비는 바람처럼 사방에서 날아드는 도검을 피하고는, 몽둥이 같은 검지를 들어 허공을 찔렀다.

　뻑!

　마른 박 깨지는 소리가 한 번 날 때마다 한 사람씩, 무사들은 눈을 까뒤집고 무너져 내렸다.

　그야말로 진용과 정광의 움직임은 바람, 그 자체였다.

　천천히 움직이는 것 같은데도 잡을래야 잡을 수가 없고, 베어도 베어지지 않고, 막으려 해도 막을 수 없는 바람이었다.

　서서히 적들의 눈에 질린 기색이 떠오르기 시작했다.

　반면에 해룡선단의 무사들이나 하군상은 신이 나서 적들을 몰아치고, 탁인효와 십영은 덩달아서 휘두르는 손발에 힘이 들어가고 있었다.

　이제 상황은 누구도 막을 수 없었다.

　도추문이 나서고, 정광과 진용에 의해 설광도 도추문이라는 이름이 강호상에서 지워진 시간은 결코 길지 않았다.

충격이었다. 적에게나 아군에게나. 물론 충격은 적이 더 컸다.

일행 중에서 도추문을 제외하고 제일 지위가 높은 일도마겸 장문수가 동료들을 향해 소리쳤다.

"물러난다! 후퇴!"

그러나 그들을 보내고 싶지 않은 사람도 있었다.

감오형을 비롯한 십영의 여덟이 바로 그들이었다. 그들은 물러나는 적들을 쫓아 달려나갔다.

"비겁한 놈들! 가긴 어딜 간다는 말이냐!"

십영의 여덟이 자신들을 쫓아오자 장문수가 눈을 부라리며 말했다.

"흥! 감오형! 네가 무서워 물러나겠다는 것이 아니다. 싸우겠다면 싸워주지! 그러나 그대들 역시 모두 목숨을 걸어야 할 것이다!"

팽팽한 대치가 이루어졌다. 그러나 좀 전과는 다른 대치다.

좀 전만 해도 죽이려는 자와 막으려는 자였다. 그러나 이제는 물러서려는 자와 쫓으려는 자다. 단 반 각 만에 두 집단의 이해가 뒤바뀌어 버렸다.

한데 그때, 한 사람이 나서서 두 무리의 싸움을 멈추게 했다. 그것도 매우 의외의 사람이.

"멈춰요, 일영!"

하주령이었다.

"소저!"

"알아요, 일영의 마음. 그러나 백마성과의 싸움을 더 이상은 허락할 수 없어요. 이미 죽은 자만 열에 가까워요. 쓰러져 고통을 호소하는 사람은 더 많고요."

"저들이 먼저……."

"이제는 물러서려는 자들이에요. 안 그런가요?"

하주령은 감오형에게는 더 이상 할 말이 없다는 듯 고개를 돌려 장문수를 바라보았다. 장문수의 눈빛이 가늘게 흔들렸다.

'저 여우 같은 계집이 뭘 노리는 것이지?'

그러나 그에게는 선택의 여지가 없었다.

"그렇소, 소저. 우리는 더 이상 싸울 마음이 없소."

하주령이 하얗게 웃으며 말했다.

"백마성주님께 안부나 전해주세요. 구룡상방은 결코 속 좁은 장사치가 아니라고 말이에요."

장문수는 떨떠름한 표정으로 고개를 끄덕였다.

"알… 겠소. 그리 전하리다."

"그리고 가시려거든, 도 대협과 쓰러진 분들도 데려가세요."

"으음, 고맙소."

진용은 손을 멈추고 눈앞에서 벌어지는 일을 가만히 바라보기만 했다.

그는 하주령이라는 여인에 대해 생각하고 있었다. 그녀의 성품을 정확히 알지는 못해도 조금은 안다 생각했다.

한데 의외였다. 자신을 죽이려 덤벼든 자들을 그냥 보내주다니.

'내가 잘못 생각했나?'

그런 생각이 들 정도다. 그때 옆에서 유량의 목소리가 들려왔다.

"구룡상방은 이번 일로 많은 것을 얻었다고 봐야겠군."

진용이 돌아보자 유량은 그 이유를 말해줬다.

"백마성은 하북무림의 강자로 그들은 그동안 구룡상방과 적대 관계인 만금산장의 일을 봐주고 있었네. 오늘 일만 해도 아마 만금산장의 부탁으로 하 낭자를 죽이려 했던 것일 거네. 그런데 이제는 대놓고 구룡상방에 손을 쓸 수가 없게 되었어. 강호에서 손가락질받을 생각이 아니라면 말이야. 그것만 해도 천금의 가치가 있으니 하주령은 자신의 목숨을 위협하던 자들을 살려주고 손해는커녕 엄청난 이득을 봤다고 봐야 하네."

진용은 천천히 고개를 끄덕였다.

역시 대단한 여인, 구룡상방의 지낭이라는 말이 그냥 나온 말이 아니었다.

또한 그래서 초연향이 더욱 걱정되기도 했다.

3

일행은 일단 시신을 수습하고 십여 리를 벗어나서야 부상
자들의 상처를 돌보았다.

십영 중 아홉째가 죽어 총 세 사람이 죽었다. 그리고 네 사
람이 부상을 입었다.

해룡선단의 무사들 역시 중상은 아니어도 크고 작은 상처
를 입은 상태였다. 그래도 적들보다는 훨씬 나았다.

살아남은 자들은 모두 진용이 타고 있는 마차를 바라보았
다.

마차 안의 두 사람이 아니었다면 자신들은 살아남기 어려
웠을 상황임을 모두가 아는 것이다.

그러한 마음을 가진 사람 중에는 감오형도 있었다.

그는 굳이 많은 말을 하지 않았다. 마차 옆에서 정광과 담
소를 나누고 있는 진용을 향해 그저 가볍게 고개를 숙임으로
써 자신의 마음을 전했다.

진용도 그런 감오형에게 마주 고개를 끄덕여 주었다.

"오라버니는 알고 있었지요?"

마차 안으로 들어오라기에 '웬일이야' 하고 들어왔던 하

군상은 하주령의 질문이 떨어지자 심드렁한 표정으로 답했다.

"뭘?"

"진용이라는 자의 무공이 그리도 고강하다는 걸 말이에요."

"내가 어떻게 알아? 고수가 하수를 알아보기는 쉬워도, 하수가 자신의 능력을 숨긴 고수를 알아볼 수는 없다는 걸 몰라?"

"그런데 왜 그렇게 태평했지요? 마치 당연히 이길 것처럼."

하주령은 마차 안에 있었으면서도 마치 밖에서 일어나는 상황을 다 본 것처럼 말했다. 하지만 하군상의 능청도 결코 하주령 못지않았다.

그는 입은 닫은 채 굳은 표정으로 앉아 있는 탁인효를 슬쩍 바라보고는 입을 열었다.

"뭐…… 인효도 있고, 내 무공도 만만치 않잖냐. 게다가 내가 어디 쉽게 겁먹는 사람이냐?"

어이가 없는지 하주령이 실소를 흘리며 말했다.

"큰오빠 앞에만 서면 땀을 삐질삐질 흘리는 사람이 무슨……."

"그거야 형님이니까 그렇지."

"후우……. 하긴 오라버니가 굳이 저를 속일 이유는 없지요. 그만 가보세요."

"그래, 그만 가보마. 원, 별것도 아닌 걸로……."

하군상이 툴툴거리며 나가자 하주령은 조금 전과는 완전 딴판으로 싸늘히 굳은 눈빛을 흘려냈다.

'아주 재밌는 사람이야. 만일 내 생각만큼 능력이 뛰어나다면……'

그녀의 눈빛을 곁에서 바라본 초연향은 씁쓸함과 불안함으로 가슴이 무거워졌다.

'대체 하 언니가 또 무슨 짓을 하려고……'

수년 전, 하주령의 눈에 뜨였다 원인 모를 죽임을 당한 사람이 있었다. 그는 해룡선단과 함께 구룡상방을 이루는 핵심 세력 중 하나인 철심진가의 사람이었다.

기재라 불리던 그가 죽기 전날 밤, 하주령이 그를 불렀다는 사실은 뒷간에 다녀오던 초연향만이 알고 있는 사실이었다.

구룡상방의 총방주인 하전금의 오십 회 생신을 축하하기 위해 북경에 갔던 그녀는 결국 입을 다문 채 교주로 돌아와야만 했다.

하지만 그녀는 잊을 수가 없었다. 사건이 일어난 그날 점심 때 그녀는 하주령의 눈에서 저런 눈빛을 봤었던 것이다, 탐욕스런 암거미의 눈빛을.

지금 생각해도, 분명 그 사건은 어떤 식으로든 하주령과 관계가 있다는 것이 그녀의 생각이었다. 그렇기에 불안감이 쉽게 가시지가 않았다.

'만일… 고 공자를 건드린다면 절대, 절대 용서하지 않을 거야!'

4

그때부터 북경으로 가는 길은 탄탄대로였다.

발 없는 소문이 하루에 천 리를 간다더니, 백마성의 척살조가 구룡상방의 지낭이라는 하주령을 죽이려다 실패했다는 소문이 길가에 자자하게 퍼져 있었다. 더구나 살아남은 사람들은 하주령의 관대한 배려로 무사히 백마성으로 돌아갔다는 말까지 돌고 있었다.

하주령이 구룡상방의 사람들을 이용해 교묘히 퍼뜨린 소문이었다. 방법은 간단했다.

그녀는 구룡상방에 전서구를 날렸을 뿐이다. 사실 내용을 다 담아서. 단, 비밀을 요하는 일급 문서가 아닌 아무나 볼 수 있는 삼급 문서로.

진용은 북경으로 가는 도중 하군상으로부터 그 사실을 전해 듣고 하주령에 대해 감탄하지 않을 수가 없었다.

그것은 아무나 생각할 수 있으면서도, 또한 아무나 실행하기가 쉽지 않은 일이었다.

진용은 하주령에 대한 판단에 한 가지를 추가해야만 했다.

하주령은 결단이 빠르다. 그것이 좋은 쪽으로든 나쁜 쪽으로든.

그리고 북경까지 가는 닷새간, 진용은 정광 도장으로부터 풍혼에 대한 것을 배울 수 있었다.

사실 배우려 해서 배운 것이 아니었다. 진용의 신수백타에 바탕을 둔 몸 동작을 본 정광이 서로 알고 있는 바를 가르쳐 주면 어떻겠느냐는 제의를 해왔던 것이다. 그는 아름답기까지 한 신수백타의 동작에 은근히 욕심이 생겼던 것이다.

결국 두 사람은 서로의 절기를 교환했다.

정광은 석벽에서 얻은 경공인 풍혼을.

진용은 신수백타의 기본 동작을.

그리고 사흘, 진용은 정광의 풍혼을 어느 정도 자신의 것으로 만들 수 있었다. 반면에 정광은……

"그만 할란다. 에구구……"

이틀 만에 포기해 버렸다.

당연히 그럴 수밖에 없었다. 내공을 끌어올리지 않은 채 근육이 비틀리고, 신경이 꼬아지는 엄청난 고통을 감수한다는 것은 쉬운 일이 아니었던 것이다.

'클클클! 나쁜 시르, 저럴 줄 알고 가르쳐 준다고 한 거지?'

진용은 정색하고 말했다, 추호도 그런 마음은 없었다는 듯.

'세르탄, 나 누구처럼 그렇게 나쁜 놈 아니야. 나는 분명히 엄청난 고통이 뒤따를 거라고 말해줬거든.'

쾅!

"그 계집을 죽이지도 못하고 거꾸로 이런 치욕을 당하다니⋯⋯."

전각 안에 앉아 있던 사람들은 박살 난 탁자를 바라보며 부르르 몸을 떨었다.

어지간해선 화를 안 내는 성주였다. 하지만 한 번 화를 내면 천하의 누가 와도 말릴 수 없는 사람이 또한 백마성주 혁청우였다.

그런 성주가 자신이 아끼던 탁자를 부수면서까지 화를 내니 누가 두렵지 않겠는가.

"가서 알아봐! 도추문을 불구로 만들었다는 그놈들이 어디서 튀어나온 놈들인지."

그나마 용기를 낸 한 사람이 입을 열었다.

"성주! 그놈들은 도사 한 놈과 서생 한 놈이라 하더이다."

그러다 아직 화를 삭이지 못한 혁청우의 집중타를 맞아야만 했다.

"누가 그걸 몰라?! 그러니까 그놈들이 어디서 나온 놈들인지 알아보란 말이야, 이 멍청한 위인아!"

하지만 그는 꿋꿋하게 다시 입을 열었다.

"속하, 마혼당주 위당조가 직접 가서 알아보겠습니다. 허락해 주십시오!'

혁청우는 힘세고 고지식한 위당조를 불길이 이는 눈으로 바라보았다. 그나마 자신이 화내는데도 꿈쩍하지 않는 자는 그뿐이다.

"그대가 직접 가서 알아보겠다고?'

"그렇사옵니다!'

"설마, 저번처럼 엉뚱한 짓 하는 것은 아니겠지?'

"속하가 언제……."

혁청우는 일일이 설명하기가 귀찮다는 듯 손을 휘저었다.

"좋아, 좋아, 위 당주가 가서 알아봐. 단! 구룡상방은 건드리지 말아. 아직 때가 아니니까."

"존명!'

第三章
북경의 겨울바람

1

　시월의 북경은 찬바람이 불어오는 겨울의 초입이었다.

　삭풍이 불어오는 장성 바깥쪽보다는 덜하다 하지만, 산동
에서 올라온 진용 일행이 느끼는 추위의 매서움은 일반 사람
들과는 달랐다.

　"겨울인가?"

　밖을 바라보며 정광이 한 말에 진용은 감고 있던 눈을 가늘
게 뜨고 밖을 바라보았다. 표현을 안 하고 있어서 그렇지 그
의 심장은 그 어느 때보다 격하게 뛰고 있었다.

　'유모는 살아 있을까? 매화나무는? 집이 그대로 있기는 있
는지……'

아버지가 그리 아끼던 매화나무가 머릿속에 떠오른다.

가끔씩 종 숙부가 오면 매화가 가득히 핀 매화나무 아래에서 두 분은 술을 주고받았었다. 그리고 진용은 그 옆에서 떨어진 매화꽃을 이용해 글자를 쓰고는 했었다.

"우리 용아는 나중에 훌륭한 학자가 될 거다. 이 숙부가 장담하마."

종 숙부는 그런 진용을 아주 좋아했었다. 아들이 없었기에 더 그랬는지도 몰랐다.

그때마다 진용은 차라리 종 숙부가 아버지였으면 어땠을까, 하는 생각을 가지기도 했었다.

지금 생각하면 그렇게 어리석었을 수가 없다. 그냥 옆에 아버지가 계신 것만으로도 행복이었던 것을……

'아버지, 죄송했어요.'

진용이 회한에 잠겨 있을 즈음이었다. 밖에서 감오형의 목소리가 들려왔다.

"곧 총방에 도착할 것이다. 거리에 사람이 많으니 주위 경계를 소홀히 하지 말도록!"

구룡상방의 총방은 빙 둘러 육십 리에 달한다는 내성의 남문 쪽에 위치해 있었다.

사실 북경의 내성에서 구룡상방의 깃발이 내걸린 마차에

감히 허튼수작을 부릴 자는 거의 없다 해도 과언이 아니었다.
그럼에도 저리 말하는 것은 총방을 앞에 두고 자세가 흐트러
지는 것을 막기 위함이었다.

감오형의 말이 떨어진 지 일각 후, 잔뜩 기합이 든 호위무
사들의 호위를 받으며 시월의 붉은 석양을 등에 진 두 대의
마차는 고색창연한 대문 앞에 도착했다.

그제야 진용은 벽에 비스듬히 기대있던 몸을 세우고 고개
를 들었다.

대문 위에 걸려 있는 길이만도 이 장에 달하는 거대한 현판
이 보였다. 현판에는 용사비등한 글씨체로 커다란 글씨가 쓰
여 있었다.

구룡상방(九龍商幇).

2

진용과 정광에게 배정된 방은 별채의 방 중에 하나였다.

본래 진용은 마차에서 내리자마자 구룡상방의 총방을 떠
나려 했다.

십 년 전에 떠나온 자신의 집을 보고 싶은 마음이 간절했던
것이다.

그러나 하룻밤을 더 참기로 했다. 하루가 더 지난다 해서

집이 어디로 도망가지는 않을 터, 하군상에게서 얼마간이라도 정보를 얻고 움직이는 것이 나을 거라 판단했기 때문이었다.

그날 밤 초연향이 사람을 시켜 만나자는 연락을 해왔다.

"누구는 좋겠다."

뭐가 좋아? 엉뚱한 도사 같으니라고.

술시 초가 되자 진용은 정광의 엉뚱한 말을 뒤로하고 방을 나섰다.

그녀의 방은 건물 하나 건너에 있었다. 그가 발자국 소리를 내며 다가가자 방 안에서 그녀의 목소리가 들려왔다.

"들어오세요."

어떻게 난 줄 알았을까? 지나다니는 사람이 나만 있는 것을 아닐 텐데. 진용은 의아했지만 아무런 거리낌 없이 방문을 열고 안으로 들어갔다.

그녀는 다탁 건너편에 앉아 그가 들어오는 모습을 물끄러미 바라보고 있었다.

의자를 끌어당기고 자리에 앉자 그녀가 먼저 입을 열었다.

"오라 해서 죄송해요."

'죄송하기는. 솔직히 괜찮은 기분인걸.'

그녀는 한쪽에 놓인 찻잔을 진용의 앞에 옮겨놓고 차를 따랐다.

향기로운 다향이 찻잔에서 피어오른다. 과연 거부의 집이라 그런지 손님에게 내어놓는 차도 특별하다.

문득, 아버지가 그렇게도 좋아하시던 용정의 향이 저 깊은 추억의 구석에서 우러나온다.

'십 년이 넘도록 드셔보지 못했을 텐데…….'

용정은커녕 누가 뜳은 차 한 잔이라도 드렸을지 싶다.

'아버지…….'

그때 초연향이 조용히 입을 열었다.

"내일 아침이면 떠나시겠죠?"

"그럴 생각입니다."

그녀는 고개를 숙이고 찻잔을 집어 들더니 다시 말을 이었다. 왠지 서글픈 표정이었다.

"제가 무엇 때문에 이곳에 왔는지 아세요?"

진용은 아련한 추억을 깊숙이 파묻고 고개를 가로저었다.

당연히 알 리가 없다. 한데 무슨 뜻으로 묻는 걸까.

"저에게 수백 명의 목숨이 달려 있기 때문이에요. 아마 아버지와 조부님은 제가 그 사실을 모르는 줄 알았을 거예요. 사실 저도 상아가 아니었으면 몰랐을 테니, 그리 이상한 일도 아니지요."

"무슨 뜻입니까?"

초연향이 차를 한 모금 마시고 입을 열었다.

"작년부터 아버지에게 저를 달라는 청이 들어왔었어요. 아마 그 때문에 탁 공자와의 혼사도 거부하셨던 것 같아요."

진용의 표정이 굳어졌다.

"상아가 그러더군요. 이상한 편지가 왔는데 아버지와 조부 님이 그 편지 때문에 고민을 하고 있다고 말이에요. 그러더니 저녁에 몰래 그 편지를 들고 왔어요. 큰일 났다면서······."

그 엉뚱한 꼬마 계집아이가?

"그 서신에는··· 해룡선단과의 보다 나은 관계를 위해 저를 달라고 적혀 있었어요. 상아에게는 편지를 다시 가져다 놓으 라 하고 절대 입을 열어선 안 된다고 했죠. 그 아이는 제 말이 라면 절대 어기지를 않으니 분명 아무런 말도 하지 않았을 거 예요."

진용은 어이없는 표정을 가라앉히고 초연향을 뚫어지게 쳐다보았다. 그녀가 말했다.

"우습죠? 이런 말을 아무런 상관도 없는 사람에게 주절대 는 제가······."

진용은 대답을 할 수가 없었다.

그런 말을 자신에게 하는 이유가 뭔지는 모른다.

다만 자신을 바라보는 초연향의 눈빛이 왠지 절박해 보인 다.

도대체 왜 저런 눈빛일까?

그런데 왜 나는 화가 나는 거지?

진용은 초연향의 눈을 직시한 채 한참을 가만히 있었다. 그 러다 어렴풋이 왜 자신이 그러는지를 느낄 수 있었다.

'나는 저 여자를 좋아한다. 정확히 뭐라 표현할 자신은 없지만. 지금껏 한 번도 그런 마음을 가져 볼 여유가 없었으니까. 다만 분명한 것은, 내가 저 여자를 좋아한다는 거다. 그리고…… 지켜주고 싶다는 거다.'

진용은 초연향을 똑바로 바라보고 말했다.

"당신이 원하지 않는다면 내가 무슨 수를 써서라도 막아주겠소."

언뜻 초연향의 눈에서 웃음이 떠올랐다. 그것은 기쁨이었다.

금방이라도 기쁨의 눈물을 흘릴 것만 같던 그녀가 조용히 입을 열었다.

"총방주 어른이 나와 맺어주려는 사람이 누군지 아세요? 바로… 하군상 공자예요."

"하군상?"

끝내 진용의 두 눈이 크게 뜨였다.

세상에! 하군상이라고?

그때다. 문득 뇌리를 스치는 생각.

"혹시 그 일을 추진한 사람이 하주령 낭자가 아니오?"

초연향이 씁쓸한 표정으로 고개를 끄덕였다.

"그렇게 생각하고 있어요. 제 짐작일 뿐이지만요."

"탁인효를 차지하기 위해서?"

"그것도 그렇지만 한 가지 이유가 더 있어요."

"신안(神眼) 말이오?"

끄덕끄덕.

말없이 고개를 끄덕이는 초연향을 보고 진용이 화난 목소리를 내뱉었다.

"대체 그 여자는 머릿속에 뭐가 들었답니까? 좋으면 자기가 알아서 차지하지, 왜 초 소저까지 끌어들인단 말입니까?"

"철저하게 하겠단 말이지요. 그리고 저를 다른 곳에 빼앗기지 않겠다는 뜻이기도 하고요."

"만일 거부한다면?"

"그럼…… 해룡선단에 대한 지원을 끊을 거예요. 사실 해왕방의 뒤에 엄청난 세력이 있다는 소문이 있어요. 아직 확인된 것은 아니지만요. 만일 그게 사실이라면, 구룡상방에선 우리 해룡선단이 망하더라도 손을 뻗지 않을 거예요."

그래서 수백 명의 목숨이 달려 있다 한 것인가?

초연향은 무거운 표정으로 고개를 숙였다.

"아버지와 조부님도 그 사실을 잘 알기 때문에, 저에게 차마 말은 못하고 속으로만 가슴 아파하시고 있는 거예요."

진용은 초연향의 말을 들으며 깊은 생각에 잠겼다.

초연향이 희생양이 되게 그냥 놔둘 수는 없다.

더러운 욕심을 챙기려는 자들에게 저 여인을 내어줄 수는 없다.

하군상이라면 자신의 말을 들을 것이다. 그럼 하주령이 문젠가?

'하주령이라…….'

말없이 반 각이 흘렀을 즈음, 진용은 초연향의 눈을 똑바로 바라보며 물었다.

"제가 어떻게 하면 되겠습니까?"

초연향은 고개를 가로저었다.

"그냥…… 누군가에게 털어놓고 싶어서 드린 말씀일 뿐이에요. 너무 답답해서……. 고 공자라면 제 마음을 이해해 주실 것 같기도 했구요."

그러더니 희미한 웃음을 지었다.

"하아, 이제는 좀 괜찮아진 것 같아요. 고 공자께서 그리 말씀해 주시는 것만으로도 힘이 나는걸요."

진용이 불쑥 물었다.

"하주령이…… 죽으면 끝나는 일입니까?"

해놓고도 너무 직선적인 자신의 말에 아차 하는 생각이 들었다.

아니나 다를까, 초연향의 눈이 동그래졌다.

"맙소사! 무서운 생각을 하시는군요."

쓸쓸한 마음이 든다. 자신이 생각해도 어이없는 말이 아닌가. 사람 죽이는 일을 아무렇지도 않게 말하다니. 자신이 언제부터 사람 목숨을 이리 가볍게 생각했단 말인가?

초연향은 자신을 질책하는 진용을 바라보더니 간절한 표

정으로 나직이 입을 열었다.

"사실 고 공자를 만나자 한 이유는 답답한 마음을 털어놓고 싶기도 했지만, 한 가지 부탁할 게 있어서예요."

3

방으로 돌아온 진용이 차만 홀짝이자 정광이 넌지시 말을 걸었다.

"왜? 자네가 싫대?"

"도.장.님!"

"아, 뭐 아니면 말고. 에구구, 푹신해서 좋긴 좋네."

정광이 너스레를 떨며 침상에 몸을 눕히자 진용은 식어버린 찻물을 단숨에 들이켰다.

"혹시…… 혹시 말이에요. 제가 어떻게 되거나 해룡선단에 무슨 일이 있으면 아버지와 상아를 부탁할 게요."

그녀는 자신에 대해선 부탁을 하지 않았다. 진용은 그게 더 안타까웠다.

사실 하군상은 그리 염려할 것이 없다. 하군상과 맺어주려 했던 목적 자체가 초연향의 구룡상방에의 구속인 이상 하주령은 서두르지 않을 테니까. 그리고 하군상 역시 진용의 말

한마디면 함부로 초연향을 대하지는 않을 터.

'상대가 하군상이라면 아직 시간은 있다. 일단 아버지의 일을 마무리 짓고…….'

아침이 되자 하군상이 찾아왔다.

그는 두루마리 하나를 진용에게 내밀고 싱긋 웃으며 말했다.

"어젯밤 문서각에서 지나간 문서들을 뒤졌는데 재수가 좋아서 하나 찾았습니다. 도움이 될지 어떨지는 모르겠지만 말이죠."

"고맙습니다."

"다른 것은 제가 되는대로 수집해 놓겠습니다. 언제든 연락 주십시오."

진용은 고개를 끄덕이며 넌지시 말했다.

"하 형, 초 소저를 어떻게 생각하십니까?"

"예?"

얼떨떨한 표정으로 진용을 바라본 하군상이 피식 웃음을 지었다.

"혹시 걱정되어서 그러십니까? 하하하! 걱정 마십시오. 사실 동생 때문에 향 매에게 접근하기는 했지만, 저에겐 혼인을 약속한 여자가 있습니다. 뭐, 아직 아무에게도 말하진 않았지만 말입니다. 설마, 이 나이 되도록 여자 하나 없다고 생각하신 건 아니겠죠?"

진용은 기분이 좋아졌다. 의외로 하군상과의 일은 잘 풀리는 듯싶었다.

"그럼 초 소저를 부탁하겠습니다."

하군상이 묘한 눈으로 진용을 바라보았다.

"걱정 마시라니까요. 누구도 감히 고 형의 여자를 손대지 못하게 하겠습니다."

"예?"

고 형의 여자?

"우흐흐……. 하지만 너무 오래 놔두시면 안 됩니다. 아름다운 여자는 오래 방치하면 벌레들이 꼬여드니까 말입니다."

"하 형도 참……."

넘겨짚은 말이지만 왠지 기분이 그리 나쁘지는 않다.

진용도 빙긋이 웃으며 손가락으로 하군상을 가리켰다.

"하 형만 조심하면 될 것 같은데요."

"헉! 그 몽둥이 좀 치워주시면 안 되겠습니까? 걱정 마시라니까요?"

몽둥이?

진용은 무심결에 자신의 손가락을 쳐다보았다. 자기가 봐도 좀 굵은 편이었다.

'세르탄, 다 너 때문이야. 처음부터 주의를 줬어야지.'

'치이, 조를 땐 언제고…….'

4

구룡상방을 나선 진용은 정광과 함께 내성의 북문을 나섰
다.

그 후로도 두 사람은 일각가량을 아무 말 없이 걸었다.

그리고 대로를 벗어나 지저분한 골목길로 들어간 뒤, 십여
장을 더 가다가 칠이 벗겨진 채 굳게 닫힌 대문 앞에 멈춰 섰
다.

"여긴가?"

정광이 묻는 말에도 진용은 입을 열 수가 없었다.

집은 그대로 있었다. 그런데 현판이 보이지 않는다.

문이 굳게 닫혀 있기는 했지만, 손때 묻은 문고리에는 먼지
가 쌓여 있지 않았다. 누군가가 살고 있기는 살고 있는 모양
이었다.

누굴까. 누가 살고 있는 것일까?

유모일까? 아니면…….

문을 두드려야 하는데 겁이 난다.

한달음에 달려와 문 앞에 선 지 한참이 지났는데도 마음이
안정되지 않는다.

'유모! 안에 있으면 문 좀 열어줘. 용아가 왔단 말이야.'

"후읍!"

깊게 숨을 들이쉬었다. 그리고 손을 들었다.

문고리를 잡아가는 손이 가늘게 떨리는 것처럼 느껴진다.

육신이 떨리는 것이 아니다. 가슴이 떨리고 있는 것이다.

문고리까지의 거리가 백 리도 더 되게 느껴지는 순간이었다.

한데…… 그때.

"밖에 뉘시우?"

안에서 늙은 할멈의 힘없는 목소리가 들려온다.

'저 목소리는……?'

손이 굳었다. 더 나아가지지가 않는다.

"누가 왔나? 그림자가 보이는 걸 봐선 누가 온 것 같은데……."

유모다! 분명 유모의 목소리다!

유모가 아직도 살아 있었어!

오오오! 고맙습니다, 하늘이시여!

"유… 유모, 나… 야."

늙은 할멈의 목소리보다 더 떨리는 목소리가 진용의 입에서 새어 나왔다, 자그마하게.

"누군데 이 할미만 살고 있는 집을 찾아온 거유?"

나라니까! 용아란 말이야, 유모!

목이 메어 목소리가 나오지 않는다.

진용은 멈췄던 손을 뻗어 문고리를 움켜잡았다.

안에서 유모가 움직이는 느낌이 전신으로 느껴진다.

겨우 문고리에 손가락을 집어넣었다.

탕! 탕탕!

문고리로 서너 번 문을 두드렸다.

"조금만 기다리시구려. 이 할미가 몸이 불편해서 그러니."

떠날 때도 몸이 좋지 않았던 유모였다. 아마 그동안 더 안 좋아지신 듯하다.

그럴 수밖에 없었을 것이다. 그럴 수밖에……

정광마저 분위기에 휩쓸려 입을 닫았다.

한순간 무거운 침묵이 북경 외곽의 자그마한 장원 앞에 내려앉았다. 지나가던 바람도 숨을 죽이고 문이 열리기만을 기다렸다.

얼마 후.

덜커덩! 끼이이……

그리 크지 않은 문이 천천히, 답답할 정도로 천천히 열렸다. 십 년 수개월, 기다림과 애환으로 멈춘 시간을 굴리면서.

문은 두 자가량 열리다가 멈춰 버렸다.

문과 문 사이에 머리가 하얗게 센 할멈이 진물이 딱지처럼 앉은 눈을 비비며 서 있었다.

"뉘시우?"

할멈은 고개를 들며 다시 물었다. 진용이 답했다.

"나…… 예요."

눈물이 그렁그렁한 눈으로 자신을 내려다보는 젊은 서생을 보고 할멈은 고개를 갸웃거렸다.

누군데 자신을 보고 우는 걸까? 어디서 많이 본 얼굴 같긴 한데…….

"뉘신데……?"

"용아…… 예요."

"누구? 용아? 그게 누군…….."

진물이 가득한 할멈의 눈이 점점 커져만 간다. 그러더니 몸마저 심하게 떨린다.

할멈은 부들부들 떠는 손으로 진용을 가리키며 입을 벌렸다.

"요, 요오오……."

"알아…… 보겠어요?"

"요, 용…… 아? 우리 도련님, 용… 아 도련님 말이우?"

알아봤다. 유모가 자신을 알아봤다!

진용은 눈물이 흐르는 것도 잊고 환하게 웃었다.

"예, 유모. 제가, 제가 바로 용아예요."

"어… 어허…… 어헝! 도련님! 진짜 도련님이 왔구려? 어어헝!"

철푸덕!

너무나 큰 충격 때문인지 유모가 다리 힘을 이기지 못하고 그 자리에 주저앉았다.

"유모!"

진용은 깜짝 놀라 급히 유모의 몸을 끌어안았다.

뼈에 껍질만 씌워졌다는 말이 바로 유모의 몸을 두고 한 말만 같다. 너무도 말라 한 근도 나갈 것 같지가 않았다.

"유모! 정신 차려요!"

그런 유모의 몸이 심하게 떨리고 있었다. 뭔가 말을 하고 싶은 눈친데 몸이 떨리니 말이 나오지 않는가 보다.

"유모, 일단 마음을 가라앉혀요."

"요, 요, 용… 도련님…….."

그때였다. 진용을 따라 안으로 들어온 정광이 재빨리 유모의 몸 두어 군데를 짚었다.

그제야 유모의 떨림이 잦아들더니, 유모는 천천히 눈을 감고 몸을 늘어뜨렸다.

"도장님?"

진용이 놀라 돌아보자 정광이 여기저기를 둘러보며 입을 열었다.

"노인네한테 너무 큰 충격은 자칫 큰일이 날 수가 있네. 일단 수혈을 짚었으니 몸이 그 충격을 완화시킬 때까지 그대로 놔두게나."

정광의 말이 옳았다. 평상시라면 자신도 그리했을 것이다. 그러나 너무나 큰 감격에 아무런 생각도 나지 않았었다.

하마터면 큰일 날 뻔했다. 이제 겨우 유모를 만났는데…….

"고맙습니다, 도장님. 제가 아직 경험이 없어서…… 그런데…… 우신 겁니까?"

"응? 울긴? 내가 왜? 운 건 자네지 내가 아니네. 킁!"

어색한 변명을 해대며 코를 푸는 정광의 눈 가장자리에는 분명 물줄기가 흐른 자국이 있었다, 비도 안 왔는데.

방 안은 예전과 다름이 없었다. 심지어 자신의 방에 개어져 있는 옷이 어릴 적 입었던 그 옷이라는 것까지.

울컥! 진용은 그 옷을 본 순간 눈물이 쏟아질 것 같았다.

'어헝!'

하지만 자신보다 세르탄이 먼저 울었다.

'왜 울어, 세르탄?'

'몰라. 그냥 울고 싶어.'

'머릿속 지저분해지니까 그만 울어.'

'꼭 말을 해도…… 감정 깨지게, 씨이…….'

세르탄 덕분에 진용은 나오려는 눈물을 참고 방 안을 둘러보았다.

한쪽에 쌓여 있는 책도 그대로 있었다, 먼지 하나 없이.

맨 위에 있는 책을 들어 살펴보았다.

예기의 한편을 묶은 중용(中庸)이었다. 성선설을 중심으로 천인합일의 사상을 명백히 하고 있다는 중용.

한참 동안 겉표지를 바라보고 있던 진용의 입에서 중얼거림이 흘러나온 것은 책을 집어든 지 일각가량이 지나서였다.

"인(仁)의 덕(德)을 지니고 있음으로써 사람이 되고, 만일 인(仁)을 잃게 되면 그것은 사람이 아니라 했다. 또한 사람이 사람인 연유는 인(仁)이 있기 때문이고, 인(仁)의 도(道)야말로 사람의 도(道)라 했다. 그러나 아버지와 관계된 일에 관해서 만큼은 그 어떤 것도 필요없다. 아버지를 해한 자는 모두 악일 뿐이다."

진용의 손에 들린 책자가 한 줌 가루가 되어 산산이 흩어졌다.

그것은 분노였다! 그리고…… 다짐이었다!

"그 누구도 용서치 않는다!"

아버지의 방도 자신의 방이나 마찬가지였다. 마치 오늘 아침까지도 사람이 살았던 방과도 같았다.

진용은 아버지의 침상을 손으로 쓰다듬으며 오래전의 추억을 되살려 봤다.

하지만 진용의 눈에 떠오르는 아버지의 모습은 칼을 찬 채 머리가 흐트러진, 뇌옥에 갇혀 있을 때 본 마지막 모습뿐이었다.

털썩!

진용은 무릎을 꿇고 침상에 얼굴을 파묻었다. 한참을 그렇게 있었다. 모든 것을 잊고서…….

얼마나 지났을까, 상당한 시간이 흐른 것 같다.

햇살이 남쪽 창문으로 스며들어 등을 따스하게 쓰다듬는다. 그제야 진용은 침상에 파묻은 고개를 들었다.

고개를 든 진용은 한쪽 벽을 바라보았다.

산수화가 보였다. 봉쇄된 지하 서고로 통하는 열쇠가 감춰진 곳.

방에 들어와 처음으로 진용의 입이 열렸다.

"석벽의 고대 문자를 풀려면 열어야 할지도 모르겠군."

하지만 아직은 아니었다. 그보다 우선적으로 해야 할 일이 있는 것이다.

아버지의 방을 나와 별채로 들어가자 정광이 유모의 맥을 살피고 있었다.

"어떻습니까?"

진용이 묻자 정광이 감았던 눈을 슬며시 떴다.

"몸이 너무 약해."

그럴 것이다. 이미 몸을 안아 들었을 때 느꼈던 바였다.

하긴 마음 약한 유모가 뭘 제대로 먹었을까. 먹어도 소화나 되었을지……. 그나마 살아 계신 것만도 천만다행이 아닌가 말이다.

혈을 깊게 누르지 않아서인지 유모는 반 시진가량이 지나자 정신을 차렸다. 정신을 차린 유모는 진용을 보고 또 한참을 울었다.

진용도 글썽이는 눈물을 감추지 않고 유모와 함께 소리없이 눈물을 흘렸다.

정광은 두 사람을 바라보다 밖으로 나가 버렸다. 마음에도 없는 한 소리를 하고서.

"그러고 보니 문을 안 닫고 온 것 같군. 도둑 들면 어쩌려고……."

나가기 전 본 그의 눈에도 눈물이 맺혀 있었다. 아마도 진용에게 눈물을 보이기 싫어 나간 듯했다.

생각보다 순진한 도인이었다.

5

"종 어르신이 돌봐주셨지요. 이 년 전까지……."

유모가 눈물을 멈추고 진용에게 이런저런 말을 하다 진용이 지금까지 어떻게 살아왔느냐고 물으니 한 말이었다.

"종 숙부님은 잘 계시죠?"

진용의 물음에 유모는 입을 닫았다. 그리고 또 눈물을 글썽거린다.

"혹시?"

"이 년 전에 돌아가셨어요. 에혀."

"그, 그런……."

자신의 불길한 예감이 맞은 듯하다. 그놈들이 종 숙부님을 그냥 놔두었을 리가 없을 거라 생각했거늘.

죽일 놈들!

진용은 차마 유모 앞에서 살기를 드러내지는 못하고 이를 악 다물었다.

"어떻게 돌아가셨습니까?"

"밤에 황궁에서 돌아오다 도적에게 당했다오. 세상에, 해칠 사람이 없어서 그런 분을 해치다니… 에구, 나쁜 놈들 같으니라구."

도적이라고? 도적은 무슨!

북경의 내성에서 도적들이 돌아다니며 관인을 해친다는 것은 상상하기 힘든 일이었다. 차라리 술 먹고 행패 부리던 자가 술김에 길 가던 종 숙부를 그리했다는 편이 훨씬 설득력이 있었다.

"범인은 잡았습니까?"

유모는 고개를 저었다.

"한 달 정도 바짝 시끄럽더니 조용해지고 말았다오."

"그럼 숙모님하고 송 누님은 어떻습니까?"

유모는 진용의 손을 잡더니 어렵게 입을 떼었다.

"종 어르신이 죽기 며칠 전 두 분은 외가로 갔다고 들었는데……. 듣기로는 송 아가씨의 외조부님 칠순이 다가와서 갔다고 하지만, 이 늙은이가 생각하기로는 꼭 그런 것만이 아닌 것 같았지요."

아마도 위기를 느끼고 숙모와 송 누님을 피신시킨 듯하다.

그렇지 않고서야 두 분만 보낼 종 숙부가 아니다.

"종 어르신의 시신도 나중에 다른 사람이 와서 모셔갔다고 하더구려."

진용은 고개를 푹 숙였다.

"그랬군요. 그랬어요. 결국 저희 때문에 종 숙부님 가족이……."

"에구, 세상도 무심하시지……."

또다시 말없는 시간이 흘러갔다. 하지만 언제까지나 이러고 있을 수만은 없었다.

마침내 진용은 차마 떨어지지 않는 입으로 유모에게 물었다.

"유모, 아버지는…… 어떻게……?"

유모는 멍한 눈으로 천장을 올려다보더니 천천히 눈을 내려 진용을 바라보았다. 유모도 말을 꺼내기가 무척이나 힘든 표정이었다.

한데 떨어지지 않는 입을 억지로 떼는 유모의 표정이 조금 아리송하다.

"사라지셨다오."

"예?"

놀란 눈을 크게 뜬 진용을 향해 유모가 눈을 좁히며 알 수 없다는 표정으로 말했다.

"그게…… 아마 황궁에서 난리가 나기 며칠 전이었을 겁니다요. 나으리가 계시던 건물이 부서졌는데, 나으리께선 어디론가 사라지셨다 들었지요."

사라지셨다? 돌아가신 것이 아니고?

"육 장군이 찾아와서 알려줬어요. 나으리가 사라지셨다고."

"육 장군이라면…… 혹시? 육두강?"

"맞아요, 도련님. 바로 그분이 이 늙은이에게 간간이 소식을 알려줘서 그나마 늙은 목숨을 악착같이 부지하고 있었지요. 행여나 나으리가 돌아오실까 해서……."

말인즉, 안 오셨다는 말이다.

대체 무슨 일이 있었던 것일까? 빠져나오긴 정말 빠져나오신 걸까?

6

"일단 황궁에 들어가 볼 생각입니다."

진용의 말에 정광이 눈을 휘둥그렇게 떴다.

"들어갈 방법이 있나?"

"금의위에 육두강이라는 사람이 있습니다. 그를 만나면 무슨 수가 생길 것 같습니다."

"금의위?"

휘둥그레진 눈에 어이가 없다는 빛이 떠올랐다.

"지금까지 그분이 유모에게 소식을 전해줬다 합니다. 그러니 만나보면 보다 정확한 것을 알 수 있겠지요."

그제야 이해가 간다는 듯 정광이 고개를 끄덕였다.

"언제 가볼 건가?"

"지금 가죠. 쇠뿔도 단김에 빼라 했으니."

진용의 방에서 나온 두 사람이 마당에 들어섰을 때다. 유모가 부엌이 있는 곳에서 나오고 있었다, 손에는 찻주전자를 들고서.

"어딜 가실려구?"

"예, 유모. 육 장군님을 좀 만나보려고요."

"가실 때 가시더라도 차는 한잔 마시고 가시구려."

유모는 대답도 듣지 않고 두 사람의 옆을 지나 다실로 들어가더니 다탁에 찻잔을 올려놓았다. 그리고 찻잔에 차를 따랐다.

순간 진용의 눈이 가늘게 떨렸다. 찻잔에서 은은히 피어오르는 다향, 아버지가 그리도 좋아하시던 그 향기였다.

"어떻게… 설마……?"

"전에 남은 것을 잘 보관해 두었다오."

유모의 말에 진용은 아련한 미소를 지으며 정광을 향해 말했다.

"차 한잔 마실 시간이야 없겠습니까? 마시고 가죠."

정광도 호기심이 가득한 눈으로 찻물이 가득한 찻잔을 바라보았다.

"뭔 차인가? 향기가 기가 막힌데?"

"용정입니다."

말이 끝나기도 전에 정광은 다실의 문턱을 넘고 있었다.

"용.정?! 하하! 차 한잔 마실 시간이야 얼마든지 있지. 뭐하나? 어서 오게."

7

육두강은 내성의 동문 쪽에 살고 있었다.

십 년 전만 해도 백부장이었던 그는 이제 버젓한 천호장이 되어 금의위에서도 열 손가락 안에 드는 핵심 인사 중 하나였다.

진용이 정광과 함께 육두강의 집에 찾아간 시각은 미시 말. 육두강이 아직 황궁에서 돌아오지 않은 때였다.

"너무 일찍 왔나 보군요."

"거, 황궁에는 모두 농땡이 피우는 사람만 있다더니……."

"그런 사람이 천호장이 될 수 있었겠습니까?"

"뇌물을 쓰면 그리 어렵지 않다고 하던데……."

"거참, 도장님도. 꼭 어디서 그런 이야기만 듣고 와서는……. 하긴 이십 년 동안 놀기만 한 분이 뭘 알겠습니까마는."

"잉? 뭐야?"

"식사나 하러 가시죠? 뭐 드실래요?"

정광은 돌아서는 진용의 뒤통수를 뚫어져라 노려보고는
대뜸 소리쳤다.

"선육탕!"

길을 되돌아 나가자 대로에 깃발이 내걸린 주루가 보였다.

두 사람은 그중에서도 가장 가까운 곳에 있는 주루로 발걸
음을 옮겼다.

태평루.

"천하태평, 진짜 주루다운 이름이군."

정광의 태평스런 말에 진용은 피식 웃음을 지으며 태평루
로 다가갔다.

한데 두 사람이 태평루의 입구로 다가갈 때다.

촤르륵, 주루의 주렴이 뜯길 듯이 걷히더니 누군가가 빠르
게 튕겨져 나왔다.

자신의 의지에 의해 그런 것이 아닌 듯, 튕겨 나온 그는 서
너 바퀴 바닥을 구르더니 벌떡 일어섰다. 그러자 그의 뒤를
따라 주루를 나온 두 명의 관인이 그의 양옆을 막아섰다.

금색 무복을 입은 자들이었다.

그들을 보고 정광이 눈을 휘둥그렇게 떴다.

"금의위?"

금의위의 제기로 보이는 자들 중 한 사람이 힐끔 정광을 일견하고는 바닥을 구르고 몸을 일으킨 자를 향해 소리쳤다.

"어딜 도망가려 하느냐?"

가고자 하는 곳은 진용과 정광이 서 있고, 양옆은 두 명의 관인이 막고 서 있다. 남은 곳은 주루의 입구뿐. 그러나 그는 주루로 다시 들어가고 싶은 마음이 없는 듯했다.

그가 눈살을 찌푸리며 입을 열었다.

"금의위에서 왜 나를 핍박하는 것이오?"

스물이 조금 넘어 보이는 나이. 깨끗한 얼굴에 입고 있는 백의가 단아한 것으로 보아 일반 평민은 아닌 듯했다. 그는 금의위의 행사에 불만인 듯한 표정이면서도 감히 대들지는 못하고 주루의 입구를 뚫어지게 쳐다보았다.

그때 주루의 주렴을 빠져나온 한 사람이 나직하면서도 힘 있는 목소리로 말했다.

"왜 그런지 모른단 말이냐?"

그는 금빛 무복을 입은 두 명의 금의위 제기와 다르게 금빛 갑주를 착용하고 있었다. 적어도 백호장 이상이라는 뜻. 그가 나서자 백의인은 어깨를 늘어뜨렸다.

"감히 도독 어르신의 따님을 농락하고도 자신의 잘못을 깨닫지 못하다니, 참으로 얼굴 가죽이 두터운 놈이로구나."

백의인이 조금은 기가 죽은 목소리로 사정하듯이 말했다.

"남녀 간의 애정지사를 어찌 그대가 평가한단 말이오?"

"흥! 애정지사라고? 지나가는 여인을 둘러싸고 협박을 일삼는 게 애정지사란 말이냐?"

금의위의 장수는 백의인을 향해 일갈을 내지르고는 주위를 쓸어보았다. 그러다 애매한 위치에 서 있는 진용과 정광을 발견하고는 눈을 빛냈다.

"그대들도 이자와 볼일이 있는가?"

진용이 묘한 미소를 배어 물고 답했다.

"그자가 무슨 짓을 저질렀는지는 모르나 우리는 그와 아무런 관계가 없소이다, 육 장군."

금의위 장수, 육두강의 눈이 번쩍였다.

"나를 아는가?"

"아마 장군도 나를 알 거요."

"내가 그대를 안다고?"

육두강의 눈매가 가늘게 좁혀졌다. 그는 곤혹스런 표정으로 진용을 뚫어지게 바라보더니 점차 눈을 크게 떴다.

"그대는 내가 아는 누구를 닮았군."

"아마 장군이 아는 그가 나일 수도 있을 거요."

"그는 성이 고씨네."

"내 성도 고씨요."

두 사람의 눈이 마주쳤다.

"그렇군, 그래……. 자네는 바로 그군."

괴이한 상황에 두 명의 금의위 제기는 육두강을 향해 물었다.

"장군, 이자를 어찌 처리하실지······."

그제야 육두강은 백의인에게로 눈을 돌렸다.

"오늘은 기쁜 날이라 그냥 보내주겠다. 그러나 다시 한 번 내 귀에 그대의 행실이 들려오면······ 그때는 그대가 누구의 아들이든 다리 하나를 부러뜨려 뇌옥에 처박아 버릴 것이다!"

육두강에 대한 소문을 익히 잘 알고 있는 백의인, 금적성으로선 육두강의 말이 절대 빈말이 아님을 잘 알고 있었다.

사실 빠져나가는 것 자체를 포기했었다. 다른 사람도 아니고 육두강에게 걸린 이상, 시랑이라는 고위직에 있는 아버지라 해도 어쩔 수 없을 테니까. 그런데 그냥 보내준다니?

너무도 뜻밖의 일에 눈물이 날 지경이었다. 그는 자신을 육두강의 마수에서 벗어나게 해준 진용 일행이 그렇게 고마울 수가 없었다.

"오늘의 일을 잊지 않겠소, 형장. 이래 봬도 나 금적성, 은혜를 잊는 놈은 아니외다. 그럼 나중에 뵙겠소."

절뚝거리며 부리나케 현장을 떠나가는 그를 보고 진용이 조용히 웃음 지었다.

"애정지사를 조금 과하게 표현하는 자인가 보군요. 눈빛은 그리 나빠 보이지 않는데······."

육두강이 피식 웃었다.

"저놈은 내가 모시는 도독의 따님을 삼 년 전부터 그림자처럼 쫓아다니는 놈인데, 그 끈질김에 도독조차 골머리를 앓고 있을 정도네. 평이 그리 나쁜 자는 아니야. 한때는 포기하고 같이 맺어줄까 생각했을 정도니까. 하지만 지 아비의 힘을 믿고 건달들하고 돌아다니는 통에 도독께서도 망설이고 있는 중이라네. 그래서 내가 한 번 혼내주려 작정하고 있었지. 뭐, 자네 때문에 공염불이 되어버렸지만."

육두강은 멀어지는 금적성을 바라보며 말을 하다 천천히 고개를 돌렸다. 다시 두 사람의 눈이 마주쳤다.

"반갑군, 정말 반가워."

"궁금하지 않습니까?"

"궁금하지, 무척. 하나 그러면 뭐 하나. 자네가 이렇게 내 눈앞에 있는데."

이상한 일이다. 자신의 등장에 크게 놀라야 할 육두강이다. 그런데 놀라긴 했어도 생각만큼 크게 놀란 표정이 아니다. 마치 당연한 일이라도 되는 것마냥.

조금 의아하긴 했지만 진용은 육두강의 말을 있는 그대로 받아들였다.

8

태평루의 선육탕은 정광의 입맛을 매혹시켰다.

"도사가 고기 먹으면서 저리도 좋아하다니, 도장님의 스승님이 아시면 아마 거기를 터뜨려 버릴 것입니다."

한입 가득 선육탕을 떠 넣고 오물거리던 정광이 실눈을 뜨고 진용을 바라보았다.

"자네만 입 다물고 있으면 돼. 나중에 스승님이 이 사실을 문제 삼으면 그건 다 자네 탓으로 알겠네."

진용은 빙긋 웃으며 육두강에게 고개를 돌렸다.

"유모가 그러더군요, 장군께서 많은 도움을 주셨다고."

"도움은 무슨……. 나는 그저 죄수의 근황을 계속 전해줬을 뿐이네."

자신의 선행을 아무렇지도 않은 일상사로 말하는 육두강을 진용은 고마움이 담긴 눈으로 바라보았다.

"천호장이 되신 것, 뒤늦게나마 축하드립니다."

"하하! 운이 좋았을 뿐이네. 하필이면 내가 가는 길 앞에 도독께서 쓰러져 계실 것이 뭔가?"

"운도 아무에게나 찾아오는 것이 아니지요."

"사실 내가 운이 좋았다기보단 상대가 운이 없었지. 하필이면 내가 가는 앞에서 도독을 죽이려 했으니 말이네."

"진짜 운도 지지리 없는 자들이군요."

"하하하! 맞네, 맞아."

육두강의 웃음 진 얼굴을 바라보며 진용은 고개를 끄덕

였다.

"금의위의 도독을 죽이려 하다니, 정말 간이 배 밖으로 나온 놈들이군요."

"그러니 황태자 전하마저 죽이려 했겠지."

진용의 눈이 굳어졌다.

"삼왕 무리였습니까?"

"그들이 아니고서야 황궁에서 감히 금의위의 도독을 죽이려는 자가 누가 있겠는가?"

육두강의 말을 들으며 진용은 천천히 술잔을 입에 대었다. 많이 마셔본 술은 아니지만 진용은 술이 달게 느껴졌다.

그때 육두강이 던지듯이 물었다.

"아버지에 대한 것이 궁금하겠군."

술잔을 내려놓은 진용이 무저의 늪처럼 깊어진 눈으로 육두강을 직시했다.

"말씀해 주시겠습니까?"

육두강의 표정도 굳어졌다.

"집에 가서 이야기하지."

진용은 고개를 끄덕이고는 정광을 돌아다보았다. 일단 정광이 식사를 마칠 동안은 기다리기 위함이었다. 그러나 굳이 기다릴 필요까지는 없었다. 그의 앞에 있던 커다란 접시는 어느새 바닥을 보인 채 반질반질 빛나고 있었으니까.

"집에 가서 식사를 하자고 했으면 큰일 날 뻔했습니다."

"그러게 말이네. 무슨 도사가…… 개방의 제자도 아니고……."

안도의 눈빛을 짓는 두 사람을 보고 정광이 뚱한 눈으로 말했다.

"머는 거 가꼬 머라 하느 거 아여."

그런 그의 입에서는 씹히다 만 선육 쪼가리가 빠져나와 흔들리고 있었다.

9

육두강의 집에는 식구가 몇 없었다.

자신과 집안을 돌봐주는 할아범을 비롯한 세 명의 일꾼이 전부였다.

"저와 비슷한 아들이 있다 하셨는데……?"

"오 년 전에 아비를 놔두고 먼저 저 세상으로 갔네. 불효막심한 놈."

육두강의 눈이 잘게 흔들렸다.

"죄송합니다. 그것도 모르고……."

"자네가 죄송할 일이 뭐가 있겠는가. 제놈의 복이 그것뿐인 걸."

"그럼 부인께선?"

"그 사람도 일 년 후에 가버렸네, 아들놈을 따라서."

잘게 흔들리던 눈이 제자리를 찾는 데는 한참이 걸렸다.

진용은 육두강의 감정이 가라앉을 때까지 아무런 말도 걸지 않고 가만히 놔두었다.

일각 정도가 지났을 때가 되어서야 육두강은 마음을 가라앉히고 입을 열었다. 아픔을 떨치기 위해선지 바로 본론으로 들어갔다.

"고 학사의 실종에는 많은 의문이 있다네."

진용에겐 차라리 그게 나았다. 자신의 아픔도 적지 않은데, 다른 사람의 아픔까지 지켜보기엔 그의 가슴에 남은 공간이 너무나 적게만 느껴진 것이다.

"놈들이 데려갔습니까?"

"그게 좀 이상하네."

육두강의 이마에 주름이 그어졌다. 진정 알 수 없다는 표정이다.

"고 학사가 머물던 밀옥은 시설이 잘된 일반 건물이긴 하지만 사실 뇌옥이나 다름이 없던 곳이네. 안에서는 결코 열 수 없게 되어 있는 곳으로 매우 특별한 죄수를 가두는 곳이었지. 만일 그들이 데려갔다면 문을 열고 데려갔을 터인데, 고 학사가 사라진 건물은 벽이 허물어져 있었다네. 마치 어떤 강력한 힘에 의해 터져 버린 것처럼 말이야."

진정 괴이한 일이었다. 만일 그게 고중헌의 짓이라면 더욱 괴이했다.

갇혀 있기만 한 그에게 느닷없이 그런 힘이 생겼을 리도 없고, 그렇다고 처음부터 그런 힘이 있었다면 그토록 오랜 세월을 갇혀 있지는 않았을 것이 아닌가.

"게다가 고 학사가 사라지자 삼왕과 양 태감이 오히려 더 당황한 것 같더군."

"그러니까, 아버지는 그들이 아닌 다른 어떤 힘에 의해서 그곳을 빠져나갔다는 말씀이군요."

"그렇게 생각할 수밖에 없었지. 하나 그것도 이상해. 고 학사에 대한 것은 삼왕과 양 태감이 철저히 단속을 하고 있었네. 그런데 누가 있어 고 학사를 빼돌릴 생각을 할 수 있단 말인가? 그것도 수년간 아무런 움직임도 없다가 갑자기 말이야."

확실히 이상한 일임에는 분명했다. 그러나 일이란 것이 결과가 있으면 원인이 있는 법.

"조사는 해보셨습니까?"

"물론이네. 처음에는 동창에서 했지. 양 태감의 지휘 아래. 하지만 그들은 아무것도 찾지 못했다네. 그리고 얼마 지나지 않아 삼왕이 황태자 전하를 내치려다 거꾸로 음모가 드러나면서 쫓겨났다네. 그때부터는 내가 그 일을 맡았지. 도독께서 밀어주신 덕분에. 하지만… 결과는 마찬가지였네. 자네에겐 진심으로 미안한 마음뿐이야."

"최선을 다해주신 것만도 고마운데 미안하기는요. 오히려 제가 고마워해야 할 일이지요. 한데…….”

“뭔가, 말해보게.”

진용은 육두강의 눈을 직시하며 자신이 육두강을 찾은 진짜 목적을 꺼내놓았다.

“제가 직접 조사해 볼 방법은 없겠습니까?”

육두강의 눈썹이 꿈틀거렸다.

“자네가? 직접?”

“예, 아버지가 만일 뭔가를 남겼다면, 그걸 알아볼 사람은 저밖에 없을지도 모릅니다.”

“자네는 자네 아버지가 뭔가를 남겼을 거라 생각하나?”

“전부터 아버지는 그랬었습니다. 황궁에 들어가기 전부터요.”

육두강은 심각한 표정으로 진용을 바라보았다.

“황궁에 들어가기 전부터……. 내가 모르는 뭔가를 자넨 알고 있단 말이군. 그런 뜻으로 봐도 되겠나?”

진용은 고개를 끄덕였다.

“물론 나에게 털어놓지는 않겠지?”

“죄송합니다. 지금 당장은…….”

“그럼 나중에는 알려주겠나?”

“다는 아니더라도 어느 정도는…… 약속하겠습니다.”

“흠, 고씨 고집을 꺾기는 힘들 테고…….”

뭘 생각했는지 육두강이 가벼운 웃음을 지으며 진용의 아래위를 훑어보았다.

"그런데 생각보다 빠르군."

"예?"

"자네에 대한 사면 신청을 해서 받아들여진 지 이제 보름
일세. 그러니 천궁도에 사면 명령서가 제아무리 빨리 도착했
어도 칠 일 전에나 도착했을 것이야. 그런데 자네는 수천 리
나 떨어진 이곳에 벌써 왔으니, 날아온 것이 아닌 다음에
야……. 아니, 날아왔어도 그렇지……."

진용은 멍찐 표정으로 육두강을 바라보았다.

사면 신청이라니? 그럼 자신은 이제 죄수가 아니란 말? 그
래서 자신을 보고도 그리 놀라지 않았단 말인가?

그런데 유모는 왜 모르고 있었지?

진용의 의문을 짐작이라도 한 것마냥 육두강은 실소를 흘
리며 말을 이었다.

"유모에게는 말을 하지 않았다네. 자네가 찾아와서 놀라게
해주길 바랐거든."

진용의 어이없어하는 마음을 알 리 없는 육두강은 자신의
생각을 말했다.

"어쨌든 자넨 이제 죄수가 아니니 황궁에 들어가는 것이
불가능한 일만은 아니네. 물론 적절한 신분이 있다면 더 좋겠
지. 특히 사건에 대한 조사를 하기 위해서라면."

"적절한 신분요?"

"보아하니 무공을 익힌 듯싶은데……."

육두강이 진용의 두 손을 내려다보고 말하자 진용은 고개를 끄덕였다. 굳이 숨길 것도 없었다.

물론 마법을 익혔다는 말까지 할 필요는 없었지만.

"조금 익혔습니다. 마침 천궁도에서 할아버지로 모신 분이 있어서요."

"구양 노인 말인가?"

진용의 눈이 크게 뜨였다.

"모르시는 게 없군요."

피식, 육두강이 웃었다.

"그곳은 유배지네. 금의위와 떼려야 뗄 수 없는 곳이야. 그러니 구양 노인에 대해선 알 만큼 안다고 할 수 있지 않겠나. 사실 삼왕 무리의 눈 때문에 서신을 보낼 수는 없었지만, 자네가 구양 노인의 품에 있다 해서 그동안 안심하고 있었다네. 삼왕에 대한 일만 끝났다면 내가 직접 사면서를 가지고 천궁도로 갔을 게야."

새삼 고마움에 눈물이 날 것만 같다. 진용은 진심 어린 고마움으로 육두강에게 허리를 숙였다.

"어릴 적 그곳에 계신 관병에게 들은 적이 있습니다. 육 장군께서 저에 대해 당부를 해두셨다고 하더군요. 이제야 감사의 인사를 올립니다."

"허허허, 너무 마음 쓰지 않아도 되네. 자네를 잡아들인 것이 항상 마음에 걸렸기 때문이었을 뿐이야."

육두강은 허리를 숙인 진용의 어깨를 잡아 세웠다.

"이렇게 다시 보게 되었으니 이제는 어느 정도 죄책감이
가신 것 같구만."

"육 장군……."

"험, 그래, 이제 본론을 이야기해 보세. 구양 노인에게 무
공을 배웠다면 그리 약하지는 않을 것이고……. 어떤가?"

느닷없는 육두강의 물음에 진용은 고개를 들었다. 그러자
육두강이 엄한 표정으로 입을 열었다.

"생각해 보게. 황궁에서 벌어진 일에 대한 조사를 일반인
에게 맡긴다는 것은 그야말로 금의위의 자존심이 상할 일이
아닌가? 하나……."

말을 끊은 육두강이 묘한 눈빛으로 진용을 응시했다.

그러더니 은근한 목소리로 말했다.

"같은 금의위라면 이야기가 달라지지."

"하오면……?"

"금의위가 되게나."

진용의 눈이 휘둥그레졌다.

"금의위가 되라구요?"

"그렇다네. 그렇다고 계속 금의위로 남아 있으란 말은 아
니네. 일단 조사를 마칠 때까지만이라도 금의위가 되란 말일
세."

뜻밖의 제안에 진용은 어지러워진 정신을 수습해야만 했다.

육두강의 생각을 모를 진용이 아니었다. 그러나 관인이 된다는 것은 신중에 신중을 기해야 할 일이었다. 자칫 관과 마주 서야 할 일이 생길지도 모르는 일이기 때문이었다.

더구나 금의위라면 당금 황궁에서 가장 권력이 강한 기관이라 할 수 있었다. 황궁의 호위와 황제의 의장, 그리고 죄인의 체포와 심문까지 하는 곳이 금의위가 아니던가.

또한 황제의 직속기관으로 병권과 형권까지 주물럭거린다고 소문난, 그야말로 무소불위의 기관이 바로 진용이 알고 있는 금의위였다. 그런 금의위에 들라니…….

그러나 진용으로선 육두강의 제안을 일언지하에 거절할 수도 없었다. 그의 말은 조금도 틀린 말이 아니었던 것이다.

"조사를 마칠 때까지만 하면 됩니까?"

"뭐, 더 하고 싶다면 말리지는 않겠네."

그러고 싶지는 않았다. 어딘가에 얽매인다는 것, 그것은 천궁도의 생활이면 충분했다.

문득 진용의 고개가 한쪽으로 돌아갔다.

"한 사람이 더 있습니다만……."

흥미진진한 태도로 두 사람의 이야기를 듣고 있던 정광은 진용이 자신을 돌아보며 말하자 펄쩍 뛰었다.

"내가 왜 그런 고리타분한 짓을!"

"그럼 태산으로 돌아가시겠습니까?"

"그, 그건……."

그는 진용과 떨어질 마음이 아직은 없었다. 그리고 태산으로 돌아갈 마음도 없었다.

설령 고대 문자를 해석하지 못한다 하더라도 아직은 세상을 누비며 더 놀고 싶었으니까.

"금방 끝나겠지?"

결국 태산의 말썽꾸러기 정광 도장도 금의위가 되기로 했다.

쾅!

이 장 밖에 있던 석등의 기둥에 일 촌 깊이의 구멍이 뚫리자 육두강은 쩍 벌린 입을 다물지 못했다.

지닌바를 펼쳐 보란 말에 진용이 대뜸 손가락을 뻗자 벌어진 일이었다.

환상타공지, 일명 판타지의 위력이었다. 그러나 육두강의 입을 비집고 나온 말은 다른 누구와 다르지 않았다.

"격… 공탄지……?"

진용은 차마 '힘을 반의반도 안 썼습니다' 라는 말은 못하고 빙그레 웃기만 했다.

"금의위가 될 자격은 되겠습니까?"

"자격? 자네 지금 날 약 올리는 건가?"

그럴 리가요?

진용은 웃음 진 얼굴로 정광을 향해 손짓했다.

"도장님."

휘익! 진용의 말이 떨어지기 무섭게 정광의 신형이 앉은자리에서 사라졌다. 동시!

픽!

석등의 머리가 부서져 버렸다, 쇠 신발에 얻어맞고.

순식간에 석등의 머리를 부수고 본래의 자리로 되돌아온 정광을 보고 육두강은 아연한 표정을 지었다.

정광은 진용처럼 굳이 자신의 마음을 숨기지 않았다.

"조금 더 힘을 썼으면 기둥도 부서졌을 거외다. 험!"

하지만 그는 몰랐다, 육두강이 왜 아연한 표정을 짓는지.

"세상에, 신발을 무기로 쓰다니. 이거 저 양반을 금의위에 받아들이는 것은 다시 생각해 봐야겠네그려."

"예?"

"생각해 보게. 신발 들고 설치는 금의위라니, 얼마나 체신머리가 없어 보이겠는가."

순간 정광의 표정이 와락 구겨져 버렸다.

자신의 멋진 모습을 보고도, 뭐라?

정광의 엉덩이가 들썩거리자 진용이 급히 대변하며 나섰다.

"꼭 필요할 때가 아니면 안 쓰도록 하면 되지 않을까요? 설마 매일같이 신발 들고 싸우겠습니까?"

"뭐, 그 정도라면야⋯⋯."

육두강이 어정쩡한 정광을 바라보며 어쩔 수 없다는 듯 대답하자 진용은 참지 못하고 웃음을 터뜨렸다.

"풋! 하하하!"

육두강도 정광이 눈알을 굴리며 자신의 쇠 신발을 만지작거리자 끝내 웃음을 참지 못했다.

"허허허허!"

정광은 그런 두 사람을 멀뚱히 바라보며 입술을 실룩였다.

'신발로 그냥 확!'

10

구룡상방의 정문에서 이십여 장 떨어진 곳.

위당조는 수하가 오기만을 기다리며 당과를 오물거렸다. 지나가는 사람들이 쳐다보던가 말던가.

"이 자식은 뭐 하고 여태 안 오는 거야?"

위당조의 불만이 가득한 말투에 옆에 있던, 자칭 위당조의 오른팔 비향초는 힐끔 자신의 상관을 쳐다보았다.

'제길! 쪽팔리게 다 큰 어른이 무슨 당과야, 당과는.'

그는 위당조가 당과를 빠는 게 불만이었다.

애들이나 먹을 당과를 살 때만 해도 그러려니 했다. 먹고 싶다는데 어쩔 건가. 하지만 쪽쪽 소리가 나게 당과를 빨아대는 위당조를 보고 지나다니는 사람들이 쳐다볼 때마다 쥐구멍에라도 들어가고 싶은 마음이었다.

차라리 자신이 구룡상방에 갈 것을 그랬다는 후회가 물밀듯이 밀려올 뿐이었다.

다행히 그의 마음을 헤아렸는지 구룡상방에 들어갔던 동료는 반 각이 지나지 않아 밖으로 나왔다.

위당조의 잔소리가 그를 반겼다.

"이놈아, 이십 명도 아니고, 두 사람의 소재를 파악해 보라는데 왜 이리 오래 걸리는 거야?"

잰걸음으로 위당조 앞에 선 길근양은 힐끔 위당조의 입을 바라보고는 행여나 또 다른 잔소리 튀어나올까 급히 입을 열었다.

"두 사람은 이곳을 떠났다고 합니다."

"어디로?"

"그것까지는 잘……."

퉤!

뻐억!

입에 물고 있던 당과가 정통으로 이마를 때렸다. 이마가 빠개지는 고통 속에서도 길근양은 흔들리는 몸을 바로잡고 즉시 말을 이었다.

"외성 북쪽이라고만……."

"외성? 외성이 다 너네 집이냐?"

"흑수회를 움직여 즉시 알아보겠습니다."

위당조는 땅에 떨어진 당과를 아까운 듯 바라보고는 품속에서 또 하나의 당과를 꺼내 물었다.

쪽!

"내일까지 알아봐. 알아내지 못하면…… 내 네놈을 팔아서 당과를 사 먹어버릴 거니까."

길근양은 백마성의 공포 광마수 위당조의 말을 어길 생각이 추호도 없었다. 당과와 바꿔질 생각은 더더욱이나.

"흑수회 놈들을 모조리 동원하겠습니다, 당주!"

그 모습에 비향초는 자신의 생각을 수정해야만 했다.

'안 들어가길 잘했지. 암.'

第 四 章
철심도독 공손각을 만나다

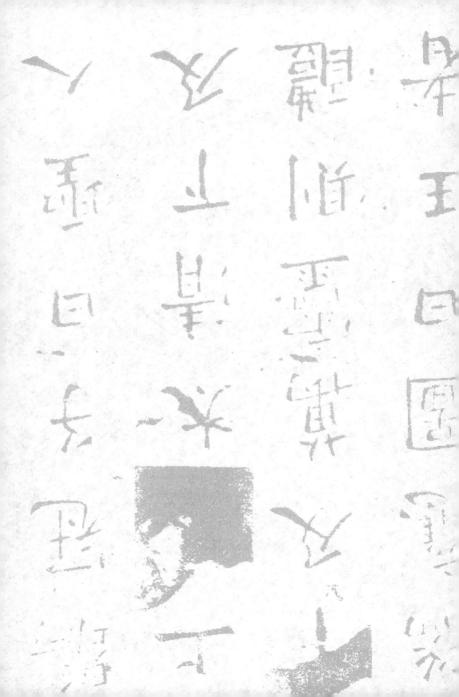

1

"이곳에서 기다리게나."

밤을 집에서 보내고 아침에 육두강을 찾아가자마자 그는 두 사람을 이끌고 황궁에 입궁했다.

그가 아무리 천호장이라 해도 아무나 마음대로 금의위에 임명할 수는 없었기에 금의위 도독에게 두 사람에 대한 건을 보고하기 위함이었다.

사실 두 사람은 황궁에 들어간다는 말을 듣고 은근히 기대감을 품고 있었다. 화려하기 그지없는 황궁을 구경할 기회란 일반인에겐 그리 흔한 것이 아니지 않는가 말이다.

그러나 구경거리는 처음뿐이었다.

육두강은 자금성을 감싸고 흐르는 호성하(護城河)를 지난 후 엄청나게 높은 담장에 난 제법 큰 문을 지나더니, 이리 꼬불, 저리 꼬불, 다시 찾아가려 해도 찾기조차 힘든 그런 길로 두 사람을 안내했다.

그렇게 일각 만에 도착한 곳은 이곳이 황궁인지, 아니면 여염집인지조차 모를 자그마한 건물이었다.

그리고 건물에 들어가서 육두강이 한 말은 기다리란 말이 전부였다.

"여기가 정말 황궁 맞아?"

정광이 불만이 가득한 말로 투덜거렸다.

하지만 진용은 대답을 할 수가 없었다. 그도 어릴 적 뇌옥에 갇힐 때만 와봤을 뿐이다. 그때는 죄수로 왔으니 당연히 황궁에 대한 감상을 할 겨를이 없었다.

그러니 지금 있는 곳이 황궁인지 아닌지 그로서도 알 길이 없었다. 다만 자금성의 담으로 보이는 거대한 담장과 호성하를 지났으니 황궁 안이라 짐작할 뿐.

"기다려 보면 알겠죠."

때마침 지나가던 한 사람이 두 사람을 위아래로 훑어보고는 툭 던지듯이 말했다.

"촌놈들인가 보군."

그는 관복을 입고 있었다. 그것도 무관의 복장이었다.

금빛이 번쩍거리는 금의위의 복장.

그의 말에 정광이 벌떡 의자에서 몸을 일으켰다.

"어험! 이리 좀 와보게."

그는 의아한 눈으로 무게를 잡고 있는 정광을 바라보더니 피식 웃으며 몸을 돌렸다.

"별 미친 말코가 사람을 오라 가라……. 에이, 재수없어!"

그래도 정광에게서 심상치 않은 기운을 느끼기는 했는지 더 이상 심한 말을 하지는 않았다.

그러나 당연하게도 정광이 그 말에 곱게 고개를 숙일 리가 없다. 그의 가슴에서는 불길이 일었다.

"저, 저, 저…… 싸가지없는……."

길길이 날뛰기 직전인 정광을 보고 진용이 한마디 했다.

"여긴 황궁입니다. 시끄럽게 굴면 곧바로 뇌옥행이지요."

"흥! 누가 잡히기나 할까 봐?"

"그럼 저 혼자 움직여야 할 텐데……. 뭐, 그것도 그리 나쁘지 않을 것 같군요."

"그, 그건…… 아마 혼자 움직이려면 심심할 걸세. 끄응, 나이 든 내가 좀 참지 뭐……. 험!"

이각이 지나서야 육두강이 돌아왔다. 바닥에 이상한 그림을 잔뜩 그려놓고 놀고(?) 있는 두 사람을 보고 그는 고개를 저으며 뒤돌아섰다.

"가세. 도독께 말씀드렸더니 한번 보자 하시네."

"아, 예."

언뜻 돌아서는 육두강에게서 자그마한 목소리가 들려왔다.

"원, 사람들하곤. 애들도 아니고 무슨 땅따먹기를 하고 노나 그래."

진용은 또다시 발작하려는 정광의 손목을 움켜잡고 전음으로 말했다.

"고대 문자를 풀고 있다고 사실대로 털어놓으시렵니까?"

그걸 말할 수는 없다. 그러니 참아야만 하는 수밖에.

정광은 씩씩대며 잡아먹을 듯한 눈으로 육두강의 뒤통수를 노려보았다.

'니가 금의위 천호장이면 다야!'

어쨌든 지금은 '다'였다.

2

금의위의 수장인 도독(都督)은 몸집이 그리 크지 않은 사람이었다.

그는 나이 마흔여덟에 금의위의 도독에 오른 후 십오 년째 금의위를 맡고 있는 사람이었다.

공손각. 그것이 그의 이름이었다.

그러나 황궁의 사람들은 그를 이름으로 부르기보다는 철

심도독(鐵心都督)이라 부르기를 좋아했다. 그리고 그도 남들이 자신을 그리 부르는 것을 뭐라 하지 않았다.

철심(鐵心)! 그것이 곧 자신이 행해야 할 일에 가장 잘 어울리는 마음이라 생각했기 때문이었다.

"육 부장에게 말은 들었네. 자네가 고 학사의 아들이라고?"

얼마나 많은 사람들이 알고 있는 걸까?

"너무 마음 쓸 것 없네. 그 사실을 알고 있는 사람은 이 방에 있는 사람들이 전부니까."

'과연'이라는 생각이 절로 드는 진용이었다. 자신의 표정만 보고도 생각하는 바를 짚어내다니.

"그렇습니다. 소생이 그분의 아들인 고진용입니다."

"직접 조사를 하고 싶다고?"

"예, 도독."

"흘흘, 아비의 행방을 직접 조사하고 싶다는 아들에게 하지 말라고 하면 욕하겠지?"

진용은 고개를 들고 공손각의 눈을 쳐다보았다.

"저는 군자는 아니나 그렇다고 무뢰한도 아닙니다. 뒤에서 욕하는 법을 배우지 못했지요."

진용의 대꾸에 공손각은 홍이 가득한 눈빛을 지었다.

"그래? 그럼 허락하지 않겠다면 어찌하겠는가?"

진용이 대답했다.

"그럼 이만 일어서야겠지요."

"너무 쉽게 포기하는 것이 아닌가?"

진용은 어리둥절한 표정을 지었다.

"포기라니요? 저는 다만 얼어붙은 나무에 뜨거운 물을 붓는다 해서 꽃이 일찍 피지 않는다는 것을 알 뿐입니다. 그러니 어린아이도 아는 그런 짓을 하고 싶지 않을 뿐이지요."

"푸하하하! 재미있군, 정말 재미있어."

공손각의 웃음에 육두강이 눈을 휘둥그렇게 떴다. 그가 알기로 지난 십여 년간 공손각의 저런 웃음소리는 한 번도 들은 적이 없었던 것이다.

"도독……."

"이봐, 육 부장. 자넨 정말 재미있는 사람을 데려왔군 그래."

공손각은 한바탕 웃음을 터뜨리고는 진용을 느긋이 바라보았다.

"어린아이도 아는 짓을 나만 몰랐던 것 같으이. 저 친구가 그걸 일깨워 주는구만."

생각보다 공손각의 표정이 부드럽자 육두강이 넌지시 물었다.

"도독, 하오면……?"

"일단 맡겨보지. 나는 어린아이만도 못한 그런 사람이 되고 싶지 않거든."

"아! 고맙습니다, 도독!"

"고맙기는, 내가 고맙지. 자청해서 일을 맡아준다는데."

실실 웃음기 띤 얼굴로 공손각이 고개를 끄덕이자 그제야 진용은 깊이 허리를 숙였다.

"믿고 맡겨주셔서 감사합니다."

그러자 공손각이 불쑥 말했다.

"일단 백호장으로 임명하게."

"예?"

놀라는 육두강을 바라보며 공손각이 말을 이었다.

"필요한 정보는 모두 주고, 다른 누구도 고 백호장이 하는 일을 간섭하지 못하게 하게. 내 진무사에게도 일러놓겠네."

너무 파격적인 인사였고, 직접적인 일 처리였다. 한 올의 미련도 두지 않고.

그러나 육두강은 알고 있었다. 공손각은 자기 기분에 내켜 일을 처리하는 사람이 아니었다. 그리고 당연하게도 자신이 몇 마디 했다고 해서 마음을 움직일 사람이 아니었다.

그는 진용의 능력에 대해 나름대로 판단을 했고, 자신이 미처 보지 못한 뭔가를 봤을 것이다. 자신은 영원히 볼 수 없는 것일지도 모를 그 뭔가를.

육두강은 그게 뭔지 궁금했지만 물을 수도 없는 일이었다.

"그럼 이만 물러가겠사옵니다."

육두강이 일어서자 진용과 정광도 일어섰다.

정광은 들어와 한마디도 하지 않고 앉아만 있다 일어섰지만, 그의 표정에는 조금도 불만이 보이지 않았다. 오히려 공손각이 자신에게 불필요한 말장난을 하지 않아 다행이라는 표정이었다.

한데 육두강을 따라 밖으로 나가려던 정광이 갑자기 고개를 갸웃거리더니, 천천히 고개를 돌리고 공손각을 바라보았다. 그리고 물었다.

"혹시…… 우리 언제 만난 적 없습니까?"

그러자 공손각이 어이없다는 표정으로 중얼거렸다.

"이, 이 빌어먹을 놈. 여태 아는 체를 안 한 것이 아니라 몰라봤단 말이야?"

"……."

모두가 벙찐 표정으로 정광과 공손각을 번갈아 보았다. 정광마저도 떼굴떼굴 눈을 굴렸다.

"나를…… 아시오?"

"허! 이십 년이 넘었다고 나를 잊다니, 저런 때려죽일 놈이 있나!"

갈수록 장난이 아니다.

육두강은 처음 들어보는 공손각의 막말에 놀라 입을 쩍 벌리고, 진용은 점점 흥미진진해지는 경극을 감상하는 기분으로 두 사람을 번갈아 보았다.

그리고 정광은…… 기억의 저편에서 누군가의 얼굴이 가

물거리자 눈을 부릅뜨고 말을 더듬었다.

"서, 설마…… 고, 공손 사, 사, 사숙?"

"에라이! 이 호랑말코 같은 놈! 저놈만 놔두고 두 사람은 나가 있어!"

서슬 퍼런 공손각의 말에 육두강과 진용은 간절한 눈으로 쳐다보는 정광의 눈빛을 외면하고 후다닥 밖으로 나가야만 했다.

잠시 후.

또 곡소리가 들렸다, 벽하사에서의 그날처럼.

육두강이 절레절레 고개를 저으며 말했다.

"좀 걱정되는군."

"설마 죽을 정도로 때리겠습니까? 그건 그렇고… 사숙이라 니……. 높은 자리에 있다는 말씀을 듣긴 했습니다만……."

솔직히 어이가 없었다.

"그게 아니라 자네가 걱정된단 말이네, 저런 사람을 데리고 다니려면."

그 말을 들으니 진짜 걱정이 된다. 진용은 한숨으로 육두강의 말에 대답했다.

"휴우…… 어떻게 되겠지요."

얼마나 지났을까, 정광이 시무룩한 표정으로 방을 나오자 진용은 육두강에게 아버지가 머물렀던 곳을 물었다.

"지금 가봤으면 합니다."

"험, 따라오게."

두 사람은 될 수 있는 한 정광을 쳐다보지 않았다. 눈이 마주쳐 봐야 서로가 어색할 뿐이었으니, 차라리 그 편이 정광에게 낫지 싶었던 것이다.

동쪽 담벼락을 타고 빙 돌아가니 일전에 자신이 갇혔던 뇌옥이 나왔다. 진용은 굳은 표정으로 뇌옥의 입구에 장창을 들고 선 금의위를 한 번 바라보고는 쓴미소를 지었다.

그럴 수밖에 없었다. 전에만 해도 자신을 잡아 가둔 금의위거늘, 이제는 자신이 일시적이나마 금의위의 직분을 지니게 되었지 않은가. 세상은 요지경이라더니 틀린 말만은 아닌 듯했다.

뇌옥을 지나쳐 다시 반 각가량을 걸어갔다. 키 작은 나무가 무성한 정원의 한쪽 귀퉁이에 건물이 하나 보였다.

진용은 직감적으로 그 건물이 바로 아버지가 갇혀 있었던 곳임을 알 수 있었다. 아니나 다를까, 육두강이 손으로 그 건물을 가리켰다.

"저곳이네."

아버지가 갇혀 있었다는 그곳은, 지붕 가까운데 자그마한 창문이 두어 개 나 있는 매우 답답해 보이는 건물이었다.

그러나 시일이 지나서인지 무너졌다는 건물은 완전히 보수가 끝나 있었다. 황궁 내에 무너진 건물을 그대로 방치할

리가 없으니 그것은 당연한 일이라 할 수 있었다.

조금은 아쉬운 마음이 들었다. 그러나 돌이키기에는 너무 늦은 일이었다.

진용은 건물로 다가가 보수를 마친 외벽을 살펴보았다.

"높이 여섯 자, 너비 석 자가량 무너져 있었네."

한 사람이 서서 빠져나올 수 있는 형태로 무너졌던 것 같다.

"문제는 안에서 밖으로 무너져 있었다는 것이네."

밖에서 부순 것이 아니고, 안에서 밖을 향해 부쉈다는 뜻. 그렇다면 답은 하나다. 벽을 부순 사람이 바로 아버지라는 말이다.

아버지에게 이렇게 두꺼운 벽을 부수고 나올 만큼 강한 힘이 있었을까?

말도 안 되는 것은 분명한데, 그런 일이 벌어졌다. 눈앞에 증거가 있지 않은가.

문은 열려 있었다. 진용은 안쪽을 살펴보았다.

안쪽은 두 개의 방으로 나뉘어 있었다. 하나는 침구가 있는 방이었고, 다른 하나는 이런저런 잡동사니가 놓여 있는 방이었다.

잡동사니가 놓여 있는 방에는 제법 많은 서책이 쌓여 있었다. 진용이 대충 겉표지를 살펴보니 단순한 소일거리로 읽을 평범한 책들이 대부분이었다.

"아버지가 읽던 책인가요?"

"이곳은 본래 동창의 관할 구역으로 직위가 높은 관리들을 일시적으로 구금하던 곳이었네. 저 책들은 아마도 그들을 위해 놓아둔 책들이 아닌가 하네."

동창이 삼왕의 실권 이후 요즘 와서 세력이 조금 약해졌다고 해도 본래 금의위와 쌍벽을 이루는 첩보 기관이었다. 어떤 면으로는 환관이 제독으로 있는 동창이 황실과는 더 가깝다고 할 수 있을 정도였으니, 이토록 깊은 곳에 그들만의 장소를 만들어두었다는 것도 능히 이해가 가는 일이었다.

아무리 그래도 아버지를 십 년이 넘도록 이런 곳에 가두어 놓았었다니, 진용은 새삼 가슴속에서 솟구치는 분노에 몸을 떨었다.

"생활하시는 데 큰 지장은 없었는지요?"

"그게 좀……."

"하긴, 어렵지 않았다면 그게 이상한 일이겠지요."

보지 않아도 누구나 생각할 수 있는 일. 공연한 물음이라는 생각이 든다.

한데 육두강은 뜻밖의 대답을 했다.

"처음에는… 그랬네. 고 학사가 하는 일이 마음에 안 드는지 윽박지르고 고문도 하고 그랬던 것 같네. 한데 얼마 지나지 않아 묘한 상황이 벌어지더군."

"묘한 상황이요?"

"왠지 삼왕과 양 태감이 끌려 다니는 것만 같은 생각이 들더군."

진용이 의아한 눈으로 바라보자 육두강은 곤혹스런 표정으로 자신의 생각을 말했다.

"나중에는 고 학사가 이것저것 요구할 때마다 다 해주지 뭔가. 다른 사람을 일체 만나지 못하게 해서 그렇지, 그리 불편하지는 않았던 것처럼 느껴졌네."

그러더니 한숨을 내쉬고 고개를 저었다.

"후우, 그 바람에 종 학사가 아주 답답해했지. 아마 내가라도 가끔씩 소식을 전하지 않았으면 아마 난리를 피웠을 거네."

그러다 문득 뭔가가 생각난 듯 육두강이 자신의 이마를 쳤다.

"아! 한 가지를 깜박했군. 내가 듣기로는 황궁 서고의 고서까지 가져다줬다고 하던데……."

진용의 눈빛이 찰나 간 반짝였다.

"고서요?"

"음, 상당량의 희귀한 고서를 양 태감이 문연각에서 가지고 나갔다 사나흘 후에 가져오곤 했다고 하네. 족히 수백 권이라고 하니 적은 양은 아니지. 설마 양 태감이 느닷없이 고서를 공부하려고 가져갔겠나? 뻔하지."

진용은 그 말에 골똘히 생각을 정리했다.

정말 뻔했다. 수십 년간 공부한 학자들도 골치 아파하는 것이 고서의 해독이다. 그런 고서를 고문자도 모르는 양 태감이 봤을 리가 없다. 하지만 아버지라면 다르다. 오히려 고서를 보는 것만으로도 즐거워할 분이 아니던가.

　한데, 왜 고서를 아버지에게 가져다줬을까?

　그야 당연히 아버지가 원해서일 것이다.

　그럼 아버지는 왜 고서를 원했을까? 왜?!

　진용은 육두강을 바라보았다.

　"그 고서가 어떤 것인지 알 수 있겠습니까?"

　"물론이네. 문연각의 책자가 외부로 나가면 다 기록을 하게 되어 있지. 책자를 빼돌릴 생각이라면 몰라도 그렇지 않은 이상 양 태감도 그것까지는 신경을 쓰지 않았을 것이네."

　"그 책들을 볼 수 있을까요?"

　"왜? 그 책자에 고 학사가 뭔가를 적어놨을 것 같아서 그런가?"

　육두강이 핵심을 짚어 말하자 진용은 잠시 생각하더니 고개를 끄덕였다.

　"그럴 수도 있고, 그렇지 않을 수도 있습니다. 다만, 아버지가 그 책들을 원했을 때는 그만한 이유가 있어서였을 것입니다. 저는 그것이 뭔지를 찾고 싶은 겁니다."

　"흠, 일리가 있군. 그러나 한 가지는 알아두게. 책자가 외부로 나갔다 오면 문연각의 학사들이 꼼꼼하게 점검을 하네.

책이 더럽혀지기라도 했는지, 아니면 훼손이 되었는지 알아
야 하니까. 아마 새로운 글씨가 몇 자만 더 쓰여 있어도 그들
이 알아챘을 것이네."

"그렇겠지요. 게다가 양 태감부터도 행여 그런 일이 있을
까 봐 철저히 조사를 했을 테니까요. 하지만……."

슬며시 진용의 입가로 기이한 미소가 떠올랐다.

"때로는 백 명이 봐도 아무 소용이 없는 경우가 있지요."

"……?"

3

황궁에는 두 곳의 서고가 있었다. 그중 일반적으로 알려진
황궁 서고가 바로 문연각이었다. 다른 한 곳은 비고(秘庫)로
일반 관리들은 물론이고, 심지어 황실의 가까운 인척들조차
허락을 받지 않고는 얼씬도 할 수 없는, 오직 황제와 황제의
직계만이 이용할 수 있는 곳이었다.

그렇다고 문연각을 아무나 이용할 수 있느냐 하면 그렇지
만도 않았다. 적어도 황궁 내에서 정식 관직에 오르지 않고서
는 그 문조차 통과할 수가 없는 곳이 문연각이었다.

물론 육두강의 지위는 문연각의 가장 깊은 곳을 살펴볼 수
있을 정도로 높았다. 문제는 들고나는 시간이 정해져 있다는
것.

"어떻게 하겠는가? 지금은 늦어서 문연각에 간다고 해도 들여보내 주지 않을 텐데."

"저도 당장 지금 문연각에 갈 생각은 없습니다. 우선은 아버지가 계셨던 이곳을 더 살펴보고 싶습니다."

"흠, 그래? 그럼 그렇게 하게. 나는 도독께 보고를 올리고 오도록 하겠네. 아! 내가 올 때까지 이곳에서 기다리도록 하게나."

"알겠습니다."

당연히 두 사람은 이곳을 떠날 마음이 없었다. 아니, 떠나고 싶어도 떠날 수가 없었다.

"쳇, 길을 알아야 떠나던가 말던가 하지."

정광의 투덜거리는 말대로였다. 황궁의 길은 미로와도 같았다, 헤매다 길을 잃기 딱 좋을 정도로.

어쨌든 육두강이 보고를 하기 위해 떠나자 진용은 방 안의 유등에 불을 밝혔다.

방 안이 환하게 밝아오자 정광은 여기저기를 둘러보고는, 결국 책 더미 쪽으로 다가가 책자들을 들추어보았다. 그러더니 어느 순간, 더 이상 참지 못하겠는지 느닷없이 킬킬대기 시작했다.

"재미있는 책이라도 있습니까?"

"어? 어. 금병매."

진용은 어이없다는 눈빛으로 정광을 노려보았다.

"진짜 도사님이 맞습니까?"

정광이 딴에는 무게를 잡고 말했다.

"도사도 사람일세."

하지만 그것도 잠시,

"킬킬킬…… 어? 여기 소녀경까지……."

그러자 조용히 있던 세르탄이 잔뜩 궁금한 어조로 진용에게 물었다.

'시르, 소녀경이 뭐지? 나도 좀 보여줘 봐. 재미있는 책인가 본데.'

단호한 어조로 진용이 말했다.

'애들은 보면 안 돼!'

세르탄이 삐쳤는지 조용해졌다. 그제야 진용은 내력을 끌어올려 눈의 감각을 최고조로 향상시키는 '헤이스트 아이'라는 마법을 시전했다.

그러자 순간적으로 앞이 환해지더니, 사물이나 흔적이 하나하나 지워지지 않는 먹물로 그린 그림처럼 머릿속에 그려졌다.

바닥을 보았다. 구석에 부러진 채 버려져 있는 솔이 반쯤 빠진 작은 붓 하나, 먹물을 닦았던 흔적이 보이고 아무렇게나 구겨진 헝겊 쪼가리가 보인다.

고개를 들었다. 회벽 여기저기 날카로운 뭔가로 긁은 것처럼 쓰여진 의미를 알 수 없는 글자들이 몇 개 보이고, 그 반대편에는 소나무 위에서 새 몇 마리가 노니는 조잡한 시서화가 걸려 있는 게 눈에 들어온다.

그 사이에는 평범한 나무 침상에 목침, 그리고 본래가 짙은 회색이었던 것처럼 보이는 지저분한 얇은 홑이불이 침상 위에 놓여 있다.

문득 그 침상 위에 아버지의 모습이 투영되자, 진용은 가늘게 떨리는 눈을 들어 천장을 올려다보았다.

한순간 마법을 건 상태로 주위를 살피던 진용의 두 눈이 가늘게 좁혀졌다.

이상한 느낌, 뭔가 자신의 신경을 건드리는 것이 있다. 그런데 그게 무엇인지 잡히지가 않는다.

신경을 곤두세울수록 자꾸만 자신을 피해 사라지는 것만 같다.

무얼까? 대체 뭐가 있어 나의 신경을 건드리는 것일까?

눈을 감고 자신이 보았던 방 안의 광경을 조각조각 잘라 떠올려 봤다.

문을 여는 순간부터 두 개의 방을 살펴보고 뒤돌아서던 그때까지.

바닥과 침상과 벽과 천장에 널려 있는, 그려져 있는, 걸려 있는 그 모든 것을. 나뭇조각 하나까지 놓치지 않고 마치 세밀한 그림을 그리듯이 하나하나.

다른 사람들이 이미 철저한 조사를 했을 테니 쉽게 눈에 뜨이는 것은 그것이 뭐가 되었든 모조리 긁어갔을 것이다. 그렇다고 따로 뭔가를 숨길 만한 비밀스런 장소도 없다.

결국 자신이 찾아야 할 것은, 남들도 볼 수는 있으되 본다 해도 그게 무엇인지 알아볼 수는 없는 것.

분명 뭔가가 있기는 있다. 자신의 신경이 곤두서는 것을 봐선. 한데 그게 뭘까.

눈을 감은 채 가만히 서서 일각이 지났다.

들리는 것이라곤 한쪽에 쪼그리고 앉은 정광의 침 넘어가는 소리와 책장 넘어가는 소리뿐이다.

그때 밖에서 육두강이 부르는 소리가 들렸다.

"더 있을 건가?"

아쉬움이 남지만 어차피 오늘 하루로 조사가 끝날 일이 아니었다. 진용은 실실거리며 소녀경에 몰두해 있는 정광을 쳐다보았다. 피식, 웃음이 절로 나온다.

"침 떨어지겠습니다."

"응? 지금 가려고?"

"예, 내일 다시 와볼 생각입니다. 아무래도 제가 뭔가를 놓치고 있는 것 같거든요."

"그럼…… 가지 뭐."

정광은 아쉬움이 남는 눈으로 책자를 만지작거리며 자리에서 일어났다. 진용이 물었다.

"그렇게 재미있습니까?"

힐끔 책이 쌓여 있는 곳을 바라본 정광이 말했다.

"모든 이치란 것이 결국은 다 같은 것 아닌가? 하늘[天]이 있고 땅[地]이 있으니 사람[人]도 있는 법이지. 남녀 간의 일도 마찬가지야. 도를 벗어나지만 않는다면……."

제법 말하는 정광의 표정이 그럴싸해 보인다. 비록 눈은 아직 소녀경의 겉표지에서 떨어지지 않고 있지만. 그러나 진용은 그런 정광을 비웃지 않았다. 아니, 비웃을 정신이 없었다.

'설마……?'

진용의 고개가 획 돌아갔다.

소나무 위에 새 몇 마리가 그려져 있는 조잡한 시서화가 보인다. 그리고 조악한 필치의 글자도.

하루에 한 번, 머리 위에 손을 얹은 채 새 한 마리를 보고, 두 마리를 보니, 세 마리도 보였다. 새를 보고 얻고, 산을 보고 얻었다. 그 건너에 무엇이 있는지.

꼭 장난처럼 써놓은 글이었다. 아이가 쓴 것처럼. 조잡한 그림에 어울릴 정도로.

그러나 진용은 그 조악한 글을 보고 오래전의 추억이 떠올랐다. 얼마 되지도 않는 아버지와의 추억이.

여섯 살이 되던 해 이른 봄날이었을 것이다. 왜 아버지는 이런 글자를 공부하느냐는 진용의 물음에 아버지가 웃으며 말했었다.

"용아야, 배움이란 끝이 없는 거란다. 이 아비가 공부하고 있는
고대 문자도 마찬가지란다. 언뜻 보면 그저 새가 걸어간 발자국
같고, 어린아이가 아무렇게나 긁적여 놓은 것 같지만, 그 건너에
는 그 사람의 마음이 담겨 있단다. 하나를 알고 둘을 알다 보면 그
건너에 무엇이 있는지 보이게 되지."

진용이 시서화를 뚫어지게 바라보고 있자 정광이 멀뚱한
눈으로 진용에게 말했다.
"안 갈 건가?"
진용은 정광의 말에 대답하지 않고 이번에는 반대편의 회
벽을 바라보았다. 순간 진용의 두 눈이 반짝였다.

언결(言決).

회벽에 누가 장난을 한 것마냥 긁히듯이 쓰인 글자 중 두
글자. 그러나 분명 글자는 두 자지만, 결코 두 자라고만 할 수
도 없다.
'파자(破字)다!'
파자가 아닌 것 같은 파자다. 뒤에 결자는 삼수변[三水邊]을
생략해서 쓸 수가 있다.

그렇다면 언결은, 언결이 아닌…… 그냥 결(訣) 자다.

'그렇다면 혹시……?'

순간 무엇을 생각했는지 진용의 두 눈이 짙은 의혹으로 물들었다.

4

"흑수회의 아이들이 그자의 집을 찾았습니다, 당주!"

길근양은 자랑스러운 표정으로 힘차게 말했다.

"그래? 어디야?"

"북문 밖 고가장이 그자의 집이라고 합니다."

"좋았어! 애들 모아!"

위당조가 주먹을 불끈 쥐고 말하자 비향초는 왠지 불안한 기분이 들었다. 그리고 그는 곧바로 불안의 근원이 어디에서 비롯되었는지를 알 수 있었다.

"저…… 당주님. 애들은 성에 있는데요."

순간적으로 위당조의 안색이 살짝 붉어졌다. 공연히 관과 팽가를 격동시킬까 봐 수하들을 대동하지 않았다. 다시 말해 북경에 들어온 사람은 자신과 눈앞의 두 사람이 전부란 말이었다.

"빌어먹을!"

그렇다고 여기서 물러날 수는 없었다.

"그럼 너희 둘이 하나를 맡아. 내가 하나를 맡을 테니까."

불안한 기분이 점점 더해진다. 비향초는 넌지시 위당조에게 자신의 생각을 말했다.

"우리가 그자들을 상대할 수 있을까요? 공연히 시키지도 않은 일을 했다고 성주님께……."

그러다 결국 한 대 얻어맞고 말았다.

퍽!

"건방진 놈! 내가 바로 광마수 위당조야! 잔소리 말고 따라와!"

길근양도 불안한 마음이 들었지만 비향초가 얻어맞는 것을 보고 감히 토를 달 수가 없었다.

"따라오십시오, 당주!"

5

황궁을 나오자마자 육두강과 헤어진 진용은 술 한잔하고 가자는 정광의 말을 무시한 채 집으로 향했다.

북문을 나서자 내성과 천양지차의 성 밖 풍경이 두 사람을 맞이했다.

휘이이잉!

어둠이 깔린 길거리에는 찬바람에 날리는 낙엽만이 뒹굴고 있을 뿐 지나다니는 사람이 한 사람도 없었다.

"한잔하고 들어가면 오죽 좋아? 에잉, 자린고비 같으니라구."

내성에서부터 시작된 정광의 투정은 북문을 나서서도 여전히 계속되었다. 사실 수중에 돈이라도 있으면 혼자서라도 주루를 찾아갔을 정광이었다. 요는 수중에 돈이 없다는 게 문제였다.

"북경에 가면 온갖 술이 다 있다고 해서 잔뜩 기대를 했었는데…… 좌우간 사람을 잘 만나야 한다니까. 하, 기분도 그런데 어디 내 기분 풀어줄 놈 하나 없나?"

북경이라고 해서 흑도가 없는 것은 아니었다. 낮에는 황제가 북경을 다스리고, 밤에는 흑도의 건달들이 북경을 다스린다고 할 정도로 북경의 밤은 유명했다. 다만 다른 곳과 다르게 그들은 철저한 흑도의 율법으로 스스로를 단속했다.

내성에서는 살인을 하지 않는다. 특히 관인은 죽이지 않는다.

흑도끼리의 싸움도 외성으로 나가서 한다. 어기는 자는 공적으로 처단한다.

사실 종상현의 죽음이 의아한 것도 그 때문이었다.

어쨌든 흑도 놈들이 설치는 밤이 된 이상 어슬렁거리는 놈이라도 하나 나타나야 하는데, 날이 추워져서 그런지 건달은

커녕 비틀거리는 취객도 보이지 않았다.

한데, 정광의 투덜거림을 하늘도 알아들었나 보다. 고가장으로 꺾어지는 골목길에 접어들었을 때다.

"어이, 잠깐 나 좀 보지."

누군가가 골목길 안쪽, 고가장의 대문 앞에서 걸어오며 두 사람을 불렀다.

정광은 눈을 빛내며, 그나마 달빛조차 가려져 시커먼 어둠만이 존재하는 골목길에서 걸어오는 세 사람을 주시했다.

제법 무게를 잡으며 팔짱을 낀 중년인을 중심으로, 검과 도를 등에 멘 두 명의 장한이었다. 그들은 천천히 걸어오면서도 굳은 얼굴로 진용과 정광을 노려보고 있었다.

'음? 단순한 건달들은 아닌 것 같은데?'

특히 가운데, 한쪽 볼에 커다란 점이 있는 중년인에게서 흘러나오는 기세는 정광이 보기에도 만만치 않아 보였다. 골목길을 그 하나가 가로막는다 해도 바람조차 빠져나가지 못할 것만 같은 기세다.

그런 기세를 지닌 자가 단순한 건달일 리가 없었다. 그리고 그는 당연히 건달이 아니었다.

"우리를 불렀소?"

정광이 물었다. 그러자 가운데 서 있던 위당조가 눈을 빛내며 고개를 끄덕였다.

'저 도사 놈이 도추문을 신발로 개 패듯 팼다는 그 미친놈

이군.'

정광은 왠지 위당조의 눈빛이 마음에 들지 않았다. 꼭 미친놈 보는 눈빛이 아닌가.

"불렀으면 무엇 때문에 불렀는지 말을 해야 하지 않겠소?"

그래도 도사의 체면을 생각해서 얌전히 다시 물어봤다. 그러자 위당조가 팔짱을 풀며 대답했다.

"말코가 내 친구를 때렸다고 해서 찾아왔지."

"말코? 왔지?"

눈빛만 마음에 안 드는 것이 아니라 말투도 마음에 안 든다. 하지만 정광은 오히려 그 점에 기분이 은근히 좋아졌다.

'오냐! 너 잘 만났다.'

"나한테 맞은 놈이라면…… 최근에 딱 한 놈, 입이 귀밑에 걸려 있던 놈뿐인데……. 점박이 도우, 그대가 그 미친놈의 친구라고?"

순간, 위당조의 눈에서 새파란 눈빛이 쏟아졌다.

"저, 저, 점.박.이……? 이, 이……."

자신이 세상에서 제일 싫어하는 말 중에 하나가 바로 그 말이다. 성주조차 그걸 알기에 절대 자신에게 점박이라는 말을 쓰지 않는다. 그런데…… 저 호랑말코 같은 도사 놈이 감히!

"거시기도 못할 말코 도사 놈이 감히, 뭐라?"

후웅! 위당조가 쌍권을 떨치자 그의 전신에서 강맹한 기운이 사방으로 휘몰아쳤다.

하지만 노한 사람은 그만이 아니었다.

"뭐, 뭐야? 내가 거시기도 못한다고? 네놈이 어떻게 알아?! 내가 거시기를 할 수 있는지 못하는지! 이 점박이가 어디서!!"

정광의 몸에서도 부드러우면서도 끈적끈적한 기운이 뿜어졌다.

일시지간, 두 사람에게서 상반된 기운이 강하게 쏟아지며 맞부딪쳤다. 순간!

휘이이잉!

마주 선 두 사람 사이에서 강력한 회오리바람이 일어나고, 회오리바람에 휘말린 낙엽이 솟구치며 두 사람의 시야를 가로막았다.

그 기회를 놓칠 두 사람이 아니었다.

위당조는 보이지 않을 정도의 빠른 속도로 손을 가슴속에 집어넣고, 정광은 발을 내뻗음과 동시에 우수를 내밀었다.

"점박이, 이놈!"

"말코, 죽어라!"

쾅!

굉음이 일고, 어둠 속에서 두 사람이 번개처럼 붙었다 떨어졌다.

그런 위당조의 손에는 어느새 시커먼 장갑이 끼어져 있었다. 그리고 정광의 손에는 뭉툭한 쇠 신발이 들려 있었다.

"드런 놈!"

위당조가 잔뜩 인상을 쓴 채 쇠 신발을 바라보자 정광이 손에 들린 쇠 신발을 흔들며 냉랭한 표정으로 말했다.

"이게 내 무기야. 불만이면 네놈도 신발을 들어, 점박이."

또다시 점박이다.

"에라이, 씨앙! 너 죽고 나 살자, 말코 놈아!"

위당조는 참지 못하고 다시 달려들었다.

"그래! 바로 그거야, 점박이!"

정광은 신이 났다. 황궁에서 이곳까지 오면서 생긴 불만이 땀구멍을 통해 모조리 빠져나가는 것만 같았다.

쾅! 콰광!

그러나 위당조도 역시 만만치 않았다.

조금은 성급하고, 고지식하고, 엉뚱해서 그렇지 그의 무공만큼은 백마성에서 다섯 손가락 안에 들 정도로 강했다. 설광도 도추문에 비해 한 수 위라 할 정도의 고수가 바로 광마수 위당조인 것이다.

하지만 그런 위당조도, 이십 년간 미쳤다는 소리를 들으며 절벽의 고대 문자를 해독해 나름대로 기연을 얻은 정광을 어찌하지는 못했다.

그 원인은 오직 하나, 정광의 경공신법인 풍혼 때문이었다.

"이, 이 날파리 같은 놈! 뒈져! 뒈져! 좀 맞아봐라, 똥파리 같은 놈아!"

위당조의 고함이 이어지며 순식간에 십여 초가 흘렀다.

그리고 어느 순간 정광의 왼손에 나머지 쇠 신발이 마저 들리더니, 그때부터 두 사람의 격전이 본격적으로 시작되었다.

"점박아! 이제부터야! 자신있으면 어디 한번 막아봐!"

한편, 비향초와 길근양은 두 사람이 싸움이 격해지자 슬며시 처음 그 자리에 그대로 서 있는 진용에게로 다가갔다.

"비가야, 저놈을 잡자."

"저 서생 놈도 제법 한다고 했던 것 같던데……."

"제까짓 게 해봤자지."

"하긴……. 좋아. 저 도사가 눈치 채기 전에 잡자."

둘은 짧게 전음을 나누고 마주 고개를 끄덕였다.

그 모습을 보고 진용은 뒷짐 진 손을 슬며시 풀었다. 그러자 세르탄이 어이가 없다는 듯 중얼거렸다.

'시르, 저놈들이 너를 잡으려고 하나 본데? 미친놈들, 눈은 두었다가 배고플 때 구워 먹으려고 끼워놨나?'

다가오는 두 사람을 보고 있던 진용은 세르탄의 말투에 피식 실소를 흘려냈다. 정광이 가끔씩 던지는 농지거리 같은 말투에 관심을 가지더니, 이제는 제법 웃기지도 않은 말을 곧잘 한다.

'세르탄.'

'왜?'

'요즘 들은 말 중에 제일 멋진 말이었어.'

'우헤헤헤. 정말?'

'그냥 해본 소리야, 하도 어이가 없어서.'

'……'

진용이 피식 실소를 흘리자 비향초는 멈칫, 걸음을 일시 멈추었다.

자신도 모르게 등줄기를 타고 오르는 으슬으슬한 불안감이 느껴진다.

옆을 바라보았다. 길근양은 자신이 느낀 것을 느끼지 못했는지 여전히 서생에게 다가가고 있었다.

'쓰벌, 어째 불안한데, 뭐 때문에 그런지를 모르겠네.'

그때였다. 서생이 자신을 쳐다본다.

거리는 이 장, 눈이 마주쳤다. 그제야 비향초는 자신이 왜 이렇게 불안함을 느껴야 했는지 그 이유를 조금이나마 알 수 있었다.

서생의 눈이 웃고 있었다. 한쪽에서는 고수들 간의 살벌한 싸움이 벌어지고 있는데도 그는 조금도 두려워하지 않고 있었다.

두려움이 없는 자! 강한 자다!

당시 작전에 참가했던 친구, 장문수가 한 말이 뇌리에 스친다.

"내가 잘못 봤는지 모르겠지만, 도 선배의 손목을 부순 사람은 도사가 아니고 어린 서생이었네."

그때는 잘못 보았으려니 하고 흘려들었다, 믿기가 힘들었
으니까. 어린 서생이 설광도 도추문의 손목을 부쉈다는 게 말
이 되는가 말이다.

'아냐! 어쩌면 그가 잘못 본 것이 아닐지도 몰라.'

비향초는 다급히 소리쳤다.

"길가야! 물러……."

하지만 때늦은 경고였다.

픽!

"컥!"

그의 말이 끝나기도 전에 진용을 덮쳐 가던 길근양의 몸이
뒤로 튕겨지고 있었다, 그것도 정광과 위당조가 싸우고 있는
곳으로.

그 바람에 정신없이 싸우고 있던 두 사람이 두어 걸음씩 뒤
로 물러섰다.

위당조는 아무리 힘든 싸움 중이라지만 자신의 손으로 수
하를 죽일 수 없어서. 정광은 불리할 게 하나도 없으니 숨 좀
돌리기 위해서.

두 사람이 그렇게 물러서자 진용이 한 걸음 앞으로 나섰다.
그는 양손에 쇠 신발을 들고 있는 정광을 잠시 바라보더니 정
광의 어깨 너머로 눈길을 돌렸다.

"저희 집 대문이 부서졌군요."

"응? 대문이?"

정광도 눈길을 돌렸다, 위당조는 신경도 쓰지 않고.

그러자 자그마한 장원의 대문이 한쪽으로 기울어져 덜렁거리고 있는 것이 보였다.

문제는… 그 대문이 바로 고가장의 대문이라는 것. 그리고 대문이 그렇게 부서진 직접적인 원인이 바로 두 사람에게 있다는 것이 문제였다.

"어느 분이 고치시겠습니까?"

진용의 말에 침묵이 잠시간 골목 안을 맴돌았다.

대문을 고치란다, 대문을. 그게 지금 이 판국에 나올 소린가?

아니, 설령 대문이 부서졌으니 고치라는 말을 할 수는 있다고 하자. 열받으면 무슨 말을 못할까. 하지만 대백마성의 마혼당주인 광마수 위당조는 그래도 이해할 수가 없었다.

'내가 누군데! 감히 서생 따위가!'

그러다 갑자기 위당조는 어떤 생각이 떠올랐다. 길근양이 왜 나뒹굴었을까?

'가만? 저놈이 길 조장을 물리쳤나? 제법 한가락 한다고… 아니, 겁나게 강할지도 모른다고 했던가?'

그런 생각이 들자 새삼 진용이 다시 보였다. 그때 진용이 다시 물었다.

"점박이 양반, 귀하가 고치시겠소?"

점.박.이!

끝내 위당조의 머리카락이 허공으로 숫구쳤다. 그를 아는 사람들은 말한다.

머리카락이 곤두선 위당조와는 절대 싸우지 마라! 왜? 그 때부터 그는 스스로 사람이기를 포기하고 미친개가 되거든.

"이, 이… 입만 살아서 나불거리는 놈이! 크아악!"

그는 앞뒤 가리지 않고 진용을 향해 신형을 날렸다. 진짜 미친개처럼.

이 장의 거리가 한순간에 좁혀졌다.

바위도 두부처럼 으스러뜨릴 것 같은 권풍이 그의 장갑 낀 두 손을 중심으로 회오리쳐 돌고 있었다. 무엇이든 그 회오리에 휘말리면 다 부서질 것만 같았다.

진용은 그토록 강한 권풍의 중심을 흔들림없는 무심한 눈으로 직시했다. 그리고 석 자 거리, 그야말로 찰나 간의 간격!

진용의 어깨가 아무런 흔들림도 없이 기울어졌다.

동시에 오른손이 들리고, 어깨를 스쳐 가는 권풍을 감싼 채 둥근 호선이 허공중에 그려졌다.

"헛!"

위당조의 입에서 헛바람 소리가 흘러나온 것은 그때쯤이었다.

회오리치던 권풍이 진용의 손길에 따라 방향을 바꾸고 있었다. 그냥 진행 방향만 바꾸는 것이 아니었다.

되돌아오고 있었다!

기묘하게 휘어진 진용의 오른손이 위당조의 왼손을 휘어 감은 채 팔꿈치를 꺾어버렸기 때문에 일어난 일이었다.

그러나 위당조는 자신의 팔이 꺾였다는 것도 자각하지 못하고 있었다. 너무나 빠른 동작을 미처 그의 감각이 따라가지 못했다는 말이다.

도저히 믿을 수 없는 일이 눈앞에서 벌어지고 있다.

그런데도 그는 놀랄 틈도 없이 고개를 뒤로 젖혀야만 했다. 자신의 주먹에 맞지 않기 위해서였다. 그리고 본능적인 느낌으로 오른손을 회수해 가슴을 방어했다.

퍽!

거의 동시에 진용의 오른 팔꿈치가 손바닥 위에 떨어졌다.

"크억!"

위당조는 눈을 부릅뜨고 입을 쩍 벌렸다.

거대한 망치로 맞은 듯한 충격에 가슴이 무너져 내린 것만 같다.

손바닥에선 감각조차 느껴지지 않는다. 손가락뼈가 부서지지나 않았는지…….

하지만 그는 꾸물거릴 시간이 없었다. 전신을 짓누르는 기운이 다시 다가오고 있다. 막지 못하면 죽을지도 모를 정도로 강력한 기운이!

펙! 퍼벅!

본능적인 방어로 두 번의 공격을 겨우 막아냈다. 그러나 본능으로 상대의 공격을 막는 데는 한계가 있을 수밖에 없다.

설사 막는다 해도 막아낸 부위의 신경이 무뎌지고 있는 상황. 내력을 끌어올려 호신진기로 전신을 둘러봐도 아무런 소용이 없다.

모든 것이 부서지고 있다!

두려움이 발끝에서부터 스멀거리며 밀려오더니 뇌리를 관통해 버렸다.

도저히 믿을 수 없는 상황의 연속. 결국 위당조의 가슴에서조차 그의 장기라 할 수 있는 투지가 무너져 버렸다.

'일단 물러서서……'

위당조는 혼신의 힘을 다해 뒤로 물러섰다.

하지만 그것으로 모든 위험에서 벗어날 수는 없었다.

그가 물러서자 진용은 한순간도 망설이지 않고 그를 향해 말아 쥔 주먹을 내질렀다.

위당조도 이를 악물고 마주 손을 내밀었다.

콰앙!

"커억!"

그리 크지 않은 격돌음과 함께 위당조의 몸이 주르륵 밀려났다. 그때다. 진용의 신형이 서 있던 자리에서 사라졌다 싶은 순간, 위당조의 머리 위에서 그의 모습이 나타나더니 그의 우수가 위당조의 어깨를 으깨 버릴 듯 떨어져 내렸다.

좌수의 팔꿈치를 들어올려 반사적으로 막아가는 위당조. 그러나 막아간 좌수마저 어깨와 함께 짓눌리자 그의 얼굴은 흙빛으로 일그러져 버렸다.

퍽!

동시, 반쯤 구부러진 위당조의 가슴에 진용의 왼발 무릎이 파고들었다.

쾅!

일격에 홀홀 날아가는 위당조의 입에서 뿜어지는 선혈이 달빛 아래 검붉은빛으로 반짝인다.

털썩!

"끄으으……."

꿈틀거리며 악착같이 일어서려는 위당조, 그를 향해 진용이 손가락을 내밀었다. 찰나, 시퍼런 빛이 손가락 끝에서 번쩍이더니!

퍽! 쓰러져 있는 위당조의 앞에서 풀썩 먼지가 일었다.

순간, 위당조는 너무나 놀라 몸이 굳어버렸다.

자신의 바로 눈앞에 있던 주먹보다 조금 더 커 보이던 자갈이 먼지처럼 부서져 가루로 흩날리는 것이 눈에 들어온 것이다.

"겨, 격공탄…… 지강."

단순한 격공지가 아니다. 격공탄지다! 그것도…… 강기가 서린!

"마, 맙소사!"

눈을 부릅뜬 위당조가 천천히 고개를 들었을 때다.

그의 눈에 서생의 손이 다시 들리는 것이 보였다. 검지에선 시퍼런 뇌전이 번쩍이고 있다.

그 모습을 본 위당조는 가슴을 쥐어짜며 혼신을 다해 입을 열었다.

"내, 내가…… 고치겠소."

퍽!

동시에 뇌전 한줄기가 마혈을 훑고 지나갔다.

6

탕! 탕!

아침 일찍부터 못질하는 소리가 요란하게 고가장을 울리더니 두 시진째다.

한 사람이 문을 붙잡고, 한 사람이 망치질을 하고 있었다. 그리고 옆에서 그들을 지켜보는 사십대 중반쯤 되어 보이는 중년인. 혈도가 풀린 위당조와 그의 수하들이었다.

"어젯밤과 오늘 일, 설마 입 여는 놈은 없겠지?"

망치질을 하던 비향초가 힐끔 위당조를 바라보았다.

'미쳤수? 쪽팔리게…….'

속마음은 그래도 겉으로는 태연하게 물었다.

"꼭 이렇게까지 할 필요가 있습니까?"

위당조가 흔들리는 눈을 억지로 다잡고 입을 열었다.

"험, 내가 약속 하나는 칼 아니냐, 칼. 고치겠다고 했으니 고쳐야지 뭐. 그리고 놈들의 정체를 확인하기 위해서도 차라리 잘됐잖아."

'잘되기는 개뿔이나……'

그때 들려오는 소리.

"아직도 고치려면 멀었나 보네?"

정광이었다. 위당조는 눈썹을 치켜올리며 시큰둥하게 대답했다.

"망치 하나 변변한 것이 없는데 어떻게 빨리 고쳐?"

뒷짐을 지고서 걸어나오던 정광은 위당조의 말에 실실 웃음을 흘렸다.

"망치가 없으면 주먹으로 쳐서 박아. 주먹질이 제법이던데."

'싸우는 거하고 못 박는 거하고 똑같냐, 말코새끼야?'

정광의 실없는 소리에 위당조가 째려보자 뒤따라 방을 나서던 진용이 그를 향해 말했다.

"우린 잠시 황궁에 다녀오려 합니다. 그동안에 다 고쳐져 있었으면 좋겠군요."

황궁?

위당조가 실눈을 뜨고 진용을 바라보았다. 마치 무슨 일로 황궁에 가느냐고 묻는 태도로. 대답은 정광이 했다.

"몰랐나? 그것도 모르고 덤빈 거야? 하긴…… 쯔쯔쯔."

어리둥절한 표정의 세 사람. 그들을 향해 정광이 어깨에 힘을 주고 말했다.

"잘 들어! 우리는 금의위의 백호장들이야. 네놈들을 북진무사의 뇌옥에 집어넣을까 했는데, 그렇게 하지 않은 것을 다행으로 알라고."

그 말에 위당조는 물론이고, 자루가 부러진 망치로 열심히 망치질을 하고 있던 비향초와 길근양마저 얼굴이 새파랗게 질려 버렸다.

금의위? 그것도 백호장? 금의위 북진무사의 뇌옥에 넣으려 했다고? 들어가면 최소한 반병신이 되어서 나온다는, 악랄하기로 따지면 비할 데가 없다는 바로 그곳에?

새파랗게 질린 그들을 '까불고 있어' 하는 눈으로 바라보던 정광이 힘이 들어간 어깨를 딱 펴고 진용에게 말했다.

"가자고! 도독께서 기다리실 텐데."

고개를 끄덕이며 정광을 따라가던 진용이 쓴웃음을 지으며 쓰윽 위당조를 향해 고개를 돌렸다.

"언제 시간이 나면 백마성의 성주님을 만나뵙고 싶은데, 가능하겠습니까?"

"그, 그거야…… 그런데 무슨 일로……?"

"뭘 좀 알아볼 게 있어서요."

"아, 알았소. 내 말씀은 드려보겠소."

진용은 고개를 끄덕이며 걸음을 옮겼다. 그러자 정광이 말했다.

"갈 때 가더라도 문이나 다 고쳐 놓고 가라고, 점박이!"

점박이라는 말에도 위당조는 눈썹이 꿈틀했을 뿐 전처럼 발작을 하지는 않았다. 비록 이를 갈며 대답은 했지만.

"알았수!"

그리고 두 사람이 나간 뒤에선 망치 소리가 전보다 힘차게 울렸다.

쾅! 쾅! 쾅!

7

황궁의 동화문 앞에 도착하자 한 사람이 문 앞에 서서 하품을 하고 있었다.

그를 본 정광의 눈이 가늘게 좁혀졌다. 어제 황궁 안에서 본 놈이었다. 자신을 놀리던 그놈.

"저놈은?"

그도 정광을 보고는 눈빛을 빛냈다. 그가 말했다.

"당신들, 여기가 어디라고 얼쩡거리는 거야?"

정광은 사방을 둘러보았다. 아무도 없었다.

"우리에게 한 말인가?"

"거기에 당신들 말고 다른 사람이 어디 있어? 진짜 웃기는 말코네."

"저, 저…… 싸가지가……."

정광이 붉어진 얼굴로 금방이라도 달려들 것처럼 씩씩거리자 진용이 재빨리 나섰다.

"한 가지 묻고자 합니다만."

"뭔데? 빨리 묻고 비키라구. 바쁘니까."

"금의위의 육두강 천호장님과 여기서 만나기로 했는데, 혹시 보지 못하셨는지……?"

"누구? 육……? 혹시……?"

그때다. 앞에 있던 자의 눈빛이 모호하게 변해간다.

진용은 문득 느껴지는 생각에 품속에서 어제 황궁을 나설 때 육두강으로부터 받은 명패를 꺼내 들었다.

"우리는 금의위의 백호장으로 임명된 사람들입니다. 황궁의 지리를 잘 몰라 육 장군님과 함께 들어가기로 했는데 안 보이시는군요."

"배, 배, 백호장? 그럼?"

두충의 두 눈이 더할 수 없이 커졌다.

"오늘 새로 임명된 백호장이 올 것이네. 아마 명패를 보여줄 거야. 그러니 오거든 도독의 집무실로 안내하도록."

'씨불! 행색이라도 미리 알려주면 어디가 덧나나? 아니, 그중 한 사람이 도사라고만 말해줬어도…….'

안색이 하얗게 탈색된 그가 떨리는 눈을 들어 진용을 바라보았다. 그리고 한순간,

"금의위 위사 두충이 백호장님을 뵙습니다! 헤헤, 육 장군께서 저에게 두 분을 안내해 드리라고……."

하지만 두충은 말을 마저 다 끝낼 수가 없었다. 정광이 머리를 내밀고는 부리부리한 눈으로 그를 바라보며 다가오고 있었던 것이다.

"그러니까…… 자넨 금의위의 위산데, 육 장군의 명으로 우리를 기다리고 있었다, 이거지?"

두충이 부동자세로 대답했다.

"옙! 그렇습니다!"

그러자 정광이 히죽 웃었다.

"흐흐…… 그랬군, 그랬어. 그럼…… 일단 조용한 곳으로 먼저 안내해 주겠나?"

8

금의위에 몸을 담은 지 삼 년째, 두충은 오늘 같은 날이 올 줄은 꿈에도 생각하지 못했다.

자신이 누군가? 금의위의 위사가 아닌가 말이다! 군부의 장군이라 해도 함부로 하지 못하는, 그야말로 무소불위의 권력을 휘두르는 대.금.의.위의 위사!

그런데…… 오늘은 오뉴월에 골목에서 두들겨 맞는 개가 부러워 보일 정도로 얻어맞았다. 그것도 도사에게!

하지만 감히 원한에 가득 찬 표정을 내보일 수는 없었다. 그가 자신보다 까마득히 높은 백호장이어서만이 아니다.

'말코가 미치지 않고서야 어찌 사람을 신발로……. 누군지 몰라도 저 미친 도사 밑에 배속된 사람은 차라리 죽어버리는 게 나을 거야.'

"아직 멀었나?"

"다 왔습니다, 백호장님!"

머리만 조금 흐트러졌을 뿐, 여전히 뺀질거리는 얼굴로 두충은 힘차게 말했다.

정광은 만족한 얼굴로 고개를 끄덕였다. 그의 말대로 어제 한 번 왔던 전각이 골목을 돌자 보였던 것이다.

"그럼 고 공자, 들어갔다 오게나."

"도장님은……?"

"하하! 나야 여기서 기다리지 뭐."

날이 추운데도 정광의 이마에 땀이 맺혔다.

진용은 속으로 웃음이 나왔다. 정광이 왜 그러는지 잘 알기 때문이었다. 두충을 돌아다보았다.

"우리만 갑시다."

두충이 무슨 소리냐는 듯 고개를 저으며 말했다.

"저는 돌아가 보겠습니다. 이제부턴 다른 사람이…….."

그때, 안에서 육두강의 목소리가 들려왔다.

"모두 안으로 들어들 오게."

모두?!

순간 정광의 얼굴이 하얗게 탈색되었다. 그리고 두충은 어리둥절한 얼굴로 안쪽을 향해 물었다.

"천호장님, 저는 이만…….."

"너도 들어와. 오늘부터 두 사람에게 배속되었으니까."

결국 두충의 얼굴도 죽은 지 석 달 열흘은 된 시신처럼 시커멓게 죽어버렸다.

'아, 안 돼!!'

"그래, 뭐 찾은 것은 있나?"

공손각의 물음에 진용은 무심한 표정으로 입을 열었다.

"아직 확인이 되지 않은 것인지라 뭐라고 말씀드리기가 어렵습니다. 나중에 확인이 되면 그때 말씀드리겠습니다."

"흠, 그래? 그건 그렇고…… 문연각의 고서들을 보고 싶다고 했다면서?"

"그렇습니다. 아버님이 보셨다는 고서들을 훑어보고자 합니다."

"그 안에 뭔가를 남겨놓았다 생각하나?"

"그 역시 봐야만 알겠습니다."

공손각은 그냥 그러냐는 표정으로 고개를 끄덕였다.

생각보다는 너무 평범한 반응이어서 무슨 생각을 하고 있는지를 짐작하기가 어렵게 느껴지는 진용이었다.

'일단은 두고 보겠다는 심산인가 보군.'

그렇다면 자신도 굳이 복잡하게 생각할 것이 없다. 진용은 조금은 편안해진 마음으로 한 가지 궁금한 점을 물었다.

"저희도 관복을 입어야 합니까?"

공손각이 빙긋이 웃었다.

"자네들 두 사람은 평상시 관복을 입지 않아도 되네. 그러나 그런 만큼 황궁을 돌아다니는 데는 많은 제약이 뒤따를 것이야."

그 말에 육두강이 보충을 했다.

"만일 막는 자들이 있거든 내가 준 명패를 보이도록 하게. 처음에야 좀 번거롭겠지만 두 사람의 특징이 조금 별나다 할 수 있으니 곧 막는 사람이 드물어질 거네. 아니면 관복을 입든지."

진용과 정광이 거의 동시에 대답했다.

"그냥 이대로 입고 지내겠습니다."

"그냥 이대로 살지요, 뭐."

두 사람의 뜻이 받아들여지는 것을 본 두충도 지금이 아니면 안 된다는 절박감에 급히 입을 열었다.

"속하도 드릴 말씀이 있습니다."

육두강이 두충을 바라보았다. 그리고 고개를 까닥, 미미하게 움직였다.

"뭔가?"

"속하는 지금 하고 있는 일에 매우 만족하고 있습니다."

물론 오늘 아침까지만 해도 절대 아니었다.

"해서 현재 있는 제칠소(第七所)에서 계속 일하고 싶습니다."

계속은 아니다. 그러나 지금은 무조건 해야만 한다, 무조건.

하지만 육두강의 대답은 간결했다.

"안 돼. 그냥 구소로 가."

그 대답에 움찔한 두충은 안도의 숨을 내쉬었다. 그나마 다행이다. 저 미친 도사와 함께 지내지 않게 된 것만도 어딘가.

한데, 문득 의문이 든다. 구소는 삼왕과의 싸움에서 전면에 나섰다가 모두 죽었지 않았던가?

"명대로 따르겠습니다. 그런데 저…… 구소(九所)면 얼마 전에 전멸한 그 구소를 말씀하시는 것인지……."

육두강이 말했다.

"그래서 구소를 다시 가동하려는 것이다. 이제부터는 고진

용 백호장이 구소의 책임자니 시키는 일에 소홀함이 없도록
해라."

처음 들어보는 이름에 두충이 고개를 갸웃거렸다.

"고진용이 누구……?"

진용이 고소를 머금은 채 입을 열었다.

"내가 바로 고진용이오."

"끄어억!"

진용은 두충을 따라 구소를 찾아가는 길에 공손각과 마지
막에 나눈 이야기를 곰곰이 생각해 보았다.

"자네가 이번 일을 마무리 짓고 나면 자네에게 맡길 일이
하나 있네."

"저에게요?"

"음, 자네도 알겠지만 금의위가 하는 일은 꼭 황궁에 관계
된 일만이 아니네. 그리고 어쩌면 그 일은 자네하고도 조금은
상관이 있는 그런 일일세."

"혹시 삼왕에 관계된 일인지요?"

"어느 정도는……. 자세한 것은 나중에 이야기하지."

자신과 관계된 일이라면 삼왕과 아버지 사이의 일밖에 없
다.

어느 정도는 관계가 있다고 운을 떼었으니 틀린 생각만은 아니었다. 하지만 그것은 겉껍질뿐이다. 분명 무언가 다른 알맹이가 있을 것이다. 과연 그것이 뭘까?

게다가 자신과 공손각이 만난 지는 이제 하루밖에 되지 않았다. 비록 정광과의 관계가 사승으로 연결되어 있고, 육두강이 상세히 보고를 했을 테니 나름 판단을 했을 것이나, 그렇다고 해도 자신에게 어떠한 일을 맡기기에는 너무 짧은 만남이었다.

그는 대체 무슨 생각으로 자신에게 일을 맡기려는 것일까?

온갖 상념이 진용의 머릿속을 스치고 지나간다.

북경에 도착한지 삼 일 만에 너무도 많은 일이 일어났다. 하루하루 시간이 아까운 것을 생각하면 다행스런 일이지만, 그러다 보니 제대로 생각할 여유가 없었던 것 같았다.

'아무래도 좀 더 여유를 가지고 움직여야겠어. 이러다가는 일만 벌여놓고 수습도 못하게 생겼으니…….'

진용이 아무런 말도 하지 않고 혼자 생각에 잠겨 풀 죽은 두충의 뒤만 따라가자 정광이 넌지시 말을 걸었다.

"고 공자, 일단 그곳을 먼저 가볼까?"

그제야 진용은 퍼뜩 정신을 차리고 실소를 금치 못했다. 정광이 가자 하는 곳은 아버지가 머물렀다는 그 건물을 말함이었다.

"아직 다 보지 못했습니까?"

"험, 그런 책은 두 번, 세 번 곱씹을수록 더 재미있는 법일세."

"훗!"

너무도 태연한 대답에 진용이 자신도 모르게 웃음을 밖으로 흘렸다. 그러자 구소의 건물로 걸어가던 두충이 힐끗 뒤를 돌아보았다.

'저 인간들이 왜 웃는 것이지?'

두충은 혹시 하는 심정으로 자신의 옷 뒷자락을 이리저리 살펴보았다. 행여나 옷에 뭐가 묻어서 웃는 것이 아닌가 생각이 들었던 것이다. 그러자 진용이 더 크게 웃었다.

"하하하! 두 위사 때문에 웃은 것이 아닙니다."

그 말에 두충의 얼굴이 살짝 붉어졌다.

"그럼……?"

"집무실로 가는 것은 그리 급한 일이 아니니 일단 밀옥으로 가십시다."

뜬금없는 진용의 말에 두충은 어리둥절한 표정을 지었다. 그러다 정광이 눈을 부라리자 찔끔하며 재빨리 말했다.

"알겠습니다. 즉시 밀옥으로 안내하겠습니다. 구소의 건물이 하루아침에 어디로 갈 것도 아니고……."

9

밀옥은 어제와 다름없이 그 자리에 그대로 있었다. 그러나 어제처럼 조용하지만은 않았다. 몇 명의 흑색 무관복을 입은 사람들이 안을 들락거리고 있었던 것이다.

"저들은?"

두충이 눈을 휘둥그렇게 뜨고 진용을 향해 고개를 돌렸다.

"백호장…… 아니, 소장님, 동창에서 먼저 와 있는데요?"

백호장은 금의위에 오십 명이 넘게 있다. 그러나 그중에서 금의위 십사 소(所)의 책임자는 당연히 열네 명밖에 없다. 그러니 각 소를 맡은 소장들은 백호장이라 불리기보다 소장이라 불리기를 더 좋아했다. 두충도 그 정도 눈치는 있는 사람이었다.

하지만 진용은 두충이 백호장이라 부르든 소장이라 부르든 관심이 없었다. 그의 관심은 단 하나, 동창이라는 이름이었다.

"저들이 동창이라고?"

금의위와 쌍벽을 이루는 황궁의 첩보 기관인 동창.

관리의 부정이나 모반의 정탐을 주 임무인 기관이 바로 동창이었다. 최근에 와서는 구금과 처형의 권한까지 강화되어 금의위와 함께 무소불위의 권력을 휘둘렀으나, 얼마 전 삼왕의 일을 돕던 양 태감이 동창의 첩형이었기에 간부가 모반에 끼었다는 이유로 동창의 위세가 많이 누그러져 있었다.

그런 동창이 금의위에서 조사 중인 밀옥에 나타나다니…….

두충은 의아한 표정으로 중얼거렸다.

"예, 동창의 번역들입니다. 아! 당두도 한 명 와 있군요. 대체 무슨 일로 저들이 왔는지 모르겠군요. 여태 신경도 쓰지 않더니……."

그러나 무엇 때문에 동창의 사람이 와 있는가는 그리 문제가 아니었다. 아버지의 마지막 모습을 그려볼 수 있는 곳, 그런 곳을 동창이 함부로 뒤지고 있다는 것. 진용에겐 그것이 문제였다.

"일단 가봅시다."

진용은 굳은 얼굴로 두충을 재촉했다.

하지만 두충에 앞서 정광이 먼저 힘차게 걸음을 옮겼다.

"가자고!"

그러자 두 주먹에 불끈 힘주고 걸어가는 그를 멍하니 바라보던 두충이 눈을 빛내며 재빨리 뒤따랐다.

그로선 누가 어찌 되어도 상관이 없었다. 동창이 저 미친 도사에게 깨지면 꼴 보기 싫은 놈들이 깨지니 그 나름대로 기분이 좋을 것이고, 미친 도사가 깨지면 십 년 묵은 체증이 내려가는 기분일 터였다.

물론 제일 좋은 방향은 둘 다 동시에 깨지는 거였다.

'아예 둘 다 다리몽댕이나 부러져 버려라!'

진용은 천천히 그 두 사람의 뒤를 따라갔다.

어쩌면 잘된 일이다. 정광이 앞장서는 이유는 단 한 가지였다. 행여나 자신의 즐거움이 사라질까 해서다. 그런데 보아하니 동창이 들어내는 것 중에 책자가 보인다. 그러니 정광이 참을 리가 없다.

분명 한바탕 소란은 피할 수 없는 일. 자신은 일단 일이 벌어진 상황에 따라 움직이면 될 터였다.

정광과 두충이 다가가자 건물에서 이런저런 물건을 내오던 동창의 번역 중 하나가 소매에 금줄이 쳐진 자에게 눈짓을 했다. 그자가 바로 동창의 당두인 듯했다.

한데 그가 고개를 돌렸을 때다. 기세등등한 정광을 잰걸음으로 따라가던 두충이 멈칫 걸음을 멈추었다.

순간 두충의 눈가가 잘게 떨리는 것이 진용의 눈에 들어왔다.

'누굴 보고 저러는 거지?'

자세히 보자 그의 눈은 당두로 보이는 자를 향해 있었다.

하얀 피부에 갸름한 얼굴. 그나마 코밑과 턱에 거뭇한 수염 자국만 없었다면 여인이거나 환관이라 봐도 좋을 정도였다. 나이는 이십대 중반 정도? 쉽게 가늠하기가 어렵다.

"아는 자입니까?"

진용이 묻자 두충이 정신없이 고개를 끄덕였다.

"도, 동창의 악귀라는 흑랑백귀 중 백귀입니다."

"백귀?"

"본명은 좌사웅인데 바늘로 찔러도 웃는 자라고 소문이 나 있습니다. 동창의 일백 당두 중에서 다섯 손가락 안에 드는 고수죠. 들리는 소문으로는 그에게 잡혀온 자들 중 강호의 고수들도 상당히 된다고 합니다."

두충의 가늘게 떨리는 말이 빠르게 쏟아져 나오자 진용은 흥미로운 눈으로 백귀 좌사웅이라는 자를 쳐다보았다.

"재미있는 자군요."

"재미있다고요?"

두충은 어이가 없다는 눈으로 진용을 바라보았다. 그러다 진용의 입가에 걸린 옅은 웃음을 보고 고개를 내둘렀다.

'도대체 저 미친 도사나 이 서생이나 정신이 제대로 박힌 사람들이기나 한지 모르겠네.'

두충이 멈칫거린 사이 정광은 백귀 좌사웅과 삼 장 정도 떨어진 거리까지 가까워져 있었다.

"이봐! 지금 뭐 하는 거야?"

정광이 외치자 동창의 번역들이 손을 멈추고 정광을 바라보았다.

너무도 당당하게 외치니 제아무리 동창의 번역이라 해도 함부로 대꾸를 하지 못했다. 오히려 황궁에서 저리 당당하게 외칠 도사가 누굴까, 고민하는 눈빛들이다.

그때 좌사웅이 나직하면서도 가느다란 목소리로 정광에게 물었다.

"당신은 누구요?"

그러자 정광이 턱을 쳐들고 대답했다.

"나? 알아서 뭐 하게?"

키도 좌사웅보다 큰 데다 턱까지 쳐들자 저절로 눈이 내리깔려졌다. 그 모습에 좌사웅의 눈매가 가늘게 좁혀졌다.

"지금 한번 해보자는 거요?"

한광이 번뜩이는 눈, 한 점 흔들림도 없다.

정광은 좌사웅의 눈빛이 똬리를 틀고 고개를 쳐든 뱀의 눈빛처럼 느껴졌다.

미간을 찌푸리며 천천히 고개를 내린 정광이 좌사웅의 눈을 직시하더니 천천히 입을 열었다.

"좋은 말 할 때…… 그 뱀 눈깔 내려."

순간적으로 좌사웅의 가늘게 뜨인 눈에서 묘한 빛이 번뜩였다.

그가 씨익 웃음을 지었다. 하얀 웃음, 북해의 빙설 같은 웃음이다.

"황궁에 있는 도사는 모두 다섯. 그러나 그중에 당신 같은 도사는 없어, 내가 아는 한."

청광도 씩 웃었다, 누런 이빨을 드러내며.

"뱀 같은 놈. 모르면 알아둬. 이제부터 여섯이야."

순간 좌사웅의 가늘게 뜨인 눈에서 새파란 한기가 흘러나왔다.

"끝내 해보자 이건가?"

허리에 걸려 있는 검을 잡아가는 그를 보고 번역들이 그의 주위로 모이며 검 자루를 잡아간다. 그러자 좌사웅이 싸늘하게 소리쳤다.

"모두 물러서! 내가 처리한다!"

좌사웅의 말이 떨어지자 번역들은 지체없이 뒤로 물러섰다.

"금의위와 함께 왔다고 봐주지 않는다. 최선을 다하도록."

"미친놈."

말은 그리하면서도 좌사웅에게서 흘러나오는 싸늘한 기운에 정광은 놀라움을 금치 못했다.

솔직히 황궁의 무사들이 강해봐야 얼마나 강하랴 생각했었다.

우물 안의 개구리들에게 따끔한 훈계를 내리리라!

그것이 정광의 마음이었다. 그러나 좌사웅과 마주 선 지금, 그는 자신의 생각을 전면 수정해야만 했다.

황궁에도 제법 싸울 줄 아는 놈이 있다, 물론 자신보다는 한참 못 미치지만.

두 사람에게서 흘러나오는 기세가 점점 거세지자 주위에 떨어져 있던 낙엽들이 사방팔방으로 원을 그리며 밀려났다.

그 사이로 씨익 웃으며 정광이 한 발을 내딛었다. 그러자 낙엽이 기세를 견디지 못하고 부서지며 휘돌았다.

순간 좌사웅의 눈이 번쩍였다.

동시에 휘도는 낙엽 사이로 뻗치는 한줄기 번개!

하지만 번개가 꿰뚫은 자리에 정광의 모습은 보이지 않았다.

그때 뒤에서 지켜보던 번역 중 하나가 자신도 모르게 놀란 목소리로 외쳤다.

"허공!"

말이 떨어짐과 동시!

좌사웅의 몸이 낮게 깔리더니 왼발을 축으로 한 바퀴 휘돌았다. 휘도는 그의 몸에서 허공을 향해 폭사하는 시퍼런 검광!

일순간, 폭이 좁은 좌사웅의 검날이 허공을 그물처럼 난자했다.

"아!"

허공을 향해 고개를 쳐든 사람들의 입에서 탄성이 터져 나온다.

그들의 눈에 비친 정광은 이미 호랑나비가 되어 있었다.

바람이 흐르는 대로, 검광이 뻗치는 대로 그는 자유자재로 허공을 누비는 정광. 그물처럼 펼쳐진 시퍼런 검광의 그물도 나비가 되어 바람의 결을 헤집고 움직이는 그를 어찌하지 못했다.

호랑나비가 검광으로 만들어진 그물을 밟으며 종잡을 수 없이 움직일 때마다 괴이한 격돌음이 울린다.

까가가가강!

찰나 간에 십여 번의 격돌.

그때다! 검의 탄력을 이용해 허공으로 튕겨 올라간 정광이 빙글 몸을 뒤집더니 떨어져 내렸다.

떨어져 내리는 그의 손에 시커먼 뭔가가 들려 있다. 어느새 벗어 든 쇠 신발이었다.

그는 조금도 망설임없이 손에 들린 쇠 신발을 검광의 물결 속으로 집어넣고 휘저었다.

따다당!

일성 굉음! 그물처럼 펼쳐졌던 검광의 물결이 갈기갈기 찢어져 버렸다.

그 충격에 주르륵 일 장 이상을 물러난 좌사웅. 그는 더욱 하얗게 변한 얼굴로 자신을 향해 날아오는 정광을 뚫어져라 쳐다보았다. 정확히는 정광의 손에 들린 시커먼 쇠 신발을.

그때!

"그만 하시지요."

나직하면서도 목덜미를 잡아끄는 음성이 한쪽에서 흘러나왔다. 진용이었다.

진용의 말이 떨어짐과 동시, 바람처럼 좌사웅을 덮쳐 가던 정광이 맞바람에 날린 솜털처럼 훌쩍 날아올랐다. 그러더니 바람에 쓸린 듯 옆으로 흘러 내려섰다. 가경할 신법이었다.

일시지간 장내를 짓누르는 무거운 침묵에 모두가 입을 닫았다.

뚝, 좌사옹의 이마에서 한 방울 땀이 맺혀 떨어졌다. 그의 눈은 여전히 독사의 그것처럼 빛나고 있었지만 처음보다는 많이 가라앉아 있었다.

"그놈 눈깔은 여전하군. 끌끌끌……."

정광이 숨을 고르며 묘하게 웃었다.

비웃는다 느껴졌는지 이를 악문 좌사옹의 이맛살에 서너 개의 주름이 그어진다. 그 모습에 진용이 한 걸음 앞으로 나섰다.

"동창에서 무엇 때문에 밀옥을 뒤지는 겁니까?"

진용의 물음에 좌사옹의 주름이 두어 개 더 늘었다.

보기에는 평범한 서생이다. 그러나 그의 말에 미친 듯이 달려들던 도사가 뒤로 물러났다. 그리고 그의 옆에 있는 금의위 위사. 결코 단순한 내력을 지닌 자가 아니다.

"그대는 누구요?"

진용이 품속에서 명패를 꺼내 들었다.

"금의위 제구소 소장으로 임명된 고진용이라 합니다."

"구소 소장?"

가벼운 놀람이 그의 눈에 떠올랐다. 금의위에는 총 십사소가 있다. 그중 하나의 장이라는 말은 그가 적어도 금의위의 서열 이십 위 안에 든다는 말. 결코 자신의 아래가 아니다.

"나는 동창의 당두 좌사응이라 하오."

"백귀라 불린다 하더군요."

그대를 알고 있다는 말. 좌사응은 진용의 말에 두충을 한 번 바라보고는 다시 진용과 눈을 마주치며 고개를 끄덕였다.

"남들이 그리 부른다 들었소."

"다시 한 번 묻겠습니다. 이곳 밀옥은 그동안 금의위에서 조사하던 곳이었습니다. 한데 무슨 일로 동창이 나선 것입니까?"

좌사응의 가느다란 눈썹이 꿈틀거렸다. 나직하지만 일방적으로 밀어붙이는 말투가 그의 심기를 건드린 듯하다.

"대답하지 않겠다면?"

진용은 무심한 눈으로 좌사응의 독사 같은 눈을 직시한 채 혼잣말처럼 중얼거렸다.

"그럼…… 동창의 흑랑백귀 중 흑랑만 남게 되겠지."

그 말에 좌사응의 눈이 새파랗게 번뜩였다.

"가능할까?"

그가 검을 고쳐 잡았다. 그러자 뒤에 있던 번역들도 일이 심상치 않음을 느끼고 자세를 바로잡았다.

일촉즉발의 상황!

쓰윽, 진용이 앞으로 나아갔다.

좌사옹도 검을 중단으로 올리고 눈을 더욱 가늘게 떴다.

두 사람 사이가 찰나 간에 일 장의 간격으로 좁혀졌다.

바라보던 사람들은 자신들도 모르게 주먹을 움켜쥐었다. 손 안에 배인 끈적한 땀조차 느끼지 못한 채 그들은 한시도 눈을 뗄 수가 없었다. 마치 눈을 떼면 모든 상황이 끝나 있을지 모른다는 생각이라도 드는지.

그때 진용의 입에서 단호하면서도 오금을 저리게 하는 목소리가 흘러나왔다.

"누구든, 앞을 막으면, 용서치 않는다."

"건방진!"

노호성이 터짐과 동시 좌사옹의 손이 움직였다.

번쩍!

지금까지 수십 번의 대소전투에서 한 번도 자신의 의지를 배신하지 않았던 검이었다. 비록 미친 도사와의 몇 수 겨룸에서 밀리기는 했지만, 자신에게 마지막 한수가 남아 있으니 결코 패했다는 생각은 들지 않았다.

그러나 지금 이 순간, 좌사옹은 자신의 눈을 믿을 수 없었다.

콰직!

상대의 어깨를 향해 번개가 무색할 정도의 속도로 뻗어진 자신의 검이 멈추어 있었다. 그것도 검신이 상대의 손에 잡힌 채.

그러나 놀랄 틈도 없이 다가오는 주먹!

좌사웅은 왼손으로 가슴을 막으며 뒤로 한 걸음 물러섰다.

모든 것은 찰나 간에 이루어졌다.

검을 뻗은 것도, 잡힌 것도, 그리고 다가오는 기운을 느끼고 본능처럼 왼손을 들어 막은 것도.

너무도 빠른 격돌. 눈을 빤히 뜨고서 바라보던 사람들조차 제대로 본 자가 몇 없을 정도였다.

쾅!

좌사웅의 왼손 손바닥에 진용의 주먹이 꽂히고 좌사웅의 몸이 뒤로 튕겨 나간 순간, 검을 움켜쥔 진용의 신형도 좌사웅을 따라 움직였다.

좌사웅은 결코 검을 놓을 수가 없었다. 어릴 적부터 검은 그의 생명이었다. 그러니 검을 놓친 그는 살아 있는 것이 아니었다. 자신의 팔이 떨어져 나가는 한이 있어도, 검만은 지켜야 했다.

그는 튕기듯 물러서며 철마각을 휘둘렀다. 상대의 손을 자신의 검에서 떨치기 위함이었다.

하지만 진용은 그의 철마각을 비웃듯이 검을 놓아버렸다. 그러자 좌사웅의 균형이 미세하게 무너졌다. 그거면 족했다.

일 보, 진용은 그림자처럼 좌사웅의 품속으로 파고들었다. 동시에 진용의 우수가 그대로 좌사웅의 가슴에 달라붙었다 떨어졌다.

떵!

"크윽!"

처음으로 좌사응의 입에서 신음성이 흘러나왔다.

비틀거리며 다섯 걸음을 물러선 좌사응은 창백하게 변한 얼굴을 숙여 가슴을 바라보았다. 가슴의 옷자락에는 손바닥 모양으로 구멍이 뚫려 있었다. 그리고 붉게 달아오르긴 했으나 상처 하나 없는 맨살이 구멍 속에 그대로 보였다.

그는 알 수 있었다. 자신은 살아 있어도 산목숨이 아니었다.

좌사응은 처참히 일그러진 얼굴을 들어 진용을 바라보았다. 자신이 이리도 간단하게 패했다는 것을 도저히 믿을 수 없다는 눈빛이다.

"그대는……."

진용은 더 이상 핍박하지 않고 멈추어 서서 좌사응을 마주 직시했다. 더 이상 핍박한다는 것도 그랬다. 상대는 동창의 당두. 더구나 이곳은 황궁 안이다.

"왜 검을 놓지 않은 거요?"

그랬다면 이토록 빨리 끝나지는 않았을 것이다. 진용은 그 것이 의문이었다.

좌사응이 떨리는 눈으로 자신의 손에 들린 검을 내려다보 았다.

"이놈은 내 목숨을 몇 번이나 살려준 놈이오. 한데 내 목숨이 아깝다고 배신을 할 수는 없지 않겠소?"

진용은 기이한 눈으로 좌사웅을 응시했다. 뭔가 사연이 있는 듯했다. 검사에게 있어 검은 목숨과도 같다는 말은 많이 들어본 말이지만 그렇다고 저토록 극단적으로 검을 위하는 사람이 있을 줄은 꿈에도 생각하지 못했다.

하지만 중요한 것은 그것이 아니었다.

"어쨌든 밀옥의 일은 우리 금의위에서 맡겠소. 인정하시겠소?"

좌사웅은 눈살을 찌푸리더니 천천히 고개를 끄덕였다. 힘의 논리와는 또 다른 경우다. 그러나 밀린 이상 방법이 없다.

"제독께서 지시한 일이오. 그러나 싸움에서 졌으니 무슨 말을 하겠소."

"동창 제독께서 직접 지시한 일이란 말이오?"

"그렇소. 그러나 무엇 때문인지는 나도 모르오. 혹시 이 일로 제독께서 도독께 따지지 않으실지 모르겠소."

좌사웅은 자신이 할 말은 모두 했다는 듯 뒤를 향해 소리쳤다.

"모두 돌아간다!"

"당두……."

"책임은 내가 진다."

백귀 좌사웅이 책임진다는데 감히 자신들이 뭐라 하랴. 번역들이 자신의 말에 뒤돌아서자 좌사웅은 진용과 정광을 번갈아 바라보았다.

그리고 미련이 남은 목소리로 입을 열고는 신형을 돌렸다.

"나중에…… 다시 한 번 붙어봅시다."

좌사웅과 동창의 사람들이 떠나간 밀옥은 어수선했다. 그들이 들어낸 서책과 물품들이 여기저기 쌓여 있었다. 이미 적지 않은 물품들을 옮겼는지 남아 있는 것들은 반 정도밖에 되지 않았다.

정광은 재빨리 남아 있는 서책들을 뒤지더니 자신이 원하는 것을 찾았는지 다시 천연덕스럽게 낄낄거렸다.

그러자 진용을 괴물 보듯 바라보고 있던 두충은 궁금함을 참지 못하고 정광의 어깨너머로 정광의 손에 들린 책을 넘겨다보았다. 그러다 그 책의 정체를 알고는 어이없다는 눈으로 정광의 옆모습을 바라보았다.

"참나……."

"너, 그 눈깔 뽑히고 싶지 않으면 빨리 돌려."

밀옥 안으로 들어간 진용의 마음은 무겁기만 했다.

밀옥의 방 안은 깨끗하게 치워져 있었다.

이미 시서화는 떼어져 사라졌고, 장난처럼 긁힌 자국이 있던 회벽은 뭔가로 깨끗하게 문질러져 있었다. 결국 진용이 좀 더 알아보려 했던 것은 남은 것이 아무것도 없었다.

'어제 끝까지 확인해 봤어야 했는데······.'

그렇다고 이제 와서 좌사웅을 쫓아갈 수도 없는 상황이다. 그들에게 묻는다 해서 지워진 글이 다시 나타나지도 않을 테니.

"후우······."

한숨을 내쉰 진용이 밀옥을 나서자 정광이 다가왔다.

"왜?"

그러다 방 안의 광경이 달라진 것을 알고는 눈을 동그랗게 떴다.

"어? 이놈들이 제법 깨끗하게 치워놨는데?"

"너무 깨끗이 치워서 문젭니다."

괜히 실소가 나오는 진용이었다. 좌사웅과 싸우면서까지 밀옥에 대한 주도권을 차지한 이유가 우습게 되어버렸다. 자신의 생각대로라면 동창에서 어떤 식으로든 반발을 해올 터였다. 그러나 이미 벌어진 일.

'별수없지. 내가 한 일에 대해선 내가 책임지는 수밖에.'

진용은 고개를 내저으며 두충을 향해 말했다.

"문연각으로 안내해 주시겠소?"

정광에게서 어렵게(?) 얻은 소녀경을 읽고 있던 두충은 재빨리 책을 정광에게 건네주고 큰 소리로 대답했다.

"알겠습니다, 소장님!"

그는 이제 아는 것이다. 미친 도사 정광도 순하게만 보이는 서생 진용의 말만은 잘 듣는다는 것을. 그러니 어쩌랴. 미친 도사의 손에서 벗어나려면 줄을 잘 서야지.

第 五 章
동창태감 왕효

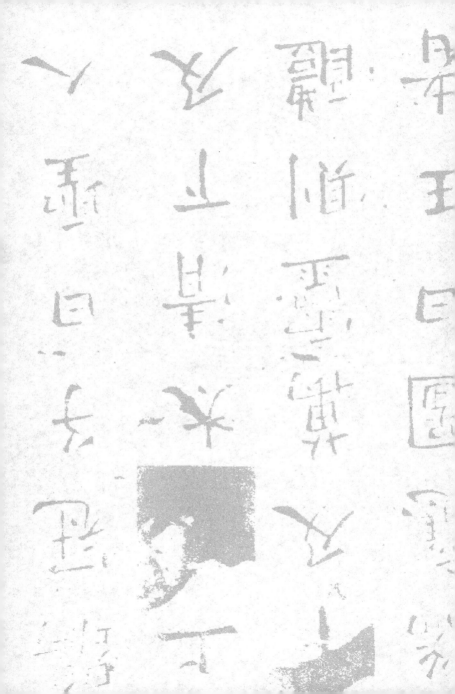

1

    문연각은 황궁의 남동쪽에 세워져 있어 실상 동화문에서
그리 멀지 않은 곳에 있었다.

    거대한 태화전의 지붕을 보며 좌측으로 꺾어지자 이층으
로 지어진 몇 채의 건물이 줄지어 서 있었다. 만나는 대부분
의 사람들이 황궁을 수비하는 어림군이나 금의위들, 아니면
바쁘게 움직이는 품계가 낮은 관리들이 대부분이었다. 두충
은 그들을 향해 가볍게 고개를 끄덕이며 아는 체를 했다.

    그렇게 도착한 문연각은 보는 것만으로도 사람을 질리게
만들었다.

    문연각 안으로 들어가자 보이는 것은 온통 책뿐이다. 수많

은 문서와 서책들의 양만도 가히 십만 권에 다다른다는 말이 있을 정도였으니 질리지 않을 수가 없었다.

그 정도 서책을 관리하자면 한두 명의 학사로는 어림도 없는 일. 아나나 다를까, 안팎으로 십여 명의 학사가 여기저기서 서책을 정리하며 분주히 움직이고 있었다.

진용은 그중에서도 책상머리에 앉아 뭔가를 쓰고 있는 자에게 다가갔다. 그러자 오십 정도 되어 보이는 장년의 학사가 붓질을 멈추고 고개를 들었다.

그는 진용 일행을 묘한 눈으로 바라보았다.

한 명의 서생, 금의위 복장의 위사. 그리고 중년의 도사. 어느 누가 보아도 특이한 일행이었던 것이다.

"무슨 일이신가?"

장년 학사의 물음에 두충이 나섰다.

"이분은 금의위 제구소의 소장님이십니다. 도독의 명으로 몇 가지 알아볼 것이 있어서 왔습니다. 도독께서 전갈을 했다 들었습니다만……."

금의위의 소장이라는 말과 도독의 명이라는 말에 학사는 안색이 급변했다.

"아! 그렇지 않아도 아침 일찍 연락을 받았네. 그래, 반출되었던 고서에 대해 알고 싶다고 하셨던가?"

진용이 고개를 끄덕였다.

"그렇습니다."

학사가 조금은 비웃는 듯한 표정으로 말했다.

"대부분이 고서들이라 보기가 쉽지 않으실 텐데……."

진용은 학사의 비웃는 듯한 말에 주위에 쌓인 책들을 둘러보며 아무렇지도 않게 입을 열었다.

"어느 정도는 각오하고 있습니다. 그저 귀갑문자나 과두문 같은 글로만 적혀 있지 않기를 바랄 뿐이지요. 그 글자들은 아직 완전히 익히지 못해서 말입니다."

진용의 말에 학사의 얼굴이 놀라움으로 물들었다. 진용의 말대로라면 귀갑문자나 과두문조차 조금은 익혔다는 말이 아닌가.

"허, 젊은 사람이 어찌 그런 고대 문자를……."

"그 책자를 내간 사람은 양 태감이지만 읽은 사람은 다른 사람이었지요?"

학사가 당연하다는 듯 대답했다.

"그대 말이 맞네."

진용은 잠시 생각을 하는 듯하더니 무슨 생각에선지 자신의 정체를 순순히 밝혔다.

"그분이…… 제 아버님이십니다."

순간 학사의 입에 딱 벌어졌다. 정광도 놀란 눈으로 진용을 바라보았다. 진용이 너무 쉽게 자신의 정체를 드러내는 것처럼 보인 것이다. 하지만 학사의 놀람에 비하면 정광의 놀람은 아무것도 아니었다.

"그럼 자네가 고 학사의 자식이란 말인가?"

뜻밖에도 격한 반응이다.

진용은 의아한 눈으로 학사를 바라보았다. 목적한 바가 있어 아버지에 대한 것을 밝혔지만 이렇듯 감격에 가까운 반응을 보일 줄은 생각도 못했던 터였다.

"제 아버님을 아십니까?"

"허, 허허허. 종 학사가 입에 침이 마르게 이야기를 해서 모르는 학사들이 없다네. 고 학사가 이 나라 최고의 고대 문자 전문가라는 것을 알 만한 사람은 다 알지. 이거 정말 반갑구먼."

진용은 자신도 모르게 코끝이 찡해졌다.

"저는 고진용이라 합니다."

"나는 여소문이라 하네. 종 학사와는 동문이지. 허, 정말 아까운 사람들이었는데…… 쯔쯔쯔……."

혀를 차는 여소문의 표정에는 진정으로 고중헌과 종상현을 생각하는 마음이 그대로 드러나 있었다. 하지만 언제까지나 인사만 나누고 있을 수는 없는 일, 진용은 자신이 이곳에 온 이유를 밝혔다.

"아시겠지만 사실 제가 그 책들을 보고자 하는 것도 아버지의 일 때문입니다."

"그 일이라면 얼마든지 도와주겠네. 잠시만 기다려 보게."

여소문은 잠시 기다리라는 말을 하고는 대답도 기다리지

않고서 안쪽에 대고 소리쳤다.

"이보게들! 모두 이리 와보게나!"

안쪽에서 서책을 정리하고 있던 사람들이 모두 고개를 돌리고 여소문을 바라보더니 웅성거리며 밖으로 나왔다.

"무슨 일인데 그러십니까, 여 공?"

그러자 여소문은 한쪽에서 제법 두터운 책자를 꺼내더니 빠른 손놀림으로 책장을 넘겨 뭔가를 찾기 시작했다.

"옳지, 여기 있군."

그러다 자신이 원하는 것을 찾았는지, 그는 다가온 사람들에게 손에 들린 책자를 보여주었다.

"지금부터 여기에 적혀 있는 책들을 찾아보게. 모두가 고서들이고 전에 나갔다 들어온 이후 다시 나가지 않았으니 찾는 게 그리 어렵지는 않을 거야."

"고서요?"

"그렇다네. 하하하, 여기 이 사람이 누군지 아나? 놀라지 말게. 이 사람이 바로… 얼마 전에 사라진 고 학사의 아들이라는군. 자네들도 종상현이 말한 고 학사에 대해서 잘 알지?"

"예? 저 친구가 고 학사의 아들이라고요?"

"맞아. 그리고 금의위의 백호장이기도 하지."

금의위란 말에 모두가 놀란 눈으로 진용을 바라보았다. 그러자 여소문이 말을 이었다.

"양 태감이 수년에 걸쳐 고 학사에게 고서를 가져다줬다는 사실은 다들 잘 알 거야. 자네들이 찾을 것은 바로 그 책들이 네. 뭐 하나? 빨리들 찾아보게."

"예, 알았습니다."

일각이 넘어가자 진용의 앞에는 근 백여 권에 달하는 책자 가 수북이 쌓였다.

설마 그토록 많으리라곤 생각을 못했던 진용이 난감한 표 정을 지을 때쯤, 여소문이 세 권의 책자를 내려놓으며 말했 다.

"흠, 대충 삼 할 정도는 찾아낸 것 같군."

맙소사! 이게 삼 할이라고?

어떤 책은 십여 장 안팎에 불과하지만, 어떤 책은 두께만 족히 반 뼘이나 되었다. 백여 권만으로도 탁자가 가득 찰 정 도다. 그런데도 책은 자꾸만 불어난다.

진용이 여소문에게 말했다.

"이 책들을 모두 살펴보려면 시간이 좀 걸릴 것 같습니다. 한 번에 가지고 나갈 수도 없을 테니 일단 한쪽에 쌓아두고 이곳에서 천천히 보고 싶습니다만."

여소문도 막상 책을 쌓아놓고 보니 너무나 많은지라 겁날 지경이었다. 그는 어색한 표정을 지으며 고개를 끄덕였다.

"맘대로 하게. 반출만 하지 않는다면 그리 문제가 되지는 않을 걸세."

그때 정광이 질린 표정으로 진용에게 물었다.

"정말 저 책들을 모두 살펴볼 생각인가? 으휴, 한 권 한 권 살핀다는 것이 장난이 아니겠는걸."

"어쩔 수 없지요."

그건 그랬다. 진용 자신만이 아는 뭔가를 찾아야 할 테니 다른 누구에게 도와달란 말도 할 수가 없었다. 다행히 진용은 책과 씨름할 준비가 되어 있었다, 그것이 아버지를 찾을 수 있는 길이 될지도 몰랐기에.

다시 이각가량이 지나서야 여소문이 마지막 책자를 내려놓았다.

"다 가져왔네. 제법 되는군."

제법 정도가 아니다. 책자는 모두 삼백삼십 권에 달했다.

"이제 시작하죠."

진용의 말에 정광의 눈이 동그래졌다.

"……나도?"

"일단 크고 작은 것, 두껍고 얇은 것, 오래된 것과 최근 것 등으로 분류만 해주세요. 그리고 내용에 대한 것은 그 다음에 분류를 하고요."

"내, 내용까지……?"

결국 조금씩은 다 읽어봐야 한다는 말, 끝내 정광의 눈은 질린 회색빛으로 물들어 버렸다.

사람들은 수북이 쌓인 책자를 하나하나 읽어가는 진용을
보며 혀를 내둘렀다. 자신들도 책을 좋아하는 학사들이지만
진용처럼 한자리에 앉아서 하루 종일 책만 들여다볼 자신은
없었다.

한데 그게 하루 이틀도 아니다.

아침이면 어김없이 나타나서 책을 붙들고 한자한자 파고
든다. 그러다 밤이 되어서야 문연각을 나섰다.

처음에는 하다 말겠지 했던 학사들조차 이제는 진용을 보
는 눈이 달라져 있었다.

삼 일째 되던 날이었다. 진용이 점점 빠른 속도로 책을 읽
자 그런 진용을 보고 학자 한 사람이 코웃음 쳤다. 저렇게 읽
어서 한 자나 제대로 이해하겠느냐고. 그러면서 그는 책의 내
용에 대해 진용을 시험해 봤다. 그리고 그 이후로 그는 진용
의 맹렬한 지지자가 되었다.

그가 어찌 알까. 진용이 마법을 써서 책의 모든 내용을 머
릿속에 집어넣고 있다는 것을. 글자뿐 아니라 심지어 얼룩진
자국까지.

학사들은 그런 진용을 가리켜 책귀신, 서귀라 불렀다.

닷새째 되는 날 저녁 무렵, 진용은 마지막 책을 내려놓고
허공을 올려다봤다. 옆에서 진용이 읽은 책을 정리하던 정광

이 물었다.

"못 찾았나?"

"예, 아무것도……."

힘없는 목소리가 진용의 입에서 흘러나왔다.

오 일간 책과의 싸움은 별다른 소득 없이 끝이 났다.

너무도 허망했다. 나름대로 배운 것이 있으니 소득이 정 없는 것은 아니지만 그건 별개의 문제였다. 자신이 지식을 얻고자 책을 파고든 것이 아니질 않는가.

'대체 아버지는 이 책들 속에서 무엇을 얻고자 하신 걸까?'

혹시나 숨겨진 글이 있나 찾아봤다. 그러다 나중에는 여소문 몰래 촛불에 대고 비쳐 보기도 했다, 행여나 영문자 놀이처럼 숨겨진 글자가 없나 하고. 그러나 그조차도 보이질 않았다.

한 가지 의문이라면 이 많은 책들 중 삼십여 권은 고가장에도 있는 책이라는 점이다.

이미 몇 번씩 본 책들을 뭣 때문에 또 보신 걸까?

알 수가 없다, 알 수가…….

"후우……. 포기해야 하나?"

한참을 더 그렇게 앉아 있던 진용은 정광의 안타까워하는 목소리에 자리에서 일어났다.

"어떻게 하겠는가? 더 있을 건가?"

밖은 이미 어스름이 몰려오고 있었다. 이제 문연각의 문이 닫힐 시간이다.

진용은 씁쓸한 표정으로 탁자에 쌓인 책들을 바라보고는 천천히 뒤돌아섰다.

"공연히 수고만 끼친 것 같습니다."

"별말을……. 자네가 목적한 바를 이루지 못한 것 같아 마음이 답답할 뿐이네."

"어쩔 수 없지요. 제가 너무 쉽게 얻으려 했나 봅니다."

"아니야, 그 정도 정성을 쏟았으면 자네로선 최선을 다한 걸세. 누구도 자네가 쉽게 얻으려 했다고 생각하지 않을 것이네."

그래 봐야 뭐 하나, 결국은 얻은 것이 없는 것을.

진용이 일어서자 여소문이 다가왔다.

"아무래도 제가 찾고자 하는 것이 여기에는 없는 것 같습니다."

"저런, 꼭 찾았으면 했는데……."

"마음만으로도 감사합니다. 그럼 저희는 이만……."

진용은 여소문의 도움에 감사하는 마음으로 고개를 숙이고는 밖으로 나가기 위해 걸음을 옮겼다.

실망감, 아쉬움, 복잡한 표정을 안으로 갈무리하고 걸어가던 진용은 여소문이 일을 보는 책상을 지나치려다 무심코 돌린 눈에 책자 하나가 보이자 걸음을 멈췄다. 자신이 닷새간

본 책자들의 목록이 적혀 있는 바로 그 책자였다.

그 책자는 여소문이 보던 그대로인지라 당연히 이쪽에선 거꾸로 보일 수밖에 없었다. 한데 진용이 미련이 남은 눈으로 그 책을 바라보고는 고개를 돌리려 할 때다. 한동안 조용히 있던 세르탄이 갑자기 외마디 소리를 내질렀다.

'어?'

처음에는 무시하고 그냥 나가려 했다. 그러나 지금은 지푸라기라도 잡고 싶은 심정이다.

'세르탄, 왜 그래? 귀신만 볼 수 있는 뭐라도 봤어?'

"시르! 마계의 대전사를 꼭 그렇게 저급한 귀신 취급 할 거야?!'

'소리만 지르지 말고 말해봐. 뭐야? 말 안 하면 나 간다?'

진용이 말하며 바로 입구로 몸을 돌리자 세르탄이 빠르게 되물었다.

'시르, 이곳에선 글자를 세로로 쓰지만 이계에선 가로로 쓰는 것 알지?'

'나도 그쯤은 알아. 그래서, 하고 싶은 말이 뭔데?'

'저 책에 적힌 목록을 잘 봐봐.'

진용은 슬쩍 고개를 돌려 여소문의 책상 위에 있는 책자를 바라보았다.

진용의 눈이 그 책자를 향하자 여소문이 입을 열었다.

"더 볼 것이 없다면 다시 정리해 놓으려고 하네. 언제든 다시 보고 싶으면 찾아오게나."

건성으로 고개를 끄덕인 진용은 묘한 기분에 사로잡혀 그 책이 놓인 탁자를 향해 다가갔다. 그러자 세르탄이 다시 말했다.

'가로로, 이계의 문자를 읽듯이.'

그 책에는 빌려간 책의 제목과 누가 그 책을 가져갔는지 등이 상세히 적혀 있었다.

진용이 뚫어지게 그 책을 바라보자 여소문이 물었다.

"왜? 보지 않은 거라도 있는가?"

문득 진용이 눈을 크게 떴다. 그러자 세르탄이 다시 말했다.

'가로로, 이계의 문자를 읽듯이.'

'가로, 좌에서 우로?'

책이 거꾸로 놓여 있으니 자연스럽게 첫머리부터 순서대로다. 한순간, 진용의 눈이 가늘게 떨렸다.

"설마……? 이 책 좀 봐도 되겠습니까?"

그런 진용을 여소문은 의아한 눈으로 바라보았다.

"그거야…… 마음대로 하게. 한데 그 목록에 적힌 책 중 빠진 책은 없는 것으로 아네만."

물론 없었다. 그러나 진용이 보고자 하는 것은 단순히 책의 목록이었다.

정확히는 그 책의 제목. 그리고 첫 번째 글자. 가로로 주욱…….

신서, 좌전, 시경, 서경, 논어, 문자궤범, 귀장 등등…….

진용의 얼굴에 슬며시 어이없어하는 웃음이 떠올랐다.

우습지 않게도 아버지가 고서를 바란 것은 그 책 자체가 아니었다. 아버지가 바란 것은 바로 책 자체의 제목이었다. 그것도 제목의 첫 글자를.

신, 좌, 시, 서, 논, 문…….

새롭게, 좌측 시서의 글을 논하여…….

문연각의 책이 들고날 때마다 철저히 기록을 한다는 것을 알고 있는 아버지는, 만일 진용이 황궁에 들러 자신에 대한 것을 탐문할 경우 분명 고서에 대한 것을 알아보려 할 것이고, 그렇다면 고서의 목록을 볼 거란 생각을 한 것 같다.

아니면 종 숙부라도 알아보고 말을 전해주기를 바랐던지.

비록 그 가능성이 극히 적다 해도 아버지는 희망을 가지고 싶었을 것이다. 아버지는…….

어쨌든 자신의 생각이 맞다면 이걸로 확실해졌다.

아버지는 이미 탈출할 생각을 하고 계셨다. 그리고 탈출했다.

밀옥의 시서화와 회벽에 쓰여 있던 글, 득(得), 결(訣). 얻을 것이 무엇이겠는가, 십 년에 걸쳐 파고든 것이 건곤흡정진혼결인 것을. 게다가 그 시서화에 쓰인 글을 풀이하면 건곤의 깨달음을 말하는 것이 아니던가.

하나는 하늘이요, 또 다른 하나는 땅이다. 그리고 둘을 얻으며 세 번째인 스스로의 몸도 깨우쳤다는 뜻.

그렇다면 아버지는 정녕 그 지독한 마공을 익히셨다는 말인가? 그것도 자신보다 월등한 경지까지?

하긴 자신처럼 망설이며 익힌 경우와는 또 달랐을 것이다. 만일 아버지가 익히고자 했다면, 아버지는 필사적으로 익혔을 것이다. 그리 생각하면 자신보다 월등히 높은 경지도 충분히 가능한 일이다.

하지만 한 가지 의문이 남는다.

진정 스스로 탈출하셨다면, 왜 아버지는 집에 돌아가시지 않았을까? 혹시 추적이 있을지 모른다 생각하셨을지라도 삼왕이 실권했다는 것을 알았다면 한 번쯤 들르셨어야 할 것이 아닌가 말이다.

대체 어디로 가신 것일까.

답답하지만 그 이상을 알 수는 없었다. 그런 한편으로는 일단 그 정도 안 것만으로도 조금이나마 안심이 되었다.

어디에든 살아 계시기만 하다면…….

눈물이 나오려는 것을 참고 진용은 세르탄에게 고마움을 표했다. 세르탄이 아니었다면 아쉬움만 안고 끝났을지도 모를 일이 아닌가.

'세르탄.'

'응?'

'고마워. 정말이야.'

'흐……. 뭘 그 정도야 이 세르탄님이 마음만 먹으면…….'

그럼 그렇지. 한 건 했으니 가만있을 리가 없지.

그래도 세르탄이 고맙긴 고마웠다. 그래서 말했다.

'뭐 먹고 싶어? 뭐든 사줄게.'

'……시르! 먹는 건 네가 먹잖아!'

크크큭.

'그럼 원하는 게 뭐야? 뭐든 말해봐.'

진용이 웃으며 다시 묻자 세르탄이 주저하며 말했다.

'저기…… 저 엉터리 도사의 가슴속에 있는 소녀경인가 뭔가 하는 책 좀 보면 안 될까?'

그 말에 절로 한숨이 나오는 진용이었다. 생각 같아선 보여주고 싶은 마음이다. 물론 보여주기 위해선 자신도 봐야 한다. 뭐, 그 정도야 감수한다 치자. 자신도 다 컸으니까. 하지만…….

'후우……. 세르탄. 너를 위해서 하는 말인데, 너는 안 보는 게 나아. 그렇게만 알아.'

'……?'

한편 정광은 안타까워하는 눈으로 진용을 바라보았다.

진용이 목록을 적은 책을 보더니 갑자기 경극 배우마냥 천변만화하는 표정을 짓고 있다. 며칠간의 고생이 헛수고로 돌아가니 혼란을 느끼는 것이 아닌가 싶다.

정광은 자신의 일처럼 가슴이 아팠다. 저러다 미치는 것은 아닌지, 그로선 진정으로 걱정이 되지 않을 수가 없었다.

"이봐, 괜찮은가? 너무 염려하지 말게. 별일이야…….'

한데 정광이 진용에게 위로의 말을 할 때다. 진용이 자신을 바라보더니 한숨을 내쉬는 것이 아닌가.

"휴우……."

"왜?"

그러다 문득 진용의 눈이 자신의 가슴을 바라보고 있다는 것을 느낀 정광은 고개를 숙여 가슴을 내려다봤다. 가슴에서 살짝 빠져나온 책의 제목 첫 글자가 옷깃 사이로 보이고 있다.

소(小)…….

"어? 이게 왜 나왔지? 깊숙이 넣어놨는데……."

3

어둠이 자금성을 덮어오자 사방에서 불이 밝혀지기 시작했다.

그 광경은 언제 보아도 감탄이 절로 나왔다. 지붕의 황금빛이 더욱 짙은 붉음으로 빛나고 있다. 화려한 기둥과 백옥으로 빛은 조각상들은 마치 살아서 황궁을 지키기 위해 포효하는 것만 같다.

진용은 정광과 함께 문연각을 나오자마자 구소로 향했다.

아침과 저녁, 하루에 두 번씩 며칠째 다니다 보니 구소와 문연각 사이를 지키는 황궁의 위사들은 모두가 진용과 정광을 알고 있었다.

일각이 지나 구소가 있는 전각에 들어가려 할 때였다.

두충이 진용을 보더니 부리나케 뛰어나왔다, 매우 당황한 표정으로.

"소장님, 잠깐만요."

"무슨 일로 그러십니까?"

두충은 힐끔 전각 안을 바라보더니 자그마한 목소리로 말했다.

"동창에서 첩형이 와 있습니다."

"첩형? 지금 말입니까?"

제독태감 밑에서 실질적으로 동창을 움직이는 자들이 바로 두 명의 첩형이다. 금의위로 따지면 진무사와 동등한 지위. 그러한 만큼 그들의 위세는 육부의 시랑이라 해도 함부로 할 수 없을 정도로 대단했다. 한데 그런 첩형이 직접 자신을 찾아왔단다, 그것도 해가 진 저녁에.

"무엇 때문에 왔답니까? 혹시…… 저번 일 때문에?"

좌사웅과의 일이 아니라면 올 일이 뭐가 있을까. 한데 두충
의 표정이 묘하게 느껴진다.

"그게…… 그 일이 아닌 것 같은데요?"

아니다? 하긴 그런 일로 저녁에 찾아온다는 것 자체가 이
상하다. 게다가 이미 닷새나 지난 일이 아니던가.

진용의 표정이 의아한 가운데 기이하게 변했다. 마치 뭔가
를 짐작이라도 하고 있는 것마냥. 그러자 뒤에 서 있던 정광
이 별걸 다 고민한다는 투로 말했다.

"일단 들어가 보자구. 뭔 일인지 들어보면 알 텐데 뭐 하러
고민하는가?"

하긴 그랬다. 일단 부딪쳐 보고 볼 일이다, 그들이 무슨 일
로 왔든.

"들어가죠."

안으로 들어가자 나이를 짐작키 힘든 중년의 환관이 의자
에 앉아 있었다. 불빛 때문인지 분을 바른 얼굴이 더욱 하얗
게 보였다. 그가 바로 첩형인 듯했다. 그리고 그의 좌우로는
두 명의 당두가 서 있었다.

진용이 들어가자 앉아 있던 중년의 환관이 웃음 진 얼굴로
입을 열었다.

"그대가 구소의 소장인 고진용인가?"

가느다란 목소리. 마치 여인의 음성처럼 들려온다. 오만함

이 몸에 배어 말꼬리가 흐트러진다.

"제가 고진용인 것은 맞습니다만……."

"나는 동창의 첩형 조산명이라 하네."

진용은 비례(非禮)가 되지 않을 정도로 가볍게 고개를 숙였다.

환관이라면 양 태감 때문에라도 그리 반갑지 않은 자들이었지만 황궁에 있을 동안만큼은 어쩔 수 없었다, 육두강의 체면을 생각해서라도.

"첩형께선 무슨 일로 저를 찾아오신 것인지요?"

그렇다고 말투마저 공손히 나오지는 않았다.

아니나 다를까, 두 명의 당두 중 바싹 마른 몸매에 얼굴이 기다란 자가 싸늘한 눈으로 진용을 노려보았다. 진용의 말투나 태도가 마음에 들지 않는다는 듯한 눈빛이다.

하지만 진용은 본 척도 않고 조산명의 답을 기다렸다.

조산명은 물끄러미 진용을 바라보더니 재미있는 장난감을 발견한 아이마냥 환하게 웃었다.

"백귀에게 그대에 대한 이야기를 들었지. 저 쇠 신발을 휘두르는 괴상한 도사와 그대에게 꼼짝도 못하고 당했다 하더군."

역시 그 일 때문인가?

이 시간에 찾아온 이유가 그 때문이라면 동창도 그리 대단할 것은 없는 것 같았다. 다른 이유로 찾아왔기를 바랐거늘.

"그 일을 따지시러 오신 겁니까? 조금 늦게 오셨군요."

눈빛을 빛내던 당두가 참지 못하고 싸늘한 음성으로 입을 열었다.

"그대, 첩형께 예의를 차려라."

진용의 눈이 그자를 향했다.

"나는 최선을 다하고 있는 거요. 그리고 내가 아는 대로라면 여긴 내 관할, 그대가 설칠 곳이 아니오."

"뭐야?"

두 사람의 신경전이 점점 더해가자 조산명이 하얀 손을 치켜들었다.

"석 당두, 그만."

그러자 발끈해서 금방이라도 덤벼들 것 같던 석 당두란 자가 한순간에 순한 양이 되어버렸다.

말 한마디로 석 당두란 자를 제지시킨 조산명이 여전히 웃는 얼굴로 말했다.

"흘흘, 조금 전에 그 일을 따지러 왔느냐고 물었는데, 내가 미처 답을 못했군. 분명히 말하지, 나는 그 일을 따지러 온 것이 아닐세."

아니라고? 그럼……?

의아해하던 진용의 눈빛이 깊숙한 곳에서 한순간 번개처럼 스쳐 지나갔다.

그때 조산명의 입이 천천히 열렸다, 탐색하는 눈빛을 번뜩이며.

"시간이 늦었으니 단도직입적으로 묻겠네. 자네가 고 학사의 아들이라는 말을 들었는데……. 맞나?"

진용은 아무런 감정도 느껴지지 않는 눈으로 조산명을 바라보았다. 그러나 속마음까지 그런 것은 아니었다. 그의 속마음은 만족감으로 차 오르고 있었다.

'역시 그것이었군.'

다른 누구에게도 말은 하지 않았지만, 자신이 그 사실을 문연각의 학사들에게 흘린 데는 목적이 있었다. 그런데 그 목적이 서서히 씨앗을 피우기 시작했다.

지금은 모든 줄이 끊어져 있는 상황. 육두강의 말에 따르면 양 태감은 사라졌고, 삼왕도 구금되어 있어야 할 삼왕부에서 행방을 감춘 상태라 했다. 하니 자신이 누군가를 알려놓으면, 누군가가 찾아오리라 생각했던 것이다. 그리고 동창 역시 진용이 생각한 그 누군가 중에 하나였다. 다만 생각보다 빨리 온 것이 마음에 걸릴 뿐.

"과연 동창이군요. 한데 그것이 무슨 문제라도 있습니까?"

조산명이 고개를 저었다.

"아니, 문제라고 할 것은 없네. 단지 그 때문에 제독태감께서 자네를 보자 하시는 것일 뿐이네."

"제독태감께서 저를 말씀이십니까?"

"그렇다네. 흠, 어떤가? 지금이라도 상관은 없네만."

진용은 조금도 망설이지 않고 천천히 고개를 내저었다.

"저는 금의위 소속이지요. 일단은 도독께 보고를 드리는 게 순서일 듯합니다. 그 정도는 제독태감께서도 이해하실 거라 생각이 드는군요. 게다가 시간이 늦었습니다."

조산명은 흔쾌히 고개를 끄덕였다.

"그거야 당연한 일이겠지. 흠, 그럼 늦었으니 나는 이만 가보겠네."

조산명이 일어서자 한마디 말도 없이 제자리만 지키고 서 있던 얼굴이 검은 당두가 조산명과의 거리를 좁혔다.

그때 조산명이 뭔가를 잊었다는 듯 입을 열었다.

"아! 이 사람은 우위양이라 하네. 사람들은 이 사람을 흑랑이라고 부르지."

흑랑 우위양. 백귀 좌사웅과 함께 흑랑백귀로 불린다는 자.

그가 짙게 그늘진 눈으로 진용을 노려보았다. 아무래도 백귀 좌사웅이 이토록 평범해 보이는 서생에게 졌다는 것을 믿기 힘들다는 눈빛이다.

진용도 새삼스런 눈으로 우위양을 바라보았다.

강하다. 적어도 좌사웅보다 한 수 위의 고수다. 하나 그뿐이다. 진짜로 강한 자는 따로 있다. 바로 저자! 조산명!

진용의 눈길이 조산명에게로 돌아가자 조산명이 묘한 눈빛을 지었다.

"그리고…… 내가 이 밤에 찾아온 것은 꼭 좀 전의 일 때문만은 아니라네. 사실 자네란 사람이 너무 궁금해서 참을 수가 없었거든. 흘흘흘……."

그는 기묘한 웃음을 흘리며 다시 걸음을 옮겼다.

"내일 보세."

이야기를 나눈 시간은 반 각도 되지 않았다. 그러나 그 짧은 시간에 진용은 동창에 대해 최소한 한 가지만큼은 알 수 있었다.

생각보다 상대하기가 까다로운 곳이 바로 동창이라는 것.

"그놈 제법인데? 자신의 기운을 숨길 줄 알다니."

정광도 조산명의 숨은 능력을 알아본 듯하다.

"그래도 도장님만은 못합니다."

"그야 당연하지!"

두충은 어이가 없었다. 두 사람이 강하다는 것은 자신도 어느 정도는 인정을 한다. 그러나 첩형 조산명이 누군가?

알 만한 사람은 다 안다, 동창의 제일고수가 바로 조산명이라는 것을.

금의위를 통틀어도 조산명과 대등하게 싸울 수 있는 사람은 단 한 명밖에 없다. 대내제일고수라 불리는 북진무사 송시명이 바로 그다. 그런 조산명을 자신의 아래로 취급하다니.

'젠장, 이러다 내가 제명에 못 죽지.'

4

　아침 햇살이 자금성의 지붕을 황금빛으로 물들일 즈음, 공
손각의 집무실에서는 세 사람이 머리를 맞대고 있었다.

　"조산명이 구소로 찾아왔다고?"

　공손각이 무덤덤한 표정으로 찻잔을 들며 육두강에게 물
었다.

　"어젯밤에 찾아왔다 합니다, 도독. 고 공자가 문연각의 일
을 다 마치고 나오는 시간에 맞춰서 말입니다."

　"흠, 문연각에 동창의 사람이 있다는 것은 당연한 일이라 할
수 있지. 어쨌든 왕 태감이 잔뜩 벼르고 있는 것 같은데…….
어찌 생각하나?"

　"왕 태감의 뱃속에는 능구렁이가 열 마리는 들어 있을 겁
니다. 도독, 고 공자가 과연 그 능구렁이를 상대할 수 있다고
보시는지요?"

　공손각은 찻잔을 내려놓으며 빙그레 웃었다.

　"쉽지는 않겠지. 그러나 쉽게 당하지도 않을 거네. 처음에
만났을 때 그가 날 궁지로 몰아넣는 것을 자네도 봤지 않은
가? 허허허허."

　그러고 보니 그동안 진용을 너무 어리게만 생각했었다. 무
공이 높다는 거야 어느 정도 알고 있었지만, 사실 백귀가 진
용에게 졌다는 말을 듣고 놀란 육두강이 아니었던가.

'어쩌면 내가 아직 모르는 것이 많을지도 모르겠구나.'

육두강은 진용에 대한 판단을 처음부터 다시 해봤다. 진용이 과거부터 알던 고진용이 아닌 처음으로 만난 사람이라 생각하고서. 그러자 진용의 새로운 점이 몇 가지 머릿속에 그려졌다. 사실 새롭다고 하기도 뭐한 그런 점들이.

처음에 만났을 때의 너무도 태연한 표정. 황궁에 들어와서의 행동들. 금의위 도독을 대면하고서도 자신의 생각을 조금도 흔들리지 않고 말하던 모습. 특히 정광이 그를 대하는 태도 등은 자신이 왜 여태 그런 모습들을 간과했는지 모를 정도였다.

육두강은 일단 모든 것을 가능한 방향으로 생각하기로 했다.

"도독, 왕 태감이 정말로 우리가 원하는 사실을 알고 있다고 생각하십니까?"

"정확히 알지는 못해도 뭔가 단서는 가지고 있을 것이네."

그때였다. 옆에서 두 사람의 이야기를 듣고만 있던 중년의 무장이 조용히 입을 열었다.

"그자가 저희 금의위에 들어온 게 겨우 이레 남짓인데 도독께선 그를 너무 믿으시는 것은 아니신지요?"

공손각이 빙그레 웃었다.

"그를 믿는다기보다 그를 키운 사람들을 믿는다는 말이 맞을 거네. 물론 그라는 사람도 절대 무시할 수 없지만."

"예?"

"송 진무사, 자네도 그의 아버지인 고 학사에 대해선 들은 말이 있을 것이네."

송씨 성의 진무사라면 두 명의 진무사 중 북진무사 송시명을 말함이다, 금의위제일고수라는. 그렇다면 공손각과 육두강의 앞에 앉아 있는 사람이 바로 그란 말.

"듣긴 했습니다만, 그가 그리도 뛰어난 사람이었습니까?"

공손각이 천천히 고개를 끄덕였다.

"무려 십 년일세. 십 년간 동창의 위협에 굴하지 않고 밀옥에 갇힌 채 삼왕과 동창을 들들 볶을 사람이 천하에 몇 사람이나 될 거라 생각하는가?"

송시명의 표정이 굳어졌다. 자신이 그런 경우라면 과연 굴복하지 않는다고 자신할 수 있을까? 솔직히 자신이 없다.

송시명의 마음을 엿보았는지 공손각이 여전히 웃음 띤 얼굴로 말을 이었다.

"그리고 그 아들은 여덟 살 어린 나이에 아버지가 무슨 죄를 지었는지 확인하겠다며 자신의 발로 뇌옥에 들어간 아이였지."

"으음……."

상상이 되지 않는지 송시명이 침음성을 흘렸다.

"그런데 더 기가 막힌 것은 말이야…… 그 두 사람이 그 어떤 권력의 도움도 받지 않고, 그 누구도 빠져나가지 못한다는 곳을 빠져나갔다는 것이네. 어떤가? 그들이 대단한 부자간이라는 생각이 안 드나?"

송시명은 어안이 벙벙한 표정으로 공손각을 바라보았다.

"무슨 말씀이십니까? 고 백호장은 사면이 되어 풀려난 것으로 알고 있습니다만……?"

육두강이 쑵쓸한 웃음을 지으며 말했다.

"저도 처음에는 그리 알았습니다, 진무사. 하나 그러기에는 그가 너무 빨리 북경에 나타났습니다. 설사 하늘을 나는 재주가 있다 해도 불가능한 일을 그는 해낸 거지요. 사면장이 천궁도에 겨우 전해졌을까 말까 할 때 그는 북경에 도착했으니 말입니다. 그렇다면 가능성은 한 가지뿐이지요. 사면장이 도착하기 전에 그는 천궁도를 빠져나왔던 것입니다."

"허……"

어이가 없는지 송시명이 입을 쩍 벌렸다.

이미 사면장이 떨어진 그는 더 이상 죄수가 아니었다. 그러니 이제 와서 탈출에 대한 죄를 따질 수도 없었다. 더구나 중요한 것은 그가 죄수이고 아니고가 아니었다.

그는 그제야 공손각이 왜 고진용이라는, 이제 스물도 되지 않은 어린 서생을 그리도 높게 평가하는지를 알 수 있었다. 그런 한편으로는 은근히 그에 대한 호기심도 커져만 갔다.

더구나 그가 백귀를 물리쳤다고 하지를 않던가.

"그가 그 정도의 능력이 있다면 가능할 것도 같군요."

송시명마저 자신들의 생각에 찬성표를 던지자 공손각의 웃음이 더욱 짙어졌다. 마치 송시명의 생각을 잘 안다는 듯.

"그가 곧 올 거네. 보면 아마 자네도 마음에 들 거야. 그런 눈을 가진 젊은이를 본다는 것은 즐거운 일이거든."

그의 말이 떨어지기 무섭게 밖에서 위사의 목소리가 들려왔다.

"도독께 아룁니다. 두 분 백호장께서 오셨습니다."

진용은 방으로 들어가자 금의위에 들어와 처음 본 사람이 공손각과 마주 앉아 있는 것을 보고 그가 적어도 천호장 이상의 신분을 지닌 자임을 알 수 있었다. 하지만 그는 육두강이 입을 열자 곧바로 자신의 생각을 수정해야만 했다.

"인사드리게. 북진무사 어른이시네."

북진무사 송시명. 두충에게서 귀에 딱지가 얹히도록 들은 이름이었다.

"고진용입니다."

"나는 송시명이라 하네."

역시 그다.

"자네에 대한 말은 많이 들었지. 얼마 전에 백귀를 눌렀다는 말을 듣고 만나보고 싶었네."

한데 말하는 표정이 어째 한 번 붙어보자는 표정이다.

정광도 그런 느낌을 받았는지 얼굴을 내밀어 송시명을 바라보고 말했다.

"붙으려면 나하고 먼저 붙어봅시다, 진무사 양반."

그 말에 피식, 송시명이 웃음을 지었다.

"그대가 도독의 사질이라는 정광 도장이신가 보군."

"흐흐흐……. 맞소이다. 내가 바로 정광이오."

"나는 내 검을 쇠 신발과 부딪치게 하고 싶은 생각이 없소."

정광이 씨익 웃었다.

"검에 맞아 죽으나 신발에 맞아 죽으나 죽는 것은 매한가진데 무슨……."

하지만 그는 자신의 뜻을 끝내 관철시킬 수 없었다. 쓸데없는 말이 길어지자 공손각이 나선 것이다.

"헛소리 그만 하고 자리에 앉아."

결국 정광은 찍소리 못하고 자리에 앉아야만 했다. 그러자 육두강이 바로 본론을 꺼내 들었다.

"동창의 제독태감을 만나기로 했다고?"

"그렇습니다. 하나 만나지 마라 하시면 만나지 않겠습니다."

"흠, 아니야, 아냐. 만나는 것은 상관이 없네."

육두강이 잠시 미적거리자 진용이 먼저 입을 열었다.

"혹, 저에게 시키실 일이라도 있으십니까?"

그렇지 않다면 굳이 이곳으로 부를 일이 없었을 것이라는 것이 진용의 생각이었다. 그리고 그는 육두강의 다음 말을 듣는 순간 자신의 생각이 옳았다는 것을 알 수 있었다.

"음, 동창에 가거든 자네가 알아봐 줬으면 하는 것이 있네."

그 말인즉 금의위의 이름으로 직접 알아보기에는 뭔가 문제가 있다는 말이다. 그럼 진용은 가능하다는 말인가?

"말씀해 보시지요."

5

동창의 집무전은 동화문 북쪽에 있었다.

진용이 정광과 함께 두충의 안내를 받아 동창이 들어선 건물로 다가가자 두 명의 번역이 세 사람의 앞을 가로막았다.

"정지! 여기는 동창의 집무전이오. 무슨 일로……."

그걸 가만히 보고 있을 두충이 아니다. 어깨에 힘을 준 두충이 거들먹거리며 소리쳤다.

"이거 왜 이래? 오랄 땐 언제고 오니까 막는 거야?"

그러면서 고개를 돌리고 진용을 향해 찡긋, 한쪽 눈을 감았다.

그러다 결국, 딱! 정광에게 한 대 얻어맞고 재빨리 뒤로 물러섰다.

"이놈아, 누가 너 오랬냐? 조용히 안내만 할 것이지 거들먹

거리기는……."

'씨부랄, 내가 뭘 잘못했다고 때리나, 때리기는……'

차마 입 밖으로 말을 뱉어내지는 못하고 두충은 구원의 눈길로 진용을 바라보았다. 그러나 진용은 본 척도 하지 않고 번역의 뒤를 향해 무심한 목소리로 입을 열었다.

"동창의 정보력이 대명제일이라 들었는데 직접 와보니 그것도 아닌 모양이군. 가서 전해주시오. 서생 나부랭이가 왔다가 동창의 서슬에 건물만 구경하고 그냥 가더라고."

그리고 미련없이 돌아섰다.

'흥! 아쉬운 건 그대들이지 내가 아니야. 장난을 하겠다면 받아주지!'

"가죠!"

"어? 그래, 가자구. 별 미친놈들 다 봤네. 바쁜 사람 오라 해놓고 얼굴도 안 내밀고 말이야."

정광마저 진용의 뜻을 눈치 채고 구시렁거리며 돌아섰다. 그러자 멋도 모르는 두충만 멀뚱히 동창이 건물과 진용을 번갈아 봤다.

그때, 동창의 건물 안쪽에서 웃음소리가 터져 나오더니 조산명이 우위양과 함께 걸어나왔다.

"오호호호, 장난 좀 친 것뿐이니 너무 몰아붙이지는 말게나."

그쯤이면 돌아설 만했다. 누구나 그렇게 생각했다.

하지만 진용은 돌아설 마음이 없는지 걸음을 멈추지 않았
다.

어어, 하는 사이 거리가 십여 장으로 멀어진다. 그제야 멍
하니 진용의 뒷모습을 바라보던 조산명이 뭔가를 깨닫고 고
개를 저으며 혀를 찼다.

"이거…… 기죽이려다 거꾸로 당했군. 쯔쯔……."

옆에 서 있던 우위양이 눈살을 찌푸리며 앞으로 나섰다.

"속하가 데려오겠습니다."

그러나 조산명은 고개를 저었다.

"그대가 가봐야 소용없다."

"예?"

"그는 내가 사과하기를 원하고 있어. 후후후, 그는 내가 그
렇게 할 수밖에 없다는 것을 알고서 저러는 거야."

"첩형……?"

"제독께서 보고자 하는 사람이다. 그리고 공손 도독의 허
락하에 온 자야. 그냥 가게 놔두면 우리가 모든 잘못을 뒤집
어써야 한단 말이지. 흘흘, 정말 재미있는 자야."

기분은 그리 나쁘지 않은지 조산명은 웃음을 흘리며 터벅
터벅 걸음을 옮겼다. 하는 수 없이 우위양도 뒤를 따랐다.

'켈켈켈, 감히 누구를 놀리려 들어? 시르가 어떤 인간인데.
낄낄낄……'

세르탄이 재미있다는 듯 머릿속에서 떠들어댄다. 진용은 손을 들어 뒷머리가 아픈 것마냥 톡톡톡, 뒤통수를 쳤다.

'그야말로… 지독…… 어지러…… 욕심 많고……. 시르, 어지럽다니까?!'

세르탄이 빽 소리를 지르자 진용이 은근한 말투로 물었다.

'세르탄, 내가 어떤 인간이라고?'

뒤늦게 상황을 눈치 챈 세르탄이 더듬거리며 말했다.

'어… 남을 위하고…… 의리있는…… 아주…… 훌륭한…… 전사.'

그제야 뒤통수를 치던 손을 멈춘 진용은 뻐근해진 고개를 휘돌리며 하늘을 올려다봤다.

"흠, 날씨가 좋은데."

뒤따라가던 정광과 두충도 고개를 쳐들었다. 하늘은 금방이라도 눈을 뿌릴 듯 뿌옇기만 했다. 어리둥절한 두 사람.

그들에게 다가가던 조산명과 우위양도 하늘을 올려다봤다, '뭘 보는 거지?' 하는 표정으로.

세르탄이 탄식을 터뜨렸다.

'에혀, 저런 멍청한 오크 대가리들…….'

세르탄이 자신을 오크 대가리라 하는지, 돼지 대가리라 하는지 알 길이 없는 조산명은 진용이 더 이상 걸음을 옮기지 않자 두 손을 맞잡고 포권을 취하며 미소를 지었다.

"조금 전의 일은 내 사과하지. 제독께서 기다리시네. 정말 돌아가겠다는 말은 아니겠지?"

진용도 마주 미소를 지었다. 주도권이 넘어온 이상 지나치게 대응할 필요는 없었다.

"돌아가면 제독께서 가만히 있겠습니까? 제독의 뜻을 거슬러 봐야 귀찮기만 할 테니, 일단 만나보기는 해야겠지요."

조산명은 어이가 없는 눈으로 진용을 직시했다.

동창 제독의 분노가 그저 귀찮은 정도?

광오한 말이다. 천하에 동창을 상대로 누가 저렇게 말을 한단 말인가.

그의 마음을 대변이라도 하려는 듯 우위양이 차가운 눈빛으로 진용을 쏘아보며 으르렁거렸다.

"지나치다 생각지 않나?"

하지만 진용은 그를 흘깃 한 번 쳐다봤을 뿐, 소가 닭 보듯 무심히 걸음을 옮겼다.

그러자 이번에는 정광이 진용의 대변인이라도 된다는 듯 입을 열었다.

"금의위는 황제 폐하를 모시지 동창의 제독을 모시지는 않아."

"이익! 네놈들이 감히!"

우위양이 더는 참지 못하고 검을 잡아갔다.

"감히? 뭐가 어째?!"

정광이 우위양을 향해 눈을 치켜뜨고 뭐라 할 때다. 모두가 보는 앞에서 진용의 신형이 흐릿하니 잔상만 남기고 사라져 버렸다.

누구도 짐작하지 못한 갑작스런 움직임이었다.

조산명조차 놀라 휙 소리가 나도록 고개를 돌렸다.

거의 동시! 우위양의 옆에서 싸늘한 음성이 나직하게 흘러나왔다.

"검을 뽑으면, 그대 목이 떨어질 것이다. 내 장담하지!"

동창의 앞마당이 일순간 얼어붙었다.

특히나 우위양의 표정은 참혹하게 느껴질 정도였다.

정광에게 한눈을 판 것은 잠깐이었다. 그 잠깐 사이 자신의 목줄이 잡혔다. 비록 눈 한 번 깜박이는 시간보다 짧은 순간이었지만, 분명하게 뒷목을 스치는 손의 감촉을 느낀 것이다.

실전이었다면 그것은 곧 죽음이었다. 단 한 수에 자신은 죽은 것이다!

우위양의 손톱이 손바닥을 파고들었다.

'믿을 수 없어!'

조산명으로선 정확한 상황을 알지 못했다. 그러나 우위양의 표정만으로도 뭔가 심상치 않은 일이 둘 사이에 있었음을 알고 급히 전음을 보냈다.

"위양, 일단은…… 물러서라."

그때 태연히 두 사람을 스쳐 지나가는 진용의 입가에 싸늘한 웃음이 맺혔다가 사라졌다.

'좀 헷갈릴걸? 과대평가도 좋지 않지만, 과소평가도 그리 좋은 것이 아니지. 상대를 제대로 평가하지 못할수록 상대에게 많은 것을 드러낼 수밖에 없는 법이라더군. 어디 한번 해보자고.'

하지만 조산명과 우위양은 각기 생각에 잠기는 바람에 그 웃음을 볼 수가 없었다.

6

동창의 제독태감 왕효의 나이는 오십팔 세다. 그러나 진용이 본 그는 실제 나이보다 훨씬 젊어 보였다. 수염이 없는 데다 하얀 얼굴 때문인지 잘 봐준다 해도 사십이 갓 넘었을까 싶을 정도였다.

그나마 눈처럼 하얀 백발만이 그의 나이가 보이는 것보다 더 들었을 거라는 추측을 할 수 있게 해줄 뿐이었다.

'저 사람이 제독태감 왕효군. 어쩌면 모든 것을 쥐고 있을지도 모르는 자라 했던가?'

대기가 침묵에 짓눌려 주위의 화려함조차 보이지 않는다.

진용이 입을 다문 채 태사의에 앉아 눈을 감고 있는 제독태감만을 바라보고 있자, 조산명이 나름 무게가 실린 목소리로 입을 열었다. 일각 전보다는 훨씬 누그러진 목소리였다.

"인사드리게. 제독이시네."

그제야 진용의 고개가 숙여졌다.

"고진용이라 합니다."

왕효의 반쯤 떠진 눈이 진용을 직시했다.

방 안에는 그와 조산명, 그리고 진용과 정광 등 네 사람이 있었다. 그러나 그가 눈을 뜨자 주위의 모든 기운이 그를 중심으로 움직이는 것만 같았다.

진용은 새삼 왕효에 대한 생각을 고쳐야만 했다.

'상대하기가 쉽지 않겠는걸? 조산명이 동창제일고수라고? 웃기는 소리군. 저 백 년도 더 묵어 보이는 능구렁이를 알고 나 하는 소린지……'

그때 왕효가 나이답지 않게 힘있는 목소리로 느릿하게 입을 열었다. 비록 음색이 가늘어서 여인의 목소리처럼 들리기는 했지만.

"흠, 생각보다 어려 보이는군. 나는 왕효라 하네. 황상 폐하의 은덕으로 동창을 맡고 있는 사람이지."

"말씀은 많이 들었습니다. 동창과는 이상하니 인연이 있는 것 같군요. 이렇듯 제독까지 뵙게 되다니 말입니다."

"클클클, 양 태감과의 일을 말하는 건가?"

"그 당시 제독께서는 양 태감과 함께 첩형 중 한 분이셨다고 들었습니다."

"분명 그랬지. 해서 그대를 보고자 한 것이고 말이야……"

말을 끄는 왕효의 눈이 웃고 있다. 진용은 그것이 의아했다. 왕효의 웃음이 차라리 비웃음이라면 상대하기가 편할 텐데, 그게 아니다. 진정으로 기뻐하고 있는 듯하다.

왜 저 노인은 저런 웃음을 짓고 있는 걸까? 무엇이 저 노회한 동창의 제독태감을 기쁘게 하는 것일까?

진용은 더 이상 말을 돌려봐야 답을 얻을 수 없을지 모른다는 생각이 들었다. 그렇다면 방법은 하나.

진용은 단도직입적으로 왕효에게 물었다.

"저에게 물어보고 싶은 거라도 있으십니까? 그래서 부르신 겁니까?"

"맞네. 자네에게 꼭 물어보고 싶은 게 있지. 어떤가? 그게 무엇이든 답해줄 수 있나?"

진한 기대감으로 물들어 있는 왕효의 눈빛. 그걸 보는 순간 진용은 묘한 기분이 전신을 엄습했다.

"일단 들어보고 결정하겠습니다."

"흠……. 그래? 좋아, 목마른 사람이 샘을 판다 했으니 내가 먼저 물어보겠네."

왕효는 시원스럽게 입을 열며 몸을 바로 했다. 그리고 마치 옛날이야기를 하듯 천천히 입을 뗐다.

"자네 아버지와 자네가 잡혀 들어왔을 당시, 나는 황궁 밖을 책임지고 있었기 때문에 그에 대한 이야기를 자세히 듣지 못한 상태였지. 해서 자네 아버지인 고 학사가 잡혀 들어왔을 때도 그러려니 했었다네. 그저 학사 하나가 황궁을 모독해서 잡혀 들어왔나 보다 하고 말이야. 그러고는 무려 십 년간이나 그 일을 잊었다네, 멍청하게도. 그런데…….”

이야기가 길어질수록 진용의 표정도 굳어졌다. 무심함을 유지하려 해도 왕효의 이야기가 뜻하는 바를 아는 진용으로선 무심함을 유지한다는 것이 쉽지 않았다.

“얼마 전 양 태감이 관리하던 서류를 정리하던 중 내용이 묘한 서류 하나를 입수했다네.”

왕효가 말을 끊고 진용을 바라보았다.

“바로 자네 아버지인 고 학사와 종상현이 관련된 서류더군.”

깊어진 그의 두 눈에는 그 어떤 흔적도 놓치지 않겠다는 집요함이 깃들어 있었다. 그러나 표정이 굳어진 진용의 두 눈은 그사이 무저의 심해로 침잠해 들어가 있었다.

왕효는 진용의 눈빛에서 아무것도 찾지 못하자 다시 말을 이었다.

“그 서류를 분석한 분석 전문가의 말에 의하면…… 고 학사가 잡혀 들어오고 종상현이 죽음으로 내몰린 이유가 바로 양 태감이 뭔가를 얻었기 때문인 것 같다 하더구먼.”

그 말이 떨어지자, 마침내 깊숙이 침잠해 들어갔던 진용의 눈빛이 서서히 부상하기 시작했다.

‘드디어 본론이 나오기 시작하는 것인가?’

그러자 진용의 반응을 지켜보던 왕효가 그제야 입가에 슬며시 웃음을 지으며 자신이 알고자 하는 것에 한 발자국 더 다가갔다.

"내가 아는 고 학사는 고대 문자의 전문가. 그렇다면 양 태감이 얻었다는 것이 고대 문자로 되어 있는 물건이라는 말이 아니겠나?"

진용은 천천히 고개를 끄덕였다. 어차피 그 정도는 알고 묻는 것. 더구나 왕효가 진정으로 원하는 핵심적인 질문은 그 뒤에 이어질 터였다.

"그렇다 들었습니다."

진용이 순순히 답하자 이제 때가 되었다는 듯 왕효가 강한 어조로 물었다.

"자네는 그것이 무엇인지 알 거라 생각하네만……. 뭔가? 그것은!"

반드시 말을 해야만 한다는 듯한 강압적 말투.

그럼에도 진용의 표정은 한 점 변화도 없었다.

"그게 그렇게 중요합니까?"

"중요하네, 무척."

"이유를 알아도 되겠습니까?"

왕효는 잠시 침묵을 지키고서 진용을 직시했다.

의외였다. 나이가 어려 쉬울 거라 생각했는데, 자신이 뿜어낸 기세에도 흔들리지를 않는다. 조산명의 말대로 보통 놈이 아니다.

'흥! 제법 버티기는 한다만, 결국은 입을 열어야 할 것이다.'

그는 한자한자 못을 박듯이 말했다.

"아직 외부에 알리지는 않았네만…… 우리는 양 태감으로 의심되는 시신을 발견했네."

순간 진용이 경악하며 눈을 부릅떴다.

"예? 양 태감이 죽었단 말입니까?"

적지 않은 충격이었다. 그럴 수밖에 없었다.

양 태감은 사라진 것으로 알려졌다, 삼왕과 함께. 그런데 시신으로 발견이 되었다니.

"아직 확실한 것은 아니네."

"무슨 말입니까? 확실하지 않다니요?"

그에 대한 대답은 한쪽에 묵묵히 서 있던 조산명의 입에서 흘러나왔다.

"입고 있던 옷이나 시신이 지니고 있던 물건은 양 태감의 것이 분명했네. 그러나 시신이 너무 훼손되어 있었지. 사람의 시신인지조차 알아보지 못할 정도로."

그 말에 진용이 눈을 빛내며 입을 열었다.

"외적인 물증이 있는데도 그런 생각을 하시다니, 무엇 때문이죠? 시신에 어떤 특별한 점이라도 있었나요?"

그때였다. 왕효가 결론을 내리듯이 입을 열었다.

"바로 그것 때문에 자네에게 물은 것이네. 그 시신이 양 태감 본인이든 아니든 분명한 것은, 그 시신에 남아 있는 흔적이 그가 얻었다는 그 무엇과 관계가 있을 거라는 것이 우리의 생각이네."

"시신에 남아 있었다는 흔적이 어떤 것이기에 그러는 거죠?"

진용의 물음에 왕효는 얼마 전에 보았던 그 시신의 모습을 떠올리고는 자신도 모르게 눈살을 찌푸렸다.

"음……. 해골에 껍질만 씌운 시신이었네. 게다가 온몸이 오그라들어 있어서 그 시신이 죽기 전에 지녔을 본래의 체격조차 감을 잡기가 힘들 정도였지."

왕효의 설명을 듣는 순간, 진용은 뇌리를 스치는 생각에 표정이 딱딱하게 굳어졌다.

'혹시…… 건곤흡정진혼결에 당한 것인가?'

'그런 말은 없었잖아?'

잠잠하던 세르탄이 궁금함을 참지 못하고 반문하며 끼어들었다.

그러나 다른 때와 다르게 진용은 굳이 세르탄을 제지하지 않았다. 세르탄이 비록 정신적으로는 어릴지 몰라도 이런저런 능력만큼은 감히 자신이 따라가지 못할 정도로 뛰어난 마계의 대전사가 아니던가.

'우리가 모르는 게 있을 수도 있어. 아버지도 뭔가를 새롭게 깨달은 것 같거든.'

'그러니까 시르 말은, 건곤흡정진혼결이 익히는 사람에 따라 결과가 다를 수도 있다, 이 말이야?'

'그래. 아무래도 빠른 시간 안에 그에 대한 연구를 더 해봐야겠어. 아! 아니구나. 세르탄, 너 말이야, 당분간 다른 생각하지 말고 건곤흡정진혼결이나 연구해 봐.'

'……내가?'

'너, 남는 게 시간이잖아. 딱이네 뭐.'

'그럼 너는?'

'나중에 네가 알려주면 되잖아. 나야 할 일이 한두 가지야?'

'이이! 털도 안 뽑고 거저먹으려고……'

'마계의 대전사에게 그 정도 일쯤은 아무것도 아닐 것 같은데……'

'그거야 그렇지만……'

왠지 당한 것 같다, 날강도(?) 같은 시르에게. 그런데도 세르탄은 거부할 수가 없었다. 오랜만에 시르가 자신을 인정하고 일을 맡기지 않았는가 말이다.

어째 찝찝한 기분이 들기는 하지만…….

'좋아, 일단 해볼게.'

표정이 굳어진 진용이 눈을 반쯤 감고 생각에 잠겨 있자 왕효와 조산명은 진용의 생각을 방해하지 않으려고 가만히 놔두었다.

그러다 진용의 굳은 표정이 풀어지는 것을 보고는 다시 한 번 같은 질문을 던졌다.

"말해주겠나? 그것이 뭔가?"

하나를 얻었다. 그렇다면 하나를 줘야 한다. 그래야 또 다른 것을 얻을 수 있다.

"좋습니다, 말씀드리죠. 하나 제가 아는 것은 그리 많지 않습니다."

"우리는 그조차도 모르네."

"우선 양 태감이 얻은 물건 중 제가 아는 것은 고대 문자로 된 금판과 석판, 두 가지입니다."

"물론 그 내용에 대해서도 알겠지?"

진용은 고소를 지으며 고개를 내저었다.

"아버지가 갇혔을 때 제 나이 여덟 살이었습니다, 제독태감."

다시 말해 그 어린 나이에 뭘 아냐는 말이다.

그러나 왕효는 집요했다.

"어린 나이라 해도 자네는 매우 영특한 아이였다 들었네. 그러니 스물도 안 된 나이에 지금의 위치에 선 것이겠지."

"양 태감과 동창이 눈에 불을 켜고 지키고 있는데, 무공도 익히지 않은 아버지가 뭔가를 빼돌렸을 수 있을 거라 생각하십니까?"

"뛰어난 사람들은 불가능하게 보이는 것을 가능하게 하는 재주가 있지. 그리고 내가 들은 자네의 아버지 고 학사는 매우 뛰어난 사람이었네."

"아무리 뛰어나도, 아버지는 천궁도로 유배된 아들에게 뭔가를 전해주지는 못했습니다."

왕효는 하얀 얼굴을 굳히고서 탐색하는 눈으로 진용을 쏘아보았다. 진용은 왕효의 눈이 가슴속을 헤집는 것처럼 느껴졌다.

그러나 진용이 누군가. 마계의 대전사 세르탄이 인정한 인간이 아니던가.

"믿지 못하시겠다면 그만 하죠. 믿음이 없는 대화는 시간 낭비일 뿐이니까요."

마지못한 듯 왕효는 눈빛을 누그러뜨렸다.

"믿지 못하겠다는 것이 아니네. 그만큼 그 일이 중요하다는 것이야."

'욕심이 그만큼 크다는 말이겠지, 능구렁이 태감 나으리.'

하지만 겉으로는 웃음을 지으며 말했다.

"저도 한 가지 물어볼 것이 있습니다만……."

"뭔가?"

"혹시, 삼왕의 근황에 대해 들어온 소식이 있는지요?"

꿈틀, 왕효의 가느다랗고 흰 눈썹이 지렁이처럼 꿈틀거렸다.

진용의 정보가 그리 값어치 없는 정보는 아니지만 그렇다고 삼왕에 대한 정보에 비할 정도는 아니었다. 되로 주고 말로 받겠다는 심보. 왕효가 생각할 때 진용의 심보는 그와 다름이 아니었다.

그러나 말싸움에서 조금 밀리긴 했어도 그는 동창의 제독태감이었다. 그는 아무렇지도 않은 듯 입을 열었다.

"아직 정확한 정보가 들어온 것은 없네."

"저도 정확한 것을 말씀드리지 못했는데, 어찌 저라고 정확한 것을 바라겠습니까?"

순간 왕효의 눈이 다시 가늘어졌다. 가늘어진 눈에서 하얀 눈빛이 쏟아진다.

진용의 말은 그냥 인사치레로 하는 말이 아니다.

더 말할 게 있는데도 바라는 게 있어 말하지 않았다는 뜻. 거꾸로 풀이하면, 네가 정확한 정보를 주면 나도 그만큼 주겠다는 뜻이다.

그러니 동창의 제독태감으로 천하를 굽어보는 왕효가 어찌 기분이 좋을 수가 있겠는가.

'이놈이… 감히!'

진용이 실력만 없다면, 금의위로서 공손각의 후원을 받고 있는 자만 아니라면 사지를 찢어 죽여 돼지 먹이로 주고 싶은 생각이 가슴 깊은 곳에서 스멀거릴 정도다.

왕효는 속마음을 누르고 태연히 감탄한 표정을 지었다.

"대단하군, 대단해. 자네는 나로 하여금 자네가 스물도 안 된 사람이란 것을 가끔 잊게 만드는 재주가 있구만."

진용이 무심하게 가라앉은 표정으로 고개를 저었다.

"저에겐 그런 재주가 없습니다. 다만, 어린 나이에 너무 어렵게 살아오다 보니 그리 보이는 것뿐이지요."

"으음……."

끝내 공손각과 육두강이 인정한 능구렁이, 왕효의 입에서 침음성이 흘러나왔다.

그러자 조산명은 물론이고, 있는 듯 없는 듯 말없이 진용의 옆에 앉아 있던 정광마저 등줄기로 식은땀이 흐르는 것도 잊고 혀를 내둘렀다.

끝까지 한마디도 지지 않는 진용이 괴물처럼 보이는 그들이었다.

그리고 그들은 진용 덕분에 황제 외에는 그 누구에게도 굽히지 않는다는 왕효의 항복 선언(?)을 듣는 영광(?)을 누릴 수 있었다.

"좋아, 좋아. 서로 다 까놓고 이야기하자고. 그럼 되겠나?"

포기했다는 듯 왕효에게서 저속한 말투가 튀어나왔다. 처음으로 들어보는 왕효의 말투에 조산명의 입이 쩍 벌어졌다.

그러든 말든 왕효는 진용을 뚫어지게 바라보았다.

왕효의 붉은 입술이 떨어졌다.

"삼왕은 개봉의 왕부에 없다."

"도독께서도 그리 말씀하시더군요."

그 정도는 나도 알고 있다. 그러니 다른 것을 내놔라.

왕효가 진용의 말뜻을 모를 리 없다.

"우리가 조사한 바에 따르면, 강호로 나간 것 같아."

강호? 황실의 삼왕이?

불가능한 일은 아니다. 아니, 충분히 가능한 일이다. 그가 건곤흡정진혼결을 익혔다면.

"금판과 석판에는 오랜 옛날부터 전해지던 어떤 비결이 적혀 있었다 들었습니다."

"흠. 비결이라……."

마침내 진용의 입에서 본격적인 말이 나오자 왕효는 기분좋은 탄성을 흘리며 하나를 더 내놓았다.

"강호의 어떤 문파가 삼왕과 연결이 된 것 같다고 하더니 그것이 어떤 식으로든 관계가 있겠군."

"강호의 문파라니요? 대체 어떤 문파가……?"

"천혈교라 하더군. 강호에는 거의 알려지지 않은 것 같은데, 우리조차 아직 그들의 확실한 정체를 밝히지 못했다네."

진용의 눈빛이 깊숙이 가라앉았다.

강호의 문파 천혈교, 삼왕, 고대 문자, 건곤흡정진혼결.

대충 그림이 그려진다.

강호의 문파가 금판과 석판의 비밀을 풀기 위해서 욕심 많은 삼왕에게 먼저 접근했는지, 아니면 삼왕이 힘을 얻자 자신의 욕망을 채울 목적으로 강호의 문파를 끌어들였는지, 어느 것이 먼저인지는 몰라도.

"그 비결이 무공과 관련이 있다 하더니 사실인가 봅니다."

무공이란 말에 왕효의 눈 저 안에서 붉은빛이 번뜩였다. 그것은 어떤 기대감으로 인한 흥분의 광채였다.

"어떤 무공이기에 삼왕이 그리도 집요하게 고 학사를 닦달했단 말인가?"

"저도 그게 궁금합니다. 대체 얼마나 대단한 것을 얻으려고 그들이 십 년이 넘도록 아버지를 괴롭혔는지 말입니다."

진용이 담담하게 고개를 가로저으며 답했다.

"그런……."

한 발짝만 더 가면 자신이 가려던 목적지인데, 갑자기 절벽이 튀어나와 앞을 가로막힌 기분이 드는 왕효였다.

그는 실망감과 의심이 뒤섞인 눈빛으로 진용을 뚫어져라 노려보았다, 단 한 톨의 거짓만 보여도 용서치 않겠다는 단호한 의지를 담고서.

그러나 진용은 왕효의 송곳 같은 눈빛에도 터럭 하나 흔들리지 않았다.

그 모습에 세르탄이 아연한 목소리로 말했다.

'지독한 시르, 거짓말을 하기 위해서 마법을 쓰다니…….'

그랬다. 진용은 능구렁이 왕효를 속이기 위해서 마법을 썼다.

감정을 제어하는 휠 홀드라는 마법을 스스로에게 걸어 만에 하나 보일지 모를 자신의 감정을 멈추게 해버렸다. 그러니 왕효가 보는 진용은 담담함, 그 자체였을 수밖에.

'어쩔 수 없잖아. 귀찮은 일은 피해야지.'

'그게 아니라 아까워서겠지, 뭐.'

'그것도 그렇고. 내가 미쳤어, 저 능구렁이에게 다 털어놓게?'

'하긴 시르가 누군데…….'

'어째 뜻이 이상한데?'

'내가 뭘? 그만큼 대단하다는 거지.'

진용은 더 이상 세르탄을 닦달하지 않았다. 세르탄의 말투가 슬쩍 비꼬는 말투라는 것을 알면서도.

그만큼 왕효에게서 얻은 정보는 단순한 듯하면서도 중요한 뜻이 담겨 있었던 것이다. 자신이 앞으로 가야 할 길이 그 정보 때문에 결정될 정도로.

삼왕이 강호의 문파와 관계가 있고, 왕부를 빠져나간 삼왕이 강호 어딘가에 있다면 자신이 해야 할 일은 하나였다. 그리고 그것은 진용이 언젠가는 해야 할 일을 조금 앞당길 수도 있다는 말과도 같았다.

'어쩌면 아버지도 강호를 돌아다니고 있을지 모르겠구나.'

그러고 보니 모든 일이 강호를 향해 흐르고 있었다.

긴 침묵의 시간이 흐른다.

살을 에는 듯한 긴장감에도 진용은 혼자만의 생각에 잠겨 있었다.

왕효도 진용에게서 눈을 거두고 다탁에 놓인 찻잔을 들어 식어버린 차를 한 모금 들이켰다. 그런 왕효의 두 눈은 먹이를 앞둔 구렁이의 눈빛처럼 무채색으로 번들거리고 있었다.

그렇게 일각이 지났다. 칼 들고 싸우는 것보다 더한 신경전을 벌이던 두 사람이 입을 열 생각을 하지 않는다.

정광과 조산명, 두 사람의 이마에는 땀이 맺혔다.

특히 숨이 막힐 듯한 긴장감에 정광은 가슴이 답답해 미칠 지경이었다.

'차라리 한바탕 싸우는 게 낫지, 이거 원.'

다시 일 다경이 지났을 즈음, 결국 정광이 참지 못하고 조산명을 쳐다보며 입을 열었다.

"동창은 손님에게 밥도 안 주나?"

조산명은 정광이 먼저 입을 열어 침묵을 해소시키자 처음으로 정광이 고맙게 여겨졌다.

.

"왜 안 주겠소. 제독, 식사를 하시고 말씀을 나누시지요."

그제야 왕효는 처음의 눈빛으로 돌아가 가느다란 목소리로 입을 열었다. 은근한 압박을 가하며.

"그래, 동창이 야박하다는 소리를 들을 수는 없지. 고 백호, 식사를 하고 나서 더 깊은 이야기를 나눠보도록 하세. 혹시 아나? 그러다 보면 깜박 잊었던 이야기가 생각날지 말이야."

진용도 생각을 접고 고개를 끄덕였다, 당신의 속셈을 안다는 듯 조용히 웃으며.

"따르도록 하지요. 마침 저도 두어 가지 더 여쭤볼 것이 있었는데, 그 말씀을 들으니 이제야 생각나는군요."

왕효는 물론이고 조산명과 정광조차 그런 진용을 질린 눈빛으로 쳐다보았다.

7

식사를 마치고 조금 더 이야기를 나눴지만 왕효는 진용으로부터 더 이상 아무것도 알아낼 수 없었다. 오히려 그는 진용의 물음에 입을 열지 않을 수 없었다.

"동창의 정보력은 정말 대단하군요. 아무리 금의위가 황궁의 일에 중점을 두고 있다고 하지만 이 정도까지 차이가 날 줄이야……."

"아무래도 세상 돌아가는 일은 우리 동창이 더 많이 안다고 할 수 있겠지."

"하면…… 그것도 알지 모르겠군요."

넌지시 던지는 말에 왕효는 차마 외면을 하지 못하고 찜찜한 말투로 되물었다.

"뭘 말인가?"

"황궁의 고수 몇몇이 강호의 일에 개입하고 있다던데요. 혹시 그들이 누군지 아시는지요?"

순간 왕효의 눈빛이 잘게 떨리다 재빨리 원래대로 돌아왔다.

"누가 그런 말을 하던가? 공손 도독인가?"

"그냥 궁금해서요. 비밀리에 그 일을 조사하던 금의위의 천호장 한 분이 실종되셨다 합니다. 해서 혹시나 아실까 하고 물어본 것일 뿐입니다."

"그 일은…… 우리도 확실하게 알지 못하고 있지."

왕효의 말에 진용은 그러냐는 듯 순순히 고개를 끄덕였다.

"하기는, 아무리 동창의 정보력이 뛰어나다 해도 모든 것을 다 알 수는 없겠지요. 몇 년 전에 돌아가신 종상현이란 분의 죽음도 밝혀내지 못했으니……."

뜬금없는 말에 왕효가 굳은 표정으로 천천히 고개를 저었다.

"자네 말이 맞아. 세상의 모든 것을 알 수는 없는 법이지. 한데 이상하군. 종 학사의 죽음은 이미 판명이 난 사건으로 알고 있네만……."

"그게 그렇지 않을 수도 있다는 말을 들어서요. 혹시라도 종상현이란 분의 죽음에 대해 새로운 소식이 들어오면 알려 주실 수 있을는지요?"

"자네 말대로 그런 일이 있다면야 당연히 우리가 할 일이 니 그리하지."

뒤로도 이런저런 이야기가 이어졌다. 그러나 대부분이 겉도는 이야기뿐이었다.

그럼에도 왕효와 진용은 마치 친가족마냥 즐겁게 웃으며 이야기를 나누었다, 속으로야 시궁창에 빠진 기분일지라도.

그리고 신시 초가 되었을 즈음, 진용과 정광은 구석에 앉아 하염없이 하늘만 쳐다보며 신세 타령을 하고 있던 두충을 끌고 동창을 벗어났다.

8

진용이 떠나간 동창은 겨울 찬바람조차 얼려 버릴 정도로 극한의 냉기가 감돌았다.

특히 제독태감 왕효의 집무실은 얼음 구덩이, 그 자체였다.

태사의에 비스듬히 기댄 왕효의 앞에는 조산명을 비롯해 당두들 중 환관으로만 이루어진 열 명의 당두가 뻣뻣이 굳은 몸으로 엎드려 있었다. 그들의 표정은 지옥이 자기 눈앞에 펼쳐지기라도 한 것처럼 딱딱하니 굳어 있었다.

그러기를 일각여, 왕효의 살얼음 깨지는 목소리가 그들의 등에 떨어졌다.

"그가 어떻게 알았을 거라 생각하느냐?"

왕효의 질문에 조산명은 천천히 고개를 들었다.

"분명 공손각이 말해줬을 것입니다."

"그랬겠지. 그럼 공손각은 어떻게 알았을까? 그리고 고가 꼬마를 시켜서 그것을 나에게 물은 의도가 뭘까?"

혼잣말을 하듯이 중얼거리던 왕효가 조산명을 바라보았다.

"모중암에게 연락해서 모든 것을 지우고 대기하라고 해."

"존명!"

"그리고 역추적을 해서 입을 연 놈을 찾아내."

"존명!"

"명심하도록. 삐끗하면 모두가 죽는다. 겨우 잡은 기회를 헛되이 버리지 않도록 최선을 다해야 할 거야."

"각골명심하겠사옵니다, 제독. 하온데…… 그를 그냥 놔둘 것이온지……?"

왕효의 눈에서 끓는 물조차 얼려 버릴 한기가 쏟아져 나왔다.

"아직은……. 그리고 그리 간단한 놈이 아니야. 나이는 어리지만 여우 몇 마리 쯤 쪄 먹은 것 같은 놈이다, 그놈은. 내따로 생각이 있으니 우선은 그냥 놔둬."

第六章

수천호령사

1

하얀 손에 들린 한 자루 붓이 먹물을 한껏 머금고 춤을 춘다.

짓누르고, 삐치고, 휘돌다 날카롭게 스치듯 날아간다.

그럴 때마다 한 그루 강직한 기상을 지닌 대나무가 묵빛 광채를 뽐내며 곧게 자라난다.

새하얀 한지 위에는 묵빛 대나무. 언제부턴지 밖에서는 하얀 눈송이가 탐스럽게 떨어져 내리고 있었다.

첫눈이다. 바람 한 점 없는 하늘을 점점이 수놓으며 떨어지는 눈송이가 온 세상을 하얗게 물들이고 있다.

하얀 손의 주인은 하얀 한지 위에 한 그루의 대나무를 다

키워놓고서야 손을 멈췄다.

이제 갓 스물이 되었을까. 하얀 손의 주인은 티없이 깨끗한 얼굴에 볼 살이 하늘에서 내리고 있는 눈송이만큼이나 탐스러운 젊은이였다.

그는 자신이 그린 대나무가 마음에 드는지 미미하게 고개를 끄덕이면서 옆을 바라보았다. 거기에는 몸집은 그리 크지 않으면서도 화선지 위에 그려진 대나무만큼이나 강직한 눈빛을 지닌 노인이 조용히 앉아 있었다. 공손각이었다.

"예상대로 동창이 분명한 것 같사옵니다."

"도독, 그들의 목적이 무어라 생각하시오?"

"소신이 나름대로 판단한 바에 의하면, 그들은 무언가를 두려워하고 있사옵니다. 한데 그 두려움의 근원이 강호에 있기에, 그들은 강호의 정세를 살핀다는 명분으로 사람을 보내 그 두려움의 근원을 제거하려 하는 듯하옵니다, 황태자 전하."

황태자 전하? 그럼 하얀 손의 주인이 당금 대명의 황태자라는 말?

하기야 그렇기에 무소불위라는 금의위의 도독 공손각이 고개를 숙이는 것일 터였다.

"그 일이 황궁에 어느 정도나 영향을 미칠 거라 생각하시오?"

"왕 태감의 뜻대로 그 일이 조용히 마무리된다면, 이익은 되지 않아도 해 또한 없을 것이옵니다. 그러나…… 조용히 마무리가 되지 않았을 경우, 분명 적지 않은 파장을 일으키며 황궁을 소란케 할 것이라 생각되옵니다."

말이 소란이지, 황궁이 뒤흔들릴 일이 생길지 모른다는 것이 공손각의 솔직한 생각이었다. 그러나 그것이 아무리 사실이라 해도, 공손각은 황태자에게 대놓고 그리 말할 수는 없었다.

"흠, 하면 도독은 어찌하려 하시오?"

곧바로 이어진 황태자의 질문에 공손각은 숙였던 고개를 천천히 들며 황태자와 눈을 마주쳤다.

"믿을 만한 사람이 있습니다. 그를 그 일을 밝히는 데 투입할 생각입니다. 해서 황태자 전하께 한 가지 청을 드릴 것이 있사옵니다."

"청? 하하하! 공손 도독께서 나에게 청을 할 때가 있다니 별일이구려. 어디 말씀해 보시구려."

황태자가 즐겁다는 듯 웃음을 터뜨리자 공손각은 즉시 자신이 생각하고 있던 바를 말했다.

"그에게 한시적으로나마 수천호령사의 권한을 주고자 하옵니다. 하오나 일의 특성상 알려져서는 안 될 일. 황태자 전하께서 폐하의 윤허를 받아주셨으면 하옵니다."

황태자의 웃음기 띤 눈이 동그랗게 커졌다.

"수천호령사? 흠, 하긴 금의위의 힘만으로는 그들을 어찌

할 수는 없을 터. 좋소. 윤허는 내가 받아내도록 하겠소."

"감읍하옵니다, 전하."

"하하하, 나라를 위해 일을 하겠다는 사람에게 그 정도 일도 못해줘서는 안 되지 않겠소? 한데 그가 누구요? 한 번 만나봤으면 좋겠구려. 도독이 그리도 신임하는 사람이라니 말이오."

그 말에 공손각은 문득 진용의 모습이 떠오르자 고소를 지으며 고개를 숙였다.

"전하께서 원하신다면……."

2

"어디를 가시려는 겁니까?"

"황태자 전하를 뵈러 가는 길이네."

"황태자 전하를 만나러 간다구요?"

"그렇다네. 전하께서 자네를 보고자 하시네."

늦은 아침, 입궁하자마자 공손각이 함께 갈 데가 있다고 할 때만 해도 별다른 생각 없이 따라나선 진용이었다. 그런데 난데없이 황태자를 만나러 간다는 것이 아닌가.

"저를 말입니까? 그분이 왜?"

"전에 내가 일을 하나 맡기고 싶다는 말을 했었지?"

"그러셨지요."

"그 일과 관련된 일로 만나려는 것이야."

공손각을 따라 태자전으로 들어서자 오가던 궁녀들이 허리를 숙이며 힐끔거렸다. 칠팔 명에 달하는 그녀들의 눈은 한결같이 진용의 움직임을 따라 움직이고 있었다.

그 모습에 공손각이 웃음을 흘리며 말했다.

"헐헐, 꽃 같은 처자들이 이 늙은이는 쳐다보지도 않는구만."

그러면서 쳐다보는 눈빛이 묘하다. 공손각의 장난기 섞인 말에 얼굴이 조금 붉어진 진용은 피식, 가벼운 웃음만 지어 보였다.

한데 그때다. 진용이 웃는 모습에 여기저기서 탄성이 쏟아졌다.

"어머! 날 보고 웃었어. 호호호호……."

"무슨 소리야? 저분 공자님은 나를 보고 웃었는데."

"너무 멋져! 저 눈빛 좀 봐. 너무 깊어서 퐁당 빠지고 싶어……."

호호호, 깔깔깔, 재잘재잘…….

궁녀들의 호들갑에 진용은 아연한 표정이 되었다.

어떤 궁녀는 내놓고 진용을 뚫어지게 바라다본다. 눈이 마주쳐도 눈을 먼저 돌리는 것은 진용이다.

차라리 생사대적을 만나 싸우라면 훨씬 편할 것 같은 기분이다.

"도독, 아직 멀었습니까?"

공손각은 처음으로 보는 진용의 당황한 모습에 참지 못하고 커다란 웃음을 터뜨렸다.

"푸하하하! 이 사람, 이제 보니 영 쑥맥이구만!"

공손각을 재촉해 태자전의 내실로 들어선 진용은 두어 걸음 옮기는 사이 태자전의 모든 것을 한눈에 훑어보았다.

화려할 거라 생각했던 태자전 내의 모습은 생각 외로 그리 화려하지 않았다. 적당한 화려함, 적당히 고풍스런 장식, 그리고 그 가운데서 편안한 자세로 차를 들고 있는 한 사람.

'저자가 황태자인가 보군.'

황태자는 차를 마시던 중이었는지 자신들을 보고 조용히 찻잔을 내려놓고 있었다.

공손각이 그를 보고 허리를 숙였다.

"황태자 전하, 전에 소신이 말한 그를 데려왔나이다."

공손각의 눈짓에 진용도 무릎을 꿇어 예를 표했다.

"금의위 백호, 고진용이 황태자 전하를 알현하옵니다."

황태자는 흑백이 뚜렷한 눈으로 두 사람을 번갈아 바라보더니, 어리둥절한 눈을 들어 공손각을 향했다. 그러자 공손각이 웃으며 입을 열었다.

"오늘부로 천호장이 될 사람입니다, 전하."

공손각의 말에 진용이 먼저 놀란 눈으로 고개를 들어 공손각을 올려다보았다. 하지만 공손각은 진용에겐 눈도 돌리지 않고 황태자를 향해 말했다.

"무공이 매우 뛰어나며, 머리는 더욱 뛰어난 사람이옵니다. 동창의 왕 태감조차 인정했을 정도이니 그 일에 이보다 더한 적격자는 없다 사료되옵니다."

황태자가 호기심 가득한 눈으로 진용을 바라보았다.

잘해야 스물이나 되었을까 싶다. 게다가 서생이 아닌가. 저런 자가 무공이 뛰어난 자라니.

"반발은 없겠소? 아무래도 천호장으로 임명한다면 위장들의 반발이 거셀 텐데."

공손각이 빙그레 웃었다.

"전하께서 그리 임명하라 하셨다고 하면 반발은 그리 염려할 것이 아니라 사료되옵니다. 누가 감히 황태자 전하의 명에 대항하겠사옵니까? 또한 그리한다면 고 천호의 행보에 대한 의심도 덜어질 것이오니 윤허하여 주시옵소서."

적당한 추켜세움에 황태자도 입가에 웃음을 지으며 고개를 끄덕였다.

"흠, 그것도 괜찮은 생각이군. 어쨌거나 여러모로 실력이 뛰어나다는 것은 그대가 인정했으니 그렇다 쳐도, 임무를 수행하기에는 나이가 너무 어리지 않소?"

"오히려 그러하기에 더 나을 수도 있사옵니다."

"더 나을 수도 있다?"

공손각이 또다시 빙그레 웃으며 답했다.

"왕효조차 고 천호의 나이가 어림을 이용하려다 되레 당하지 않았사옵니까?"

"그러니까, 도독의 말은 약점이 장점으로도 작용할 수 있다 이 말이오?"

"충분히 가능한 일이옵니다. 나이가 어리다는 단점의 일부는 지위가 메워줄 것이옵니다. 그리고 경험을 말씀하시는 거라면 그 또한 걱정하지 않으셔도 되옵니다. 소신이 아는 자 중 강호에서 수십 년을 굴러먹은 자가 하나 있사온데, 그를 이 일에 끌어들일 생각이옵니다."

"호! 그래요? 하나 내 듣기로 강호의 사람들은 황궁의 일에 끼어드는 것을 매우 싫어한다 하던데……?"

"그는 절대 소신의 말을 거절할 수 없사옵니다. 너무 심려 마옵소서."

황태자는 천천히 고개를 끄덕이며 그제야 만족의 웃음을 지었다.

그가 아는 공손각은 치밀하고도 무서운 사람이다. 있는 듯 없는 듯하면서도 사람들에게 두려움의 대상이 되는 사람. 공손각이 바로 그런 사람이었다. 위세가 한껏 커졌을 적의 동창조차도 결코 건들지 않으려 했던 사람.

황태자 기(基)는 그런 공손각이 자신있게 추천하는 사람에 대해 호기심이 더욱 깊어졌다.

"고개를 들라."

황태자의 명에 고개를 든 진용, 두 사람의 눈이 허공에서 마주쳤다.

티없이 맑아서 하얀 눈 위에 한 점 먹물이 떨어져 있는 것만 같은 황태자의 눈, 너무도 깊어서 그 속에 무엇이 있는지 아무것도 느낄 수가 없는 진용의 눈.

눈이 마주치자 황태자가 호기심 가득한 목소리로 물었다.

"그대의 나이가 어찌 되는가?"

뜬금없는 황태자의 물음에 진용은 조금 장난기 섞인 대답을 했다.

"한 달만 있으면 스물이 되옵니다."

당신과 별 차이가 없다는 뜻으로 한 대답이었다. 한데 뭐가 그리도 좋은지 황태자는 함박웃음을 지으며 몸을 앞으로 내밀었다.

"그럼 나보다 어리구나. 나는 한 달만 있으면 스물하나거든."

옆에서 바라보던 공손각은 어이없는 표정으로 한 달이라는 기간을 이용해 서로 나이를 올리고 있는 두 사람을 바라보았다.

진용이 쉽게 수그릴 거라고는 애초에 생각지 않았었다. 그렇다고 겁도 없이 황태자와 나이 다툼이라니…….

거기다 황태자는 또 어떠한가. 화를 내기는커녕, 십여 년 동안 만났음에도 지금까지 한 번도 보지 못했던 해맑은 웃음이 입가에 매달려 있다. 마치 친한 친구라도 만난 것마냥.

대체 무엇이 저들을 저렇게 만든 것일까. 공손각으로선 이해할 수가 없는 일이었다.

하긴 당연한 일이었다. 수십 년 넘도록 사선만 넘나든 그가, 이제 와서 어찌 젊음을 이해할 수 있을까.

그때 진용이 질 수 없다는 듯 말했다.

"소신의 생일은 정월입지요. 전하의 생일은 십일월로 알고 있사옵니다만……."

그러자 황태자가 즉시 대답했다.

"누가 그러더구나. 하루 햇볕이 어디냐고 말이다."

한마디로 '아무리 그래 봐야 너는 내 밑이야' 이 말이다.

생각지도 못했던 황태자의 말투에 공손각은 아연한 표정으로 입을 벌렸다. 그는 이제 이해하려 머리를 쓰지 않기로 했다. 그래 봐야 얼마 남지 않은 검은 머리마저 다 백발이 되어버릴 것만 같았다.

하지만 황태자의 그 말에 기분 좋은 웃음을 터뜨리는 이도 있었다. 당연히 세르탄이었다.

'켈켈켈! 황태자가 뭘 아는군. 그럼, 하루 차이도 엄연한 차이지. 그걸 모르는 인간도 있기는 하지만 말이야.'

그동안 진용에게 당한 것이 억울하다는 투다. 당연히 가만히 있을 진용이 아니었다. 그 인간은 분명 자신일 테니까.

'세르탄, 네가 살던 곳은 백 년이 일 년인 세상이니까 너는 그래 봐야 열한 살 꼬맹이야. 조용해!'

'이런 엉터리……'

세르탄이 머릿속에서 난리를 치는 가운데 진용은 황태자를 향해 씩 웃었다.

"그런데 나이는 왜 물으신 것이옵니까, 전하? 형님 아우 할 것도 아니실 텐데……."

형님 아우라는 말에 황태자가 풀썩 웃으며 묘한 눈빛으로 진용을 바라보았다.

"그대가 부러워서지."

부럽다고?

"다른 누구에게 믿음을 줄 수 있다는 것은 대단한 거야. 더구나 그대와 같은 나이에 공손 도독과 같은 사람에게 믿음을 줄 수 있는 사람이 천하에 몇이나 될 것 같나?"

정말로 부럽다는 눈빛이다. 진용은 그런 황태자를 뚫어지게 바라보다 피식 웃음을 지었다. 별소리 다 듣는다는 표정으로.

순간 황태자의 얼굴이 슬며시 굳어졌다.

"내 말이 그리도 웃기는가?"

일순간에 상황이 이상하게 흐르는 듯하자 공손각이 재빨리 나섰다.

"고 천호, 자네……."

그러나 공손각이 미처 뭐라 할 사이도 없이 진용이 입을 열었다.

"전하께서는 욕심도 많으시옵니다. 도독께서 전하를 따르시는 것은 믿음이 아니고 무엇이겠사옵니까? 소신이야 떠나면 그걸로 그만이지만, 전하께서는 계속 도독을 곁에 두시게 될 터인데, 그래도 제가 부러워 보이시옵니까?"

황태자의 굳어졌던 표정이 잘게 흔들렸다.

"내가 욕심이 많다고? 정말 그렇게 보이는가?"

"소신은 그저 곁에 있는 것도 자신의 것으로 만들지 못하면서 멀리 있는 것에 욕심을 부리시는 것은 결코 현명한 군왕의 덕이 아니라 생각할 뿐이지요."

신랄하면서도 막힘이 없는 진용의 어조.

감히 황태자의 면전에서 저토록 거침없이 말을 내뱉다니.

공손각은 조마조마한 심정으로 황태자를 바라보았다, 여차하면 자신이 나서야겠다는 생각으로. 그러나 그의 걱정은 기우였던 듯, 황태자의 격했던 감정은 서서히 평온한 바다처럼 잔잔해지고 있었다.

"그런가? 그렇겠지? 하하하하! 시원하군, 시원해! 오랜만에 제대로 혼나보는 것 같구만."

결국 황태자의 입에서 웃음이 터져 나오자 공손각은 그제야 안도의 한숨을 내쉬었다. 그러면서 그는 질린 눈으로 진용을 바라보았다.

'도대체 저 얼굴 어디에 저런 독설이 숨어 있는 것인지
원…….'

하지만 진용은 여전히 편안한 표정으로 황태자를 향해 입
을 열었다.

"혹시나 해서 말씀드리옵니다만, 나중에 저더러 황궁에 남
으라는 말은 하지 마시옵소서."

황태자의 눈이 동그랗게 뜨였다.

"응? 어떻게 알았나? 그렇지 않아도 일을 마치고 나면 내
곁에 있어달라 하려고 했는데?"

"그래서 미리 말씀드린 것이옵니다. 저는 황궁에 갇혀서
살 팔자가 아니온지라……."

"파, 팔자……?"

뜬금없는 대답에 황태자는 물론이고 공손각마저 멍한 표
정을 지었다. 그러자 진용이 단호하게 고개를 끄덕이며 입을
열었다.

"그렇사옵니다. 팔자지요, 팔자."

사실 진용의 그 말은, 진용이 그냥 황태자의 손에서 벗어나
기 위해 한 말이 아니었다. 그렇다고 진용이 미래를 알아서
한 말은 더더욱 아니었고.

아버지를 찾고 구양 할아버지의 부탁을 들어주기 위해선
얼마의 시간이 걸릴지 모르는 것이다. 십 년이 걸릴지, 이십

년이 걸릴지. 물론 그 일이 일찍 끝난다고 해도 진용은 황궁으로 돌아오고 싶은 마음이 없었다.

어쨌든 진용이 딱 부러지게 '팔자'라고 하자 황태자는 어이없어하는 와중에도 더 이상 그 말을 꺼내지 않았다.

대신 그는 아쉬움이 깃든 표정으로 공손각을 향해 물었다.

"도독, 수천호령사에 대한 것은 언제까지 윤허를 받아내면 되겠소?"

"빠를수록 일이 빨라질 것이옵니다, 전하."

3

한 가지 소문이 황궁에서 검을 쥔 모든 사람들을 들썩이게 했다. 일전에 백귀 좌사웅을 물리쳐 충격을 던져 준 진용에 대한 소문이었다.

그 진용이 동창의 본거지에 들어가서 왕효와 한바탕 신경전을 벌이고 돌아왔는데, 그 일로 동창에 비상이 걸렸단다.

그 일은 하루가 지나기도 전에 금의위에서 모르는 사람이 없을 정도로 유명해졌다.

당연히! 두충이 동네방네 떠들고 다녔기 때문이었다.

심지어 지나가는 동창의 번역을 붙잡고 떠들기까지 해서, 이틀이 지났을 때는 그 사실을 미처 모르고 있던 동창의 사람들조차 모르는 이가 없을 지경이었다.

그렇게 사흘이 지났을 즈음, 또 다른 소문 하나가 은밀하게 금의위의 위장들 사이에서 돌기 시작했다.

고진용 백호장이 도독과 함께 황태자 전하를 알현했다고 하는데, 황태자 전하께선 그가 마음에 들었는지 도독께 명해 그를 천호장에 임명하라 지시했다고 한다.

찬바람이 문틈 사이를 비집고 스며들던 그날, 공손각은 자신의 집무실에서 몇 사람의 위장들을 맞이해야 했다.

"도독, 정녕 그자를 천호로 임명하실 것인지요? 말도 안 됩니다. 들어온 지 보름밖에 되지 않는 자에게 천호라니요?"

"그렇습니다, 도독. 자칫 웃음거리가 될 수 있습니다!"

두 명의 천호가 서로 나서서 입에 침을 튀기며 떠들어대자 공손각은 손을 들어 그들을 제지했다.

이미 예견했던 반발이었다.

"그만! 그 일은 이미 결정된 사항이네."

공손각이 확언하듯 말을 맺자 한쪽에서 조용히 상황을 지켜보던 오십 초반으로 보이는 장년인이 묵직한 목소리로 입을 열었다.

"하오나 도독, 그 사실을 백호들이 알면 적지 않은 불만이 터져 나올 것입니다."

깔끔한 모습에 검은 수염을 탐스럽게 기른 그는 눈이 매처럼 날카롭게 생긴 자였다. 북진무사 송시명과 더불어 금의위의 양대 축이라는 남진무사 양호경이 바로 그였다.

공손각은 그가 염려하는 것이 무엇인지 잘 알고 있었다. 그렇다고 결정된 사항을 바꿀 수는 없었다. 그리고 무엇 때문에 고진용을 천호에 임명했는지, 그 이유는 더더욱 알려줄 수 없었다.

공손각은 무심한 눈으로 그를 바라보았다.

"황태자 전하께서 명하셨고, 내가 결정한 일이야. 지금 자네는 나의 결정이 불만이란 것인가, 아니면 황태자 전하께 불충이라도 하겠다는 겐가?"

"속하가 어찌 감히⋯⋯. 저는 다만 그토록 젊은 사람이 천호에 임명되면 금의위의 위장들이 흔들릴까 봐서⋯⋯."

"자네가 보기에 금의위가 기껏 한 사람의 임명 때문에 흔들릴 정도로 형편없다고 보는가? 자네는 너무 걱정이 많아, 양 진무사."

"하오면 그를 그대로 천호로 임명할 생각이신지⋯⋯?"

"이미 결정된 일이라 했네."

"으음, 도독께서 그리 결정하셨다면 어쩔 수 없지요. 하나한 가지, 그가 과연 천호장의 위치에 오를 만한 자인지 시험을 해보도록 허락해 주십시오."

공손각이 슬며시 웃음을 지었다.

"자네는 그에 대한 소문이 사실인지 그게 궁금한 거로군."

"솔직히, 믿을 수가 없는 소문이 아니겠습니까?"

4

아침 일찍 정광과 함께 입궁한 진용은 동화문을 지나 구소로 향하면서 심상치 않은 공기를 감지했다.

사람들이, 특히 금의위의 위사들이 그를 바라보는 눈빛에 호기심이 잔뜩 어려 있지를 않은가.

뒤따르던 정광도 그러한 기미를 눈치 챘는지 두충을 돌아다보았다.

"두가야, 너 뭐 소문 들은 것 없어?"

"예? 뭘요?"

"요즘 네가 떠들어댄 통에 황궁 안이 온통 우리 소장 이야기로 시끄럽다면서? 그렇게 돌아다녔으면 뭔가 주워들은 이야기라도 있을 것 아냐?"

"제가 무슨 청소붑니까, 주워듣게?"

"잉? 지금 반항하겠다는 거냐?"

"그럴 리가요?! 제가 어찌 감히……."

"아냐, 아냐, 가끔씩 반항해도 괜찮아."

"정…… 말요?"

"그래야 나도 손맛 좀 볼 거 아니냐."

부르르, 몸을 떤 두충은 '그럼 그렇지' 하는 눈빛으로 정광을 한 번 흘겨보고는 고개를 돌려 버렸다. 그러다 무슨 생각이 났는지 눈을 번쩍 뜨고 말했다.

"아! 어제저녁에 들은 이야긴데요, 남진무사의 위장들이 소장님께 비무를 신청한다고……."

그럴 줄 알았다는 듯, 정광의 손이 번개처럼 허공을 가르며 호두 쪼개지는 소리가 났다.

딱!

두충은 눈이 튀어나올 것 같은 충격에 소리를 뺙 질렀다.

"아이고, 머리야! 제가 동네북입니까? 왜 때려요?!"

"이놈아, 맞을 짓을 했으니까 맞지! 왜 아까 물었을 때는 대답을 안 한 거야?"

"뭘… 요?!"

다시 한 번 소리치려던 두충은 정광의 손이 올라가는 것을 보고는 재빨리 소리를 죽였다. 그러자 정광이 눈을 부라리며 물었다.

"남진무사의 위장들이 싸움을 걸려고 한다며?"

"에이, 도장님도. 그게 어디 싸움입니까? 비무라니까요."

"이놈이! 그거나 저거나……."

정광의 손이 다시 올라간다. 그때 진용이 나서서 두충의 위기를 막아주었다.

"무엇 때문이라고 합니까?"

두충은 재빨리 진용의 곁으로 자리를 옮겨 빠르게 입을 열었다.

"헤헤, 그야 소장님이 백귀를 패대기치고, 동창에 찾아가 한바탕 휘젓고 왔다고 했더니 시기를 하는 것이겠지요, 뭐."

결국은 자기가 소문낸 일 때문이라는 말. 그런데도 말투에 조금의 미안함도 없다. 진용은 웃음이 나오는 것을 참고 다시 물었다.

"그런데 남진무사의 사람들만 비무를 청했다고 했나요? 북진무사의 위장들 중에는 비무를 청한 사람이 없나요?"

"예. 제가 알기로는…… 그러고 보니까, 그거참 이상하네……."

두충이 고개를 갸웃거리며 미간을 찌푸리자 진용은 고소를 지었다. 난데없이 남진무사의 위장들이 비무를 하려는 이유를 진용은 어렴풋이 짐작하고 있는 것이다.

'그러게 천호는 안 하겠다니까, 그 영감 귀찮게 하시네.'

태자전을 나서며 공손각이 누누이 당부했었다. 한 사람이라도 아는 사람이 적을수록 좋으니 수천호령사에 대해선 절대 입을 열지 말라고.

그러니 수천호령사에 대한 것을 알고 있는 사람은 오직 다섯 사람, 자신과 황태자를 비롯해 공손각과 육두명, 그리고 북진무사 송시명뿐이다. 심지어 정광이나 두충조차 아직은 모르고 있는 일이다.

그러나 천호에 대한 것은 비밀로 해둘 수 없는 일. 결국 남진무사와 나머지 천호들에게도 이야기를 했을 터, 그들이 반발하지 않으면 도리어 그것이 이상한 일이었다.

'아마도 비무라는 명목으로 나를 시험하려는 것이겠지.'

귀찮기는 하지만 이미 소문까지 난 마당, 진용은 굳이 피하고 싶지 않았다.

"언제 한다고 합니까?"

진용이 묻자 두충이 즉시 대답했다.

"글쎄요. 오늘 미시, 점심을 먹고 나서 반 시진 후에 한다고 한 것 같던데……."

당사자도 모르는 것을 잘도 알고 있다. 과연 자신이 금의위의 마당발이라 하더니 틀리지는 않은 듯하다. 한데 그때.

"그런데 왜 우리에게는 알리지 않은 것이지?"

정광이 의아하다는 듯 중얼거렸다. 그러자 두충이 슬금슬금 게걸음으로 진용을 가운데 두고 정광과는 반대편으로 가더니 조그만 소리로 말했다.

"이제 생각났는데요, 아침에 육 천호장님께서 소장님 오시는 대로 모시고 오라고 했는데…… 아마 그것 때문에……."

그 말에 정광이 부드러운 목소리로 두충을 불렀다.

"너 잠깐 이리 좀 와볼래?"

두충은 속으로 외쳤다.

'내가 미쳤수?'

5

육두강은 자신의 집무실 뒤에 있는 공터에서 눈을 반개한 채 삼 척 장검을 천천히 휘두르며 자신이 이십여 년 넘게 익혀온 비연십팔검을 펼쳐 봤다.

　사실 천호장이 된 이후 그가 직접 나서서 검을 펼칠 일은 거의 없었다. 그럼에도 그는 하루도 거르지 않고 꾸준히 검을 연마해 왔다, 그때만큼은 자식을 잃고 부인을 잃은 아픔을 잊을 수 있었기에.

　그렇게 검은 그에게 있어 또 하나의 인생이 된 것이다.

　그러나 최근 들어 그는 자신의 검에 만족을 느낄 수가 없었다. 어쩌면 고진용을 만난 이후 더욱 그런 마음이 들었는지도 모른다.

　자식과 같은 나이의 그가 자신보다 월등히 강한 무공을 지니고 있다는 것은 그에게 충격으로 다가왔다.

　그가 집 안에 있던 석등에 격공탄지로 구멍을 내는 것을 보고도 그의 무위를 짐작치 못했던 것을 생각하면 웃음이 나오기까지 했다. 한편으로는 그때 역시 최선을 다하지는 않았을 터. 과연 그가 최선을 다한다면 어떤 결과가 나왔을까 궁금하기도 했다.

　휘이익!

　허공을 쓸고 올라간 검세가 삼방을 제압하며 떨어져 내린다. 비연십팔검에서 가장 정묘한 검초인 비연낙상이다.

곧바로 이어지는 검초는 비연참마. 빠르면서도 신랄하기 그지없는 검세가 전면을 난자하며 십여 개의 검화가 피어난다.

"핫!"

그의 입에서 짧은 기합이 터져 나왔다. 순간, 빠르게 나아가던 검세가 멈추더니 파란 기운이 검끝에서 피어올랐다.

그러더니 일순간, 피어오른 검기가 검첨에 뭉쳤다. 검기성형의 경지.

강호에서도 일류고수들 중에 상급의 고수들만이 펼칠 수 있다는 검기성형이 그의 검끝에서 발현된 것이다.

팟!

육두강은 검을 힘껏 내밀었다.

검첨에 뭉친 검기가 주욱 나아가더니 정면 허공에 하나의 구멍을 뚫었다.

하지만…… 거기까지가 다였다.

검첨을 벗어난 검기는 한 자도 나아가지 못하고 소멸되어버렸다.

"후우욱!"

깊게 숨을 들이켠 육두강은 안타까운 눈으로 자신의 검을 내려다보았다. 검기성형을 이루기는 했지만, 그를 이용해 검초를 펼칠 수는 없다. 결국 빛 좋은 개살구다. 남 앞에서 자랑할 것이 아니라면 펼칠 수도 없는 경지가 무슨 소용이란 말인가.

일전에 송시명이 검을 펼치는 것을 본 적이 있었다. 검기를 유형화시켜 자유자재로 다루고 있는 그를. 그것이 벌써 삼 년 전이었다. 언젠가는 자신도 그 경지에 도달하리라 생각했거늘⋯⋯.

"정녕 안 되는 것인가? 삼 년의 세월이 짧은 것인가, 아니면 나의 자질이 그만큼 되지를 못하는 것인가?"

씁쓸한 표정으로 돌아서던 육두강은 저만치에서 자신을 바라보고 있는 세 사람을 보고는 순간적으로 얼굴이 붉어졌다. 그리고 공연히 화도 났다.

"왔으면 기척이라도 낼 것이지?!"

하지만 그들 중 조금이라도 미안하다는 표정을 짓는 자는 두충뿐이었다.

오히려 말코도사 정광은 콧방귀를 뀌며 대꾸했다.

"그러게 누가 이렇게 탁 트인 곳에서 연무하라고 했남?"

그리고 진용은 한술 더 떠서 자신의 검을 평가했다.

"검이 사람을 따라가지 못하는 것 같네요. 그렇죠, 도장님?"

"그건 자네 말이 맞네. 사람은 안 그런데 검은 저렇게 부드럽다니, 나원."

뭐야? 내가 어디가 어때서?

육두강은 짐짓 기분이 나쁘다는 듯 인상을 쓰며 말했다.

"그래도 적도들에겐 인정사정없는 검일세."

"그거야 천호장님의 마음이 강하니 그런 것이지요."

진용은 담담한 말투로 말하며 육두강에게로 걸어갔다.

"금의위에는 뛰어난 검법이 많다는데, 왜 그런 검을 익히셨죠?"

"그게…… 본래는 다른 검법을 익혔었는데, 마누라가 이 검법을 제일 마음에 들어했거든. 나도 그리 싫지 않아서 이십 년째 이 검만 익혔지."

한마디로 마누라 때문에 몸에 맞지도 않는 검을 익혔다는 말.

진용과 정광은 어이가 없다는 표정으로 육두강을 바라보았다. 아무리 봐도 자신들이 보고 있는 육두강이 지금껏 봐온 육두강인지 의심스러울 지경이다.

"그럼 다른 검은 익히지 않았습니까?"

육두강은 검집에 꽂힌 자신의 검을 한 번 내려다보고는 고개를 끄덕였다.

"그렇다고 봐야겠지. 왜? 이 검이 정말 마음에 안 드는가?"

진용은 물끄러미 육두강을 바라보다가 무엇 때문인지 대답을 하지 않고 고개를 반쯤 숙인 채 생각에 잠겼다.

그러기를 얼마, 어정쩡해진 상황이 지속되자 육두강이 집무실 쪽을 가리켰다.

"일단 안으로 들어가지."

그제야 진용이 고개를 들고 말했다.

"다른 검을 익힐 생각은 없으십니까?"

"다른 검? 이십 년을 익혀온 검을 버리고 다른 검을 익히란 말인가? 그게 가능하다고 생각하나?"

"몸에 어울리지 않는 옷을 오래 입고 다니면 친숙한 느낌 때문에 다른 옷을 입을 수 없을 것 같지만, 꼭 그렇지만도 않습니다. 몸에 맞는 옷을 찾으면 금방 그 옷에 익숙해져서 오히려 더 편할 수도 있지 않겠습니까?"

"검과 옷이 다르다는 것은 자네도 잘 알 텐데?"

"다르긴 해도 몸에 맞지 않는 검을 익히는 것보다는 나을 거라 생각합니다만……."

"음……."

자신도 요즘에 와서 어렴풋이 느끼고 있던 바였다. 그러나 사십 중반이 되어서 새롭게 검을 익힌다는 것이 말도 안 되는 것 같아 포기하다시피 한 일이었다. 그런데 진용의 말을 들어보니 꼭 그렇지만도 않은 것 같지 않은가.

"한 번 생각해 보도록 하지. 자, 들어가세."

안으로 들어가자 육두강이 바로 본론을 꺼냈다.

"들었는지 모르겠지만, 남진무사 양호경이 자네의 무공을 시험하겠다고 했다더군."

"두 위사에게 들었습니다."

"그리고 그 일이 끝나고 나면 바로 황궁을 떠나야 할 것 같네. 형식상으로는 군에 대한 감찰 임무가 될 걸세."

그 말에 진용의 눈빛이 깊게 가라앉았다.

"잘되었군요. 그렇지 않아도 나갈 때가 되었다 싶었는데."

황궁 안에서 뭔가를 더 얻기는 힘들다는 것을 절감하고 있던 터였다. 사실 입궁하면서도 속으로는 공손각을 만나 떠나야겠다는 말을 해야겠다 생각하고 있던 중이었다. 그것이 임무를 수행하기 위해서든, 아니면 자신의 일을 하기 위해서든.

강호에 나가 아버지를 찾는 것이 더 빠를 것이라 생각했기에.

더구나 삼왕이 강호의 문파와 관련되었다지를 않던가.

진용이 무심한 표정으로 바라보자 육두강은 다시 말을 이었다.

"자네와 정 백호, 그리고 두 위사까지 세 사람만 떠나게 될 걸세."

육두강의 말이 떨어지자 두충이 벼락이라도 맞은 듯 놀라서 벌떡 일어섰다.

"저도 간다고요? 어디를요? 제가 왜……?"

진용은 그렇다 치고, 정광이 황궁을 떠난다는 말에 춤이라도 추고 싶었던 두충이었다. 이제야 저 악귀 같은 미친 도사의 손에서 벗어나는가 보다, 하면서.

그런데 뭐라고? 자기도 같이 나가야 한다고? 왜! 왜!!

세상에 어찌 이런 일이! 하늘이시여, 왜 나를 이리도 못살게 구는 것입니까?!

그때 정광이 심드렁한 표정으로 두충을 바라보고 입을 열었다.

"저 멍청한 화상을 데리고 다녀야 하다니……. 육 천호, 꼭 저놈을 데려가야 하는 거요?"

"연락할 사람이 있어야 하지 않겠소? 두 위사가 조금 털털하게 보이기는 하지만 제법 눈치도 빠르고, 일을 처리하는 것도 일반 위사들 중에는 괜찮은 편이외다."

두충은 육두강의 바짓가랑이라도 잡고 싶은 심정이었다.

"육 천호장님, 연락 임무를 맡을 사람이라면 굳이 제가 아니라도……."

하지만 육두강은 그의 그런 소원을 간단히 뭉개 버렸다.

"이 일을 알고 있는 사람은 여기 있는 우리와 도독, 그리고 고 천호의 일을 도와줄 북진무사밖에 없네. 그러니 자네가 가지 않겠다면…… 나는 자네를 고 천호가 임무를 완수할 때까지 뇌옥의 독방에 집어넣는 수밖에 없네, 얼마가 될지는 모르겠지만. 어떻게 하겠나? 아무도 없는 독방에 들어가겠나, 아니면 고 천호를 따라가 임무를 맡겠나?"

뇌옥? 독방?! 그것도 임무를 완수할 때까지?

두충의 눈이 튀어나올 듯이 부릅떠졌다.

"제가 언제 가지 않겠다고 했습니까?! 그냥 다른 사람도 그 일을 할 수 있다는 것이었지요! 안 그렇습니까, 고 천호장님? 도장님?"

부릅뜬 눈에서 눈물이 나올 것 같았다. 그는 독방만큼은 가고 싶지 않았다. 이 년 전, 헛소리를 지껄였다 경험한 딱 이틀 동안의 독방 생활은 그에게 지옥이었던 것이다.

그의 노력이 헛되지 않았던지 정광이 고개를 끄덕이며 말했다.

"하긴, 죄없는 자네를 어찌 독방에 있게 하겠나. 그동안 정도 들었는데."

"그, 그렇죠, 도장님?"

"그리고…… 자네라도 있어야 내가 심심하지 않지."

"……."

두충은 그 말을 듣고 나자 어쩐지 온몸이 근질근질해지는 기분이었다.

'저 미친 도사가 무슨 생각을. 설마……?'

6

옷깃을 여미게 하는 차가운 겨울바람이 유난히 매섭게 몰아치자, 황궁의 곳곳을 쓸고 지나가는 찬바람에 지나던 궁인들이 모두 몸을 움츠리고 종종걸음을 치고 있었다.

그러나 오직 한 곳만은 예외였다. 해가 중천에 떠 있는 금의위의 연무장에서는 차가운 바람이 접근을 하지 못할 정도로 뜨거운 열기가 피어오르고 있었다.

점심을 먹고 난 지 한 시진이 지난 미시 무렵, 마침내 남진무사의 위장들과 최근 황궁에 폭풍을 몰고 온 고진용 천호와의 비무가 시작된 것이다.

그러나 비무가 시작된 지 채 이각이 지나기도 전, 연무장을 둘러싼 수십 명의 위사와 위장들은 입을 떡 벌린 채 놀란 입을 다물지 못했다.

남진무사의 고수 중 한 사람인 백호 안창이 다섯 수를 넘기지 못하고 꺼꾸러졌을 때만 해도 그저 단순한 놀라움뿐이었다. 백귀를 이겼다 했으니 그 정도는 당연하다는 생각이었다.

그러나 남진무사의 백호 중 다섯 손가락 안에 든다는 추종 명마저 다섯 수를 넘기지 못하고 진용의 손에 검이 잡힌 채 무릎을 꿇자 사람들은 웅성거리며 진용의 무위를 송시명과 비교하기 시작했다.

그리고 마침내, 천호 장대중이 나와 진용에게 비무를 청하자 사람들은 환호하는 와중에도 손에 땀을 쥐었다.

"대단하군. 저 두 사람도 그리 약한 사람들이 아니거늘……. 나는 천호 장대중일세. 최선을 다할 것이니 그대도 힘을 아끼지 말도록."

사십 초반의 장대중은 날카로워 보이는 눈에 오만하면서도 잔인한 빛이 가득 담긴 자였다. 조금 마른 체형의 그는 진용을 향해 걸어오면서도 한쪽을 흘깃 바라보고는 가볍게 눈짓을 했다.

그곳에는 오십 초반으로 보이는 흑염의 장년인이 팔짱을 낀 채 두 발로 대지를 짓누르고 서 있었다.

진용은 장대중이 누구를 보는지 익히 짐작하고 있었다. 이곳에 있는 사람들 중 가장 강해 보이면서도 처음부터 지금까지 입을 다물고 있는 자. 바로 남진무사 양호경이 바로 그였다.

송시명에 비해 뒤진다는 것이 일반적인 평이지만, 진용이 보기에는 꼭 그렇지 만도 않은 듯했다.

뭔가를 숨기고 있는 것만 같은 자.

공손 도독은 무엇 때문에 저자에 대해 거리를 두고 있는 것일까?

왜 저자에게는 수천호령사에 대한 사실을 숨기고 있는 것일까?

하나 자신이 지금 신경 써야 하는 상대는 그가 아니다.

'훗, 상대를 앞에 두고 쓸데없는 생각은……'

두 손을 늘어뜨린 채 양호경에 대한 상념을 접은 진용은 다시 담담한 눈으로 다가오는 장대중을 직시했다.

'저자가 마지막인가?'

제법 강해 보인다. 하나 자신의 상대는 아니다. 백귀 좌사응에 비해 그리 나을 것이 없는 자다.

한편 진용의 뒤쪽에 정광과 나란히 서 있던 육두강은 미처 장대중이 나올 줄은 몰랐던 듯 눈살을 찌푸린 채 비무장을 지켜보았다.

"장 천호가 직접 나오다니, 대체 무슨 생각으로……."

그때.

"그렇게 상황 판단이 안 되나? 얼마나 당해야 정신들을 차리려는지. 쯔쯔쯔……."

정광이 심드렁한 말투로 중얼거리며 혀를 차자 육두강은 옆을 돌아보고 나직한 목소리로 물었다.

"고 천호가 이길 수 있겠소?"

정광이 부리부리한 눈을 가늘게 뜨고 입을 열었다.

"어느 정도 상대가 되어야 이기네 지네, 말하는 재미라도 있지. 이거야 원……."

한마디로 말할 건덕지도 없다는 투다. 그러더니 간단하게 자신의 생각을 말하는 정광이었다.

"삼 초! 봐주면 오 초! 뭐, 지금까지 한 걸로 봐서는 오 초에 끝낼 것 같은데……."

그 말에 육두강의 표정이 굳어졌다. 말인즉, 지금까지 오 초에 상대를 물리친 것도 상대를 봐줘서라는 말이 아닌가?

육두강은 문득 궁금증이 일었다. 그래서 물었다.

"만일 전력을 다한다면?"

피식! 정광이 웃었다. 그리고 말했다.

"죽이려고 마음먹으면 삼 초 안에 죽일 수 있을 거유."

"설마?"

"그것도 저 인간의 본실력을 내가 잘 모르는 상태에서 평가한 거외다. 어쩌면…… 에휴, 나도 정확히는 모르겠수. 그만 합시다, 육 천호."

육두강은 자신도 모르게 입을 벌렸다. 천호 장대중은 자신보다 더 강한 고수다. 그런 장대중이 고진용의 삼 초 상대라니. 정광을 모르고 있었다면 절대 믿을 수 없는 말이었다.

따당!

연무장 쪽에서 격렬한 격돌음이 터져 나왔다.

급히 고개를 돌린 육두강의 눈에 들어온 광경은 장대중이 흐트러진 자세로 뒤로 물러서는 모습이었다. 그리고 진용이 그런 장대중을 따라 미끄러지듯 걸음을 옮기고 있었다.

육두강은 자신도 모르게 숫자를 세었다.

'일 초!'

진용은 뻗어오는 검신을 손가락으로 내리찍고는, 그 충격에 뒤로 물러서는 장대중을 따라 한 걸음 내딛었다.

순간적으로 위기를 느꼈는지 뒤로 물러서던 장대중이 이를 악물고 검을 흔들었다. 그러자 급격히 흔들리는 그의 검신에서 매화가 피어올랐다.

하나, 둘… 일시지간 모두 다섯 송이의 매화. 매화를 피워 낸 장대중의 두 눈이 차갑게 가라앉았다.

생각지도 못했던 일수에 검신이 가격당한 순간, 그는 자신 의 검신으로부터 전해지는 충격에 팔이 저려올 지경이었다.

하지만 자신이 누군가. 한때 화산의 정식 제자로서 기재 소 리를 들으며 매화검수까지 올랐던 자신이 아니던가.

"이놈!"

다가오는 진용을 향해 매화를 떨쳐 내는 장대중의 입가에 싸늘한 살소(殺笑)가 맺혔다.

'죽여 버리겠다!'

그 웃음이 진용의 생각을 바꾸어놓았다.

조용히 마무리 짓고 황궁을 떠나려 했다. 그런데 순수하게 비무를 하자고 해놓고 살심을 품다니!

'원한다면 원하는 대로 해주지!'

찰나 간에 다섯 송이의 매화가 코앞까지 다가왔다.

진용은 내력이 실린 두 손을 쫙 펴고서 검기로 이루어진 매 화를 망설임없이 감싸 버렸다. 팔성 이상의 내력이 뭉쳐진 두 손은 이미 골육으로 이루어진 손이 아니었다.

쩌저적!

매화가 손가락 틈바구니에서 비명을 지르며 부서져 나간 다.

동시에 장대중의 눈도 더할 수 없이 커져 버렸다. 설마하니 검기로 이루어진 매화를 맨손으로 움켜쥘 줄은 생각도 못했다는 표정이다.

"헛! 이런!"

하지만 머뭇거릴 틈이 없었다. 매화를 부숴 버린 진용의 커다란 손이 검신마저 움켜쥐어 버린 것이다.

무식하게까지 보이는 수법! 그러기에 상대는 더욱 흐트러질 수밖에 없다. 장대중이라고 해서 예외는 아니었다.

진용은 좌수로 장대중의 검신을 움켜쥐고는 그대로 장대중의 품속으로 파고들었다.

당황한 채 주르륵, 빠르게 뒷걸음치는 장대중. 그러나 그가 아무리 빨라도 정광의 풍혼을 익힌 진용보다 빠르지는 못했다.

석 자의 간격!

진용의 우수가 독수리의 발톱처럼 장대중의 어깨를 찍어간다.

철판조차 꿰뚫어 버릴 가공할 힘이 실린 채!

장대중은 찍어오는 손을 피하기 위해 어깨를 틀며 붙잡힌 검을 빼내기 위해 혼신을 다해 비틀었다.

그러나 장검은 꼼짝도 하지 않았다. 그나마 어깨를 찍어오는 손가락은 피한 듯하다.

하나 그것도 한순간이었다.

어깨를 스쳐 간 손이 본래부터 그리 움직이려 했던 것마냥 옆으로 틀어지더니, 장대중의 어깨를 단번에 움켜쥐어 버렸다.

장대중은 믿을 수 없는 각도로 휘어진 진용의 손이 어깨를 움켜쥐자 안색이 흙빛으로 물들었다. 처절한 극통!

"크윽!"

결국 장대중의 입에서 고통에 찬 신음이 터져 나왔다. 그러나 그것이 끝이 아니었다.

이를 악물고 어깨를 털어내려는 장대중을 향해 진용의 무릎이 보이지 않는 속도로 파고들었다.

쾅!

자신도 모르게 검을 놓고 손을 들어 가슴으로 파고드는 무릎을 막아보지만 그 충격은 상상 밖이었다.

가슴부터 시작한 충격이 전신으로 치달림과 동시, 장대중의 입이 쩍 벌어지더니 그대로 일 장 밖으로 튕겨져 버렸다.

그 광경에 환호하던 모든 사람이 입을 다물었다.

안창과 추종명이 힘도 못 쓰고 무너졌다. 어쩌면 장대중조차 고진용을 이기지 못할 거라고 나름대로 예측은 했었다. 그리고 결과도 예측대로 장대중이 패했다.

그러나 너무 빨리 승부가 났다. 처음 보는 무식한 방법에 의해, 다문 입이 벌어지지 않을 정도로 빠르게!

하지만 그들이 알까? 지금 본 것이 결코 진용의 모든 것이 아니라 극히 일부분일 뿐이라는 것을.

진용은 뒤쫓아가지 않고 비틀거리며 일어서는 장대중을 가만히 응시했다.

검조차 놓아버린 그는 이미 조금 전의 기세등등하던 장대중이 아니었다. 그의 초점이 흐려진 눈은 격하게 흔들리고 있었다.

자신이 단순해 보이는 몇 초식의 권각에 무너진 것이 어이가 없는 듯했다.

본신의 힘을 되찾기 위해선 족히 한 달간은 근신하며 치료를 해야 할 부상을 입었는데도, 지금 당장은 정신적인 충격이 더 큰 것 같았다.

그런 장대중을 향해 진용이 입을 열었다.

"장 천호께선 검을 너무 쉽게 놓으시는군요. 내가 아는 누구는 검을 자신의 인생이라며 죽어도 놓지 않으려 하던데 말입니다."

부르르, 몸을 떤 장대중이 허탈한 표정으로 고개를 숙였다.

그때였다. 구경하던 위사장들 사이에서 묵직한 목소리가 흘러나왔다.

"천호로서의 실력이 충분하다는 것을 인정하지 않을 수 없군."

그였다. 남진무사 양호경.

"무공만이 능사가 아님을 모르는 바는 아니나, 그대는 다른 부족한 것을 무공만으로 메울 수 있을 정도야. 천호장이 되었음을 진심을 축하하네."

진용은 양호경을 담담한 눈으로 바라보다가 천천히 포권을 취하며 고개를 숙였다.

"진무사께서 그리 말씀해 주시니 감사할 따름입니다. 사실 이런 일이 벌어지지 않았으면 더 좋았겠지만 어차피 벌어진 일, 그나마 좋은 방향으로 끝나 다행이라 생각합니다. 그럼 이만 물러가겠습니다. 임무가 있어서……."

진용이 자신의 말만 하고 돌아서자 양호경의 미간이 꿈틀거렸다. 그러나 그는 결코 가벼운 사람이 아니었다. 지금 상황에서 진용에게 뭐라 해봐야 자신의 위신만 깎인다는 것을 누구보다 잘 아는 그인 것이다.

"부디 임무를 훌륭히 완수하길 바라겠네."

돌아서서 걸어가는 진용의 입가에 가느다란 웃음이 맺혔다.

'물론 그래야겠죠. 당신이 생각하는 임무와는 조금 다른 임무지만 말입니다.'

진용이 움직이자 정광과 두충도 돌아서 진용의 뒤를 따랐다.

육두강도 양호경에게 가벼운 목례로 인사를 올리고는 신형을 돌렸다. 그러면서 나직한 목소리로 중얼거렸다.

"사 초야, 오 초야? 너무 빨리 끝나는 바람에 헷갈리네."

공손각은 아무런 말도 없이 하나의 서찰을 내밀었다.

"뭡니까?"

"한 사람에게 보내는 서신, 그리고 약간의 돈이 들어 있네."

돈이라는 말에 정광이 고개를 빼꼼히 내밀었다. 그러자 공손각이 말했다.

"돈은 절대 저놈에게 맡기지 말고 반드시 자네가 관리하도록 하게."

찔끔한 정광이 툴툴거렸다.

"누가 뭐라 했다고 그러십니까?"

"사숙도 못 알아보는 놈에게 돈 맡겼다 잃어버릴까 봐 그런다, 이놈아!"

"크크큭……."

입이 열 개라도 할 말이 없는 정광이었다. 그렇다고 두충이 옆에서 키득거리는 것까지 참을 정광 또한 아니었다.

"이놈이 어디서!"

주먹이 허공에 들렸다. 순간적으로 두충의 목이 자라처럼 쏙 들어갔다. 다행히 공손각의 앞인지라 정광은 손을 내려치지는 않았다.

"한 번만 더 웃어봐라, 요놈."

진용은 빙그레 웃으며 고개를 돌려 공손각에게 물었다.

"누굽니까, 이 서신을 받을 분이?"

"내 오랜 친구네. 만나지 않은 지 이십 년 가까이 되었네만, 아직 멀쩡하게 살아 있다더군. 좀 괴팍하긴 하지만 그만큼 강호사에 밝은 사람도 몇 없을 친구지. 그를 찾아가 서신을 전하면 그가 자네를 도와줄 거네."

언뜻 공손각의 눈빛이 아련한 추억을 더듬는 것처럼 느껴졌다. 그만큼 그 친구라는 사람과 가까운 사이였던 듯했다.

"그의 이름은 선우신광이라 하네. 강호의 사람들은 그 친구를 독행귀자라 부른다더군. 일 년 전만 해도 무당산 언저리에 살고 있다 들었네. 아마 내 생각대로라면 지금도 거기 있을 거야."

진용의 눈이 휘둥그레졌다.

"독행귀자 선우신광이요?"

"아나?"

"들어는 봤습니다."

정광과 두충은 눈을 디룩디룩 굴리며 공손각과 진용을 번갈아 봤다. 그들의 눈이 묻고 있었다.

그게 누군데?

진용이 고소를 머금고 입을 열었다.

"조금 주위가 시끄러워지기는 하겠지만 그분이 도와준다면 강호를 행보하는 데 많은 도움이 될 겁니다. 한데 그분이 무조건 도와줄까요? 만난 지 이십 년이나 되었다면서요."

"도와줄 거네. 그로선 그럴 수밖에 없거든. 내 이름을 걸지. 클클클……."

"……?"

8

진용은 공손각의 집무실을 나와 묵묵히 걸으며 공손각이 들려준 말을 되새겨봤다.

"삼왕이 사라진 지 보름이 지났을 때, 동창의 움직임에서 이상한 점이 발견된 것은 우연이었네. 처음에는 그들이 그저 양 태감을 잡기 위해 움직였다 생각했지. 우리는 그 일을 동창 스스로 처리하는 게 낫겠다 싶어서 그냥 놔두었고 말이야. 한데 문득 이상한 점이 자꾸 보이더구만. 움직임 자체가 너무 지나치게 은밀한 데다 양 태감을 잡으려 하는 것치고는 너무 많은 수가 움직였지. 그리고 보다 중요한 것은 동창의 고수들 중 몇 명이 사라진 거야. 자네도 어렴풋이 느꼈겠지만 동창에는 우리 금의위와 비교되지 않을 정도로 상당히 많은 고수들이 있다네."

맞는 말이었다. 진용이 본 동창은 금의위와 비교하면 복마전과도 같은 곳이었다.

"그리고 그중에는 우리도 모르게 비밀리에 기른 고수들도 있지. 한데 사라진 자들이 바로 그들인 것 같았네. 처음에는 그 사실조차 모르고 있었지. 그런데 누가 그러더군. 동창의 누구누구가 언제부턴가 안 보이는데, 동창의 사람들조차 그 사실을 잘 모르는 것 같다고. 그리고 그 사람들이 대부분 환관들 중에서도 고수로 유명한 사람들이라는 거네. 해서 나름대로 조사를 해봤지, 그냥 동창의 움직임을 정확히 알아볼까 해서. 그러다 알아낸 사실은 우리에게 상당한 충격을 줬다네. 그게 뭔지 아나?"

그 말을 할 때는 공손각의 표정이 침중히 굳어졌었다, 철혈도독 공손각답지 않다는 생각이 들 정도로.

"동창의 비밀 고수들이 강호의 일에 참견하고 있다는 거였어. 그 이유가 뭔지 정확히는 모르지만, 우리가 한 명의 천호를 희생하면서 얻은 정보에 의하면, 동창은 뭔가 밝혀지기 두려운 일을 영원히 묻어버리기 위해서 고수들을 강호에 내보낸 것 같았네. 문제는 그 일이 차라리 그대로 묻혀 버리면 다행인데; 그러지 못하고 밖으로 드러나면 황실이 혼란을 겪을지 모른다는 거네. 그게 문제지⋯⋯. 아참! 처음에 동창의 고수들이 보이지 않는다고 한 게 누군지 아나? 바로 두충이라네."

그가 한 긴 이야기 중 진용의 관심을 끈 대목은 다른 것이 아니었다.

"그들이 두려워하는 것, 거기에는 자네 아버지와 관련된 뭔가도 있지 않을까 하는 것이 우리의 생각이네."

그럴지도 모른다. 삼왕이 연루되어 있고, 동창이 쫓고 있는 거라면 그럴 가능성은 충분했다. 진용은 그거면 족했다.

"좋아! 가능성만 있다면 일단 뭐든 다 조사를 하고 본다. 판단은 그 다음이야."

『마법 서생』 3권에 계속…

FANTASTIC ORIENTAL HEROES

무한 상상 · 공상 세계, 청어람 신무협&판타지

『한백무림서』11가지 중『무당마검』,『화산질풍검』을
잇는 세 번째 이야기『천잠비룡포』의 등장!!

천상천하 유아독존!!
새로운 무림 최강 전설의 탄생!!

『천잠비룡포』
(天蠶飛龍袍)

천잠비룡포(天蠶飛龍袍) / 한백림 지음

천잠비룡황, 달리 비룡제라 불리는 남자.

그는 누군가의 명령을 받고 움직이는 남자가 아니다.
그는 자신의 적을 앞에 두고 물러나는 남자가 아니다.
그는 자신의 이름 안에 있는 자들의 원한을 결코 잊는 남자가 아니다.

그 누구보다도 결정적이고 파괴력있는 면모를 지닌 남자.
황(皇)이며, 제(帝). 그것은 아무나 지닐 수 있는 칭호가 아니다.
그는 제천의 이름으로도 제어할 수가 없는 남자였다.

무적의 갑주를 몸에 두르고
가로막은 자에게 광극의 진가를 보여준다.

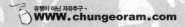

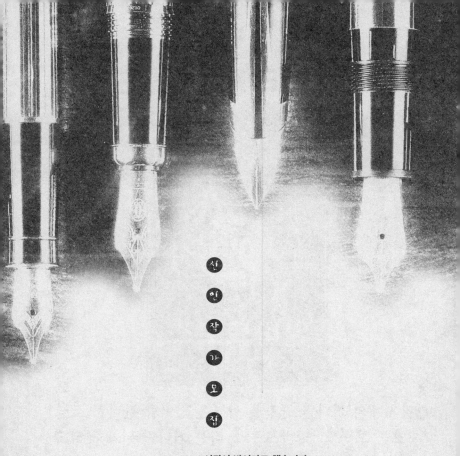

神 人 作 家 모 집

시작이 반이라고 했습니다.
작가의 길에 대한 보이지 않는 벽을 과감히 깨뜨리십시오!
청어람은 작가 지망생 여러분들의
멋진 방향타가 되어드리겠습니다.

저희 도서출판 청어람에서는
소설 신인 작가분들을 모집합니다.
판타지와 무협을 사랑하시는 분들의 많은 참여를 바랍니다.
소정의 원고(A4용지 150매)를 메일이나 우편으로 보내주시면
검토 후 출판 여부를 알려드리겠습니다.

주소:경기도 부천시 원미구 심곡1동 350-1 남성B/D 3F 우편번호420-011
TEL:032-656-4452 · **FAX:**032-656-4453
http://www.chungeoram.com
e-mail:chungeoram@chungeoram.com

초등학생이 반드시 읽어야 할 좋은 책 49권

각 학년별로 초등학생이 반드시 읽어야할 좋은 책을
선정하여 통합논술의 기본이 되는 '올바른 독서법'을
일깨워 줍니다.

교과서와
함께하는
초등학교 통합논술

초등1학년 | 값 12,000원 / 초등2학년 | 값 9,500원 / 초등3학년 | 값 11,000원 / 초등4학년 | 값 9,500원 / 초등5학년 | 값 9,500원 / 초등6학년 | 값 11,000원

♣ 혼자 할 수 있어요.

엄마가 책 읽는 방법을 가르쳐 주어도 좋아요.
독서지도하는 선생님이 가르쳐 주어도 좋답니다.
"초등 교과서와 함께하는 **통합논술 시리즈**"는
아이 스스로 독서할 수 있도록 꾸며진 책이에요.
엄마와 선생님은 요령만 가르쳐 주시면 된답니다.

♣ 교과서의 중요한 내용이 총정리되어 있어요.

각 학년별로 중요한 교과 내용이 함께 수록되어 있어요.
초등학생은 교과서 내용을 충실하게 공부해야 합니다.
아울러 그와 병행한 독서가 대단히 중요하지요.
"초등 교과서와 함께하는 **통합논술 시리즈**"는
두가지 방법 모두 알려준답니다.

♣ 이 책은 훌륭하신 선생님들이 함께 쓰신 책이랍니다.

동화작가 선생님들이 쓰셨어요. 소설가 선생님도 쓰셨답니다.
국어 논술독서지도 선생님들도 함께 쓰셨지요.
"초등 교과서와 함께하는 **통합논술 시리즈**"는
엄마의 마음으로 모든 선생님들이 함께 꾸민 책이랍니다.